NOM DE CODE: GÉMEAUX

JANIE CROUCH

DANIELLE M HAAS

Traduction par
SOPHIE SALAÜN

Chapitre 1

Cela faisait longtemps qu'Andrew Zimmerman ne s'était pas retrouvé dans la salle de mission active de Zodiac Tactical.

Pour être honnête, il n'aurait jamais pensé y revenir.

Il observa les trois autres hommes qui se trouvaient dans la pièce avec lui : des frères dans tous les sens du terme, sauf au sens biologique. Enfin, l'un d'eux était *vraiment* son frère biologique, le jumeau d'Andrew, Tristan.

Il connaissait les deux autres depuis plus de dix ans. Il avait effectué de nombreuses missions avec eux lorsqu'ils servaient dans les Navy SEALs, et encore plus depuis qu'ils avaient quitté l'armée et qu'ils travaillent ensemble dans la même entreprise de sécurité.

Il ne faisait confiance à personne d'autre que les hommes assis dans cette pièce pour assurer ses arrières dans n'importe quel type de bataille.

Pourtant, ils devaient tous se demander pourquoi Andrew était ici. Il se posait la question, lui. Ian DeRose, propriétaire et fondateur de Zodiac Tactical, entra dans la salle de réunion.

— Allons-y.

Il appuya sur un bouton et la porte se referma derrière lui. Les autres mesures de sécurité mise en place grâce à ce dispositif n'étaient pas aussi visibles. Mais Ian venait de les enfermer dans une pièce qui ne pouvait être piratée ni surveillée par aucune force extérieure, que ce soit dans ce bâtiment ou plus loin.

Il avait appris à ses dépens que les ennemis étaient partout.

Andrew avait appris la même leçon, même si elle lui avait coûté beaucoup plus cher.

Il était assis là, à tâcher de ne pas laisser transparaître l'épuisement sur ses traits. Son cauchemar était revenu la nuit précédente, lui volant son sommeil. Son subconscient jouait avec ses nerfs, parce qu'il venait ici aujourd'hui dans la salle de mission active.

Tout le monde savait qu'Andrew Zimmerman n'effectuait plus de missions actives.

— Nous sommes en train de fermer les écoutilles ici pour que tu puisses organiser l'anniversaire surprise de Wavy, n'est-ce pas ? demanda Landon Black, le bras droit de Ian, son beau visage arborant un sourire, comme à son habitude.

Ian se fendit d'un sourire.

— Dieu sait qu'une pièce ultra-sécurisée serait le seul moyen d'organiser une telle opération dans le dos de ma femme. Mais non, nous avons une vraie mission.

Andrew s'attendait à ce que tout le monde le regarde et lui demande la raison de sa présence s'ils avaient une mission. Cela faisait trois ans qu'il n'avait pas travaillé sur le terrain.

Trois ans et dix-huit jours pour être exact.

Depuis la nuit où sa femme avait été assassinée.

Son cauchemar de la nuit précédente lui avait rappelé

tous les détails, comme s'il pouvait les oublier. La fumée. La chaleur atroce des flammes et ses blessures. Entendre les cris de ses petites filles allongées dans l'herbe à côté de lui.

La mort de Kylie.

Andrew incapable de faire quoi que ce soit, à part supplier l'ange qui l'avait sauvé de sauver Kylie à sa place.

Un ange dont il n'était même pas sûr de l'existence. Il n'avait en tout cas pas été assez réel pour sauver sa femme.

— Ça va, frangin ? murmura Tristan en se penchant vers lui.

Ian et Landon étaient encore en train de plaisanter sur le fait que leurs femmes pourraient diriger leur propre entreprise de sécurité.

Andrew acquiesça, observant son frère, dont le visage était si similaire au sien, bien que pas tout à fait identique.

— Oui. Je me demande juste pourquoi je suis ici. Tu sais quelque chose ?

— Non. J'ai reçu le message ce matin aussi. Alyse et moi sommes rentrés en ville il y a quelques jours après son tournage.

Tristan le dit avec désinvolture, comme s'il n'était pas marié à l'une des plus grandes stars de cinéma au monde. Pour tout le monde, Alyse Peterson était la *princesse glamour de l'Amérique*, mais pour Tristan, elle était juste Alyse.

Et l'amour de sa vie.

Andrew n'en voulait pas à son frère d'être heureux, et il aimait beaucoup sa belle-sœur. Sans compter que ses filles pensaient que leur tante Alyse était capable de marcher sur l'eau. Surtout quand elle les maquillait.

— Tu vas à ce mariage, n'est-ce pas ? demanda Tristan. Celui de tes amis dans le Tennessee ?

— Tucker Clayman et Elizabeth Gilmore. Oui, les filles et moi partons demain.

C'était encore une raison pour laquelle Andrew ignorait pourquoi il était ici.

— Ok, concentrons-nous.

Tout le monde se redressa en entendant Ian. Des écrans émergèrent de la table de la salle de réunion, devant chacun.

— Nous avons des informations qui suggèrent que le cartel Volkov est de nouveau actif.

Andrew se figea, et sa mâchoire devint dure comme du granit. Il sentait tous les regards braqués sur lui.

— En sommes-nous certains ?

Ian hocha la tête. Sur l'écran géant apparut l'image d'un homme d'une trentaine d'années, aux cheveux noirs gominés, aux yeux sombres et à la barbiche épaisse.

— Permettez-moi de vous présenter à nouveau Roman Volkov, alias le Loup. Il a pris les rênes du cartel Volkov après la mort de son père.

Andrew fixait la photo devant lui : ces nouvelles présentations n'étaient pas nécessaires. Ce n'était pas cet homme qui avait lancé la grenade artisanale à travers la fenêtre du salon d'Andrew, et qui avait finalement tué Kylie, mais il en avait donné l'ordre.

— Je le croyais mort, dit-il à travers ses dents serrées.

— Nous avions tous espéré que ce serait le cas, confirma Ian qui secoua la tête. Mais nous n'avons jamais eu la preuve formelle de son décès il y a trois ans.

— Pour ceux qui n'ont jamais vu cet enfoiré qu'on aurait préféré voir mort la première fois, tu peux nous mettre au parfum ?

Sergot était le seul qui n'avait pas aidé activement Zodiac à faire tomber le cartel à cette époque.

Ian passa à la diapositive suivante.

— Cela fait une dizaine d'années que le cartel Volkov est sur le radar des forces de l'ordre. Ils sont mêlés à toutes sortes d'activités criminelles : drogue, blanchiment d'argent, vente d'informations. S'ils ont si bien réussi à distancer les forces de l'ordre, c'est parce qu'ils n'ont jamais de port d'attache.

— Ils restent constamment en mouvement ? demanda Sergot.

Ian acquiesça.

— Ils passent d'une grande ville à l'autre. New York, Miami, Los Angeles. Lorsqu'ils se sont pointés à Denver il y a trois ans, les forces de l'ordre ont demandé à Zodiac de leur apporter son soutien.

— Un certain nombre d'entre nous sont partis en mission d'infiltration, principalement à des postes de soutien, afin de recueillir des informations et d'aider les forces de l'ordre, poursuivit Andrew, luttant pour sortir les mots. Je me suis porté volontaire, car Callum Webb dirigeait l'équipe.

Tout le monde autour de la table murmura son assentiment. Il n'y avait pas grand-chose à dire à cet égard. Callum travaillait pour le secteur Omega, une force d'intervention fédérale d'élite, mais il faisait partie de la famille de Zodiac Tactical.

Il avait risqué sa vie en tentant d'informer Andrew que Roman Volkov avait ordonné l'assassinat de tous ceux qu'il soupçonnait d'être des traîtres, y compris lui.

Malheureusement, la nouvelle lui était parvenue trop tard.

Andrew s'adossa à son siège. Le cauchemar de la nuit précédente avait suffi à faire remonter tous ces souvenirs à la surface. Il ne voulait pas les ressasser. Pas même avec ces hommes qu'il considérait comme des frères.

Ian prit la suite.

— Nous savons tous que la mission s'est achevée dans un

véritable merdier. Omega a perdu quatre agents. Zodiac a perdu deux membres de son équipe et…

Tout le monde évitait délibérément de regarder Andrew.

Et *Kylie*. Elle n'avait jamais fait partie des forces de l'ordre, elle ne participait pas à la mission, mais elle avait eu la malchance d'être mariée à Andrew.

Ian s'éclaircit la gorge.

— Le cartel Volkov a également été durement touché. La plupart de ses membres dirigeants ont été tués ou arrêtés. Nous pensions que Roman avait été éliminé lui aussi, mais, à l'évidence, ce n'est pas le cas.

L'écran afficha l'image suivante.

— Lorsque son père était en vie, Roman le Loup était le principal exécuteur du cartel. Son travail consistait à s'assurer que tout le monde restait dans le rang. Il avait tendance à le faire de la manière la plus brutale possible. Une fois son père mort, il a pris le pouvoir, et il est devenu pire encore. Et cette ordure aimait laisser une carte de visite.

Une autre diapositive apparut sur l'écran. C'était un gros plan d'un cadavre avec des X sculptés sur les yeux, un shot de vodka près de la tête.

— Pas très subtil, murmura Tristan.

— Pire encore, poursuivit Ian, cette image ne date que de quelques jours. Le mort est un ex associé de Roman, un petit joueur qui essayait de s'approprier une partie de l'ancien territoire des Volkov.

Landon laissa échapper un sifflement.

— On dirait que le Loup est définitivement de retour.

Merde.

Tristan se passa une main sur le visage.

— Il a fallu des années au secteur Omega pour localiser le cartel la première fois. Le Loup avait toujours une longueur d'avance sur eux, visiblement, il avait des yeux et des oreilles à l'intérieur.

Ian acquiesça.

— C'est pourquoi nous sommes tous ici aujourd'hui. Nous avons une piste sur l'endroit où pourrait se trouver Roman Volkov, et le secteur Omega veut que nous nous en occupions, afin de nous assurer que la nouvelle ne remonte pas jusqu'au Loup. Personne en dehors de cette salle ne saura ce qui se passe.

Andrew se redressa, se débarrassant de l'image de l'homme de main mort.

— De quel genre de piste parlons-nous ?

Ian appuya à nouveau sur le bouton, et l'image changea.

— Ce genre de piste.

La vidéo granuleuse d'une femme fut diffusée. Les ombres masquaient les détails de son visage, mais ses cheveux noirs retombaient sur une épaule élancée. Elle était menue et en bonne forme physique, sans doute grâce à un programme d'entraînement rigoureux. Elle maintenait les épaules droites, une posture parfaite, en dépit d'un air de malaise qui se dégageait de chacun de ses pas.

Elle jetait des coups d'œil d'avant en arrière, regardant par-dessus son épaule toutes les deux ou trois secondes, comme si elle avait peur et qu'on la suivait. Mais même lorsqu'elle bougeait, les ombres dissimulaient son visage.

Andrew repoussa le sentiment que quelque chose à propos de cette femme lui était vaguement familier.

— Qui est-ce ? Quelqu'un d'assez stupide pour s'impliquer avec Roman ?

— Encore mieux. Voici Tasha Volkov, la sœur du Loup.

— *Quoi* ? s'exclama Andrew, se penchant vers l'écran pour regarder à nouveau la vidéo. Personne n'a jamais parlé d'une sœur !

— Personne n'était au courant de son existence. Jenna Franklin et l'équipe des geeks l'ont accidentellement découverte.

Jenna Franklin et son équipe informatique ne manquaient pas grand-chose. Cette sœur avait dû être très bien cachée.

Ian se cala dans son siège.

— Ils sont encore en train de recueillir des informations. L'important, c'est que, maintenant, nous savons qu'elle existe.

Andrew ne prêtait pas vraiment attention à la conversation. Il n'arrivait pas à détourner son regard des images qui tournaient en boucle.

Roman Volkov était vivant et cette femme, sa sœur, était le moyen de l'atteindre.

Un moyen d'obtenir enfin justice pour Kylie.

L'impression qu'il connaissait cette femme s'estompa. Il était impossible qu'il l'ait déjà rencontrée.

Cette femme, de par ses gènes, était le diable incarné. Le cartel Volkov avait gardé son identité et son existence pour une raison bien précise - qui n'avait aucune importance aux yeux d'Andrew.

— C'est quoi, le plan ? demanda-t-il, levant le nez de l'écran.

— C'est toi, répondit Ian.

Andrew sentit les autres hommes de la pièce se raidir. Tout le monde était conscient qu'il n'avait pas participé à une mission active depuis la mort de Kylie. Il avait deux petites filles, et il ne pouvait pas prendre le risque de faire d'elles des orphelines.

Il regarda à nouveau les images avant de secouer la tête à contrecœur.

— Je ne peux pas partir à la chasse après cette femme. Je ne peux pas laisser les filles seules aussi longtemps.

L'acide lui brûlait les tripes à l'idée de passer son tour, mais il n'avait pas le choix.

— Nous n'avons pas besoin que tu la traques. Nous

avons simplement besoin que tu assistes au mariage de tes amis comme prévu, mais que tu bosses un peu pendant que tu y es.

Andrew se cala sur sa chaise.

— Je ne te suis pas.

— Nous avons appris que Tasha Volkov se trouve actuellement à Pine Valley, dans le Tennessee.

Andrew cligna des yeux.

— Est-ce que tu te fous de moi ?

Ian secoua la tête.

— Non. D'après Jenna, la présence de Tasha Volkov n'est pas liée à toi. Il n'y a aucune raison de penser qu'elle te connaît.

C'était sans doute vrai. Andrew n'avait pas joué un rôle important dans la mission d'infiltration. Et il n'avait jamais rencontré la sœur Volkov.

Ian croisa les bras.

— Nous avons besoin que tu trouves cette femme pendant que tu es à ce mariage, et que tu places un microémetteur sur son téléphone. Nous voulons la suivre, écouter ses appels et ses conversations, jusqu'à ce qu'elle nous conduise à son frère. Vaincre le Loup une fois pour toutes.

Andrew regarda à nouveau les images. Au début, elle avait semblé vulnérable et nerveuse. Mais, sachant ce qu'il savait maintenant, il ne voyait que le mal.

— La placer sur écoute, c'est notre meilleur plan ?

Cela semblait trop lent. Trop patient.

Ian haussa les sourcils.

— Qu'avais-tu d'autre en tête ? L'assommer et la ramener dans le Colorado pour qu'on puisse l'interroger ?

Andrew serra les dents. En fait, cela ne lui paraissait pas si mal. Le confort de cette femme n'était pas sa priorité. Un petit interrogatoire pourrait l'aider à se sentir mieux.

— J'ai entendu des idées bien pires.

— Non, on fait aussi simple que possible. Tu es déjà invité au mariage, tu as donc une raison d'être dans la région sans éveiller les soupçons. Tu places l'émetteur, et on prend le relais à partir de là.

— Bien, dit-il en se levant ; ce briefing avait pris beaucoup plus de temps qu'il l'avait cru. C'est tout ? Je dois aller récupérer les filles et faire nos valises.

— Oui, répondit Ian qui se frotta la nuque. Écoute, Andrew, si tu n'as pas envie de faire ça…

— Je vais le faire. Assurez-vous simplement que nous soyons prêts à agir quand nous découvrirons ce qu'elle sait. On dirait que nous allons neutraliser deux Volkov. Et ce sera permanent, cette fois-ci.

Tristan se leva à côté de lui.

— Oh, que oui !

Andrew récupéra les dossiers dont il avait besoin et sortit de la salle de réunion : il les étudierait toute la nuit.

Tristan le rattrapa dans le couloir.

— Hé, tu es sûr d'être prêt pour ça ? Si tu as des doutes, on peut trouver un autre plan. Tu auras déjà fort à faire en voyageant avec les filles.

— Je vais gérer. Il ne faudrait pas effrayer la sœur en faisant venir d'autres personnes.

Tristan l'étreignit rapidement.

— Même si tu dois bosser, essaie de t'amuser, d'accord ? Ce sont des personnes que tu aimes qui se marient.

S'amuser ? Ce qui avait débuté comme une invitation au mariage d'un vieil ami en dehors de l'État s'était transformé en une mission qui revêtait plus d'importance que n'importe quel travail qu'il avait jamais eu. Si l'on ajoutait à cela deux fillettes de quatre ans, hyperactives et souvent coquines, et un seul adulte pour les surveiller pendant un voyage éclair, il ne s'attendait pas du tout à s'amuser.

— Oui, m'amuser. Bien reçu, répondit-il malgré tout.

Tristan leva les yeux au ciel.

— Transmets mes amitiés à Elizabeth et Tucker.

— Je le ferai.

Il avait travaillé avec l'ancienne profileuse du FBI des années plus tôt et il était resté en contact avec elle. Plus récemment, il avait rencontré son fiancé Tucker à quelques reprises. Elizabeth avait également une petite fille et ils avaient tissé des liens en tant que parents célibataires, réunissant leurs filles aussi souvent que possible.

Les portes de l'ascenseur s'ouvrirent au bout du couloir, et il dit au revoir à son frère avant de se dépêcher pour y entrer. Heureux d'être seul pendant quelques secondes, il appuya sur le bouton de l'étage où se trouvait la garderie et s'adossa à la paroi en miroir. Il se prépara pour la meilleure et la pire partie de sa journée.

Le moment où il posait les yeux sur ses adorables filles, après une longue journée de travail dans ce bureau. Lorsqu'il luttait contre la culpabilité et la solitude qui l'assaillaient toujours en regardant les autres enfants se faire embrasser et câliner par des mères aimantes.

Une chose que ses filles n'auraient jamais.

La porte s'ouvrit, et un éclat de rire le fit sourire. Ses filles. Il aurait été capable de reconnaître ce son entre tous.

Caroline était la plus bruyante des jumelles, sa joie de vivre était contagieuse et bruyante. *Très, très* bruyante.

Et il ne faisait aucun doute qu'Olivia l'encourageait, ricanant derrière une table ou un mur pendant que sa sœur volait la vedette. Olivia s'en cachait souvent, préférant être le cerveau de toutes les opérations qu'elles concoctaient toutes les deux.

Il fila droit vers la garderie, le visage baissé et le pas pressé. Il n'avait pas envie de faire la causette ce jour-là. Pas avec la tête remplie d'informations, et le cœur plein d'émotions qui se battaient pour prendre le dessus. Il devait se préparer mentalement et émotionnellement à cette mission.

Sans compter qu'il devait récupérer ses enfants, rentrer à la maison et faire ses valises avant d'affronter une journée entière de voyage avec deux petites filles.

Si Kylie avait été là, elle aurait été aux petits soins et aurait géré le voyage avec les adorables monstres comme s'il s'agissait d'une grande aventure. Au lieu de cela, les filles étaient coincées avec lui, un père célibataire qui ne savait plus où donner de la tête et qui se demandait constamment s'il n'était pas en train de leur gâcher la vie.

La porte de la garderie s'ouvrit et des éclats de couleurs vives l'accueillirent. Des dessins encadrés et des feuilles de coloriages étaient accrochés aux murs. Un petit espace avec des compartiments carrés abritait les blousons, les bottes de pluie et les sacs de repas. Les parents se pressaient à l'entrée, discutant en riant des projets pour le week-end, et attendant que leurs enfants franchissent la porte battante qui menait à l'aire de jeu située derrière. Une fois encore, il était reconnaissant à Ian d'avoir ouvert une garderie dans le bâtiment de Zodiac Tactical. Il ne faisait aucun doute que c'était en partie pour Andrew lui-même : après ce qui s'était passé, il avait ressenti le besoin d'avoir ses filles à proximité s'il voulait être capable de travailler.

Un cri familier lui fit froncer le nez. Il ne put s'empêcher de secouer la tête et de glousser.

— Papa !

Les douces voix de Caroline et Olivia se mêlaient. Elles traversèrent le groupe et se jetèrent dans ses bras.

Son gloussement se mua en un véritable rire, et il faillit tomber à la renverse sur le sol carrelé. L'espace d'un instant, son cœur était aussi rempli que ses bras et il déposa un baiser sur chacun de leurs fronts en sueur. Ses petites filles avaient été privées de leur mère, mais il veillerait à ce qu'elles connaissent toujours la sécurité, le réconfort et l'amour.

Une fois qu'il aurait retrouvé la sœur Volkov et accompli sa mission, ils obtiendraient enfin justice pour la femme qu'ils avaient aimée et perdue.

Chapitre 2

— Papa on est arrivés ?

Andrew agrippa le volant et pria pour avoir assez de patience pour la centième fois ce jour-là. Il suivit les instructions du GPS et tourna sur la place pittoresque de Pine Valley, la ville du Tennessee qui ressemblait vaguement à Mayberry.

— Presque.

— Glace ! s'écria Caroline si bruyamment qu'elle lui vrilla le tympan lorsqu'elle vit le panneau juste au sud de la place.

Elle battit des jambes, martelant l'arrière de son siège à un rythme effréné qui correspondait aux battements dans sa tête.

— On peut en avoir, papa ? intervint Olivia. S'il te plaît !

Un moment de faiblesse face aux douces supplications des filles faillit le faire ralentir et trouver une place de parking devant le marchand de glaces. En fait, ce n'était pas une mauvaise idée. Il pourrait en profiter pour découvrir la ville. Il pourrait même avoir de la chance et repérer sa cible immédiatement, ce qui lui permettrait de terminer sa mission et de profiter du reste du week-end.

Mais le programme des deux jours suivants était trop serré. Le mieux était de se rendre à Crossroads Mountain Retreat où le mariage aurait lieu le lendemain, et où les filles et lui seraient hébergés pour quelques nuits.

— Peut-être plus tard dans la journée, dit Andrew, promenant un regard d'aigle autour de la zone. D'ailleurs, Audrey vous attend. Vous n'avez pas envie de voir votre amie ?

Les filles tapèrent des mains et poussèrent des cris de joie, se lançant aussitôt dans une discussion au sujet d'Audrey, la fille de la future mariée, Elizabeth.

Il rit de leur enthousiasme. Elles s'étaient comportées en braves petits soldats toute la journée. Elles s'étaient réveillées à l'aube pour embarquer dans un avion où elles avaient avalé des collations et regardé leurs tablettes pendant les quelques heures de vol qui séparaient Denver du Tennessee.

Se retrouver coincées dans la voiture pendant le trajet jusqu'à Pine Valley était loin de leur plaire quand leurs pieds avaient touché la terre ferme, mais il les avait soudoyées avec du chocolat et la promesse de passer autant de temps qu'elles le voulaient avec l'amie qu'elles n'avaient que rarement l'occasion de voir.

Il prit mentalement note de toutes les différentes boutiques devant lesquelles il passait. Il était déjà venu à Pine Valley, mais pas en mission active, comme maintenant. Il n'était qu'un père célibataire débordé, en chemin pour voir des amis.

Bien sûr, il l'était *encore*.

Des rues tranquilles desservaient la place centrale de la ville, avec un belvédère blanc au centre de la butte herbeuse. De jeunes couples étaient assis sur des bancs le long des trottoirs, et un groupe de femmes promenaient des poussettes à la vitesse de marcheurs rapides.

Dans une ville de cette taille, tout le monde connaissait tout le monde et tous les ragots juteux. Et une femme jeune et séduisante qui emménageait était un sujet brûlant, même si elle s'efforçait de rester discrète. Après avoir posé quelques questions, il pourrait avoir la localisation de la sœur Volkov avant même que le mariage ne commence. Il pourrait alors s'éclipser, mettre son téléphone sur écoute, et passer le reste de son séjour à profiter de ses amis et d'un beau mariage.

Le GPS lui donna d'autres indications. Il fit abstraction des bavardages joyeux des filles pendant qu'il passait devant une montagne et trouvait la voie menant à Crossroads Mountain Retreat. La tension des muscles de sa nuque se relâcha lorsqu'il se gara. Il s'en était sorti, et tous les trois étaient en un seul morceau.

— Nous sommes enfin arrivés, dit Olivia, une pointe d'épuisement dans sa petite voix.

— Bon sang de bonsoir ! On dirait un château ! s'exclama Caroline, tripotant les sangles de son siège auto. Aide-moi à sortir, papa !

— Ouh là ! On descend de ses grands chevaux, les mômes !

Caroline se mit à rire.

— Je n'ai pas de cheval !

Il se retourna, le poing fermé, le bras tendu vers sa jolie fille.

— J'en ai un dans ma main pour toi, ma jolie. Tu peux le garder pendant que j'essaie de savoir où nous devons aller ?

Ses yeux bruns s'écarquillèrent et elle hocha la tête.

— Mmmh-mmmh.

Il attrapa sa petite main et plaça le faux cheval dans sa paume avant de fermer son poing.

— Moi aussi ! intervint Olivia, qui tendit son bras vers l'avant.

Il répéta l'opération en gardant la bouche bien fermée et en chassant toute trace d'amusement de sa voix.

— Je vous fais confiance à toutes les deux pour garder ces chevaux sous contrôle. Vous ne les laissez pas en liberté dans la voiture, d'accord ?

— D'accord ! répondirent-elles à l'unisson.

Il se retint de sourire et coupa le moteur avant de sortir de la voiture, laissant la portière ouverte. Il étira les bras au-dessus de sa tête.

— Eh bien, regardez qui voilà !

Entendant la voix bourrue de Tucker Clayman, Andrew se tourna vers le large porche qui faisait le tour du lodge. Il descendit les marches en trottinant. Ses cheveux étaient coupés court et son t-shirt gris laissait apparaître l'encre noire de ses tatouages entourant ses biceps. Il posa une main sur l'épaule d'Andrew.

— Il était temps que vous arriviez. Dommage que tu n'aies pas pris quelques jours de congés supplémentaires pour venir plus tôt.

Haussant les épaules, Andrew passa une main dans ses cheveux ébouriffés.

— Qu'est-ce que je peux dire ? Je suis un homme très occupé.

— Papa, ne nous oublie pas ! cria Caroline depuis la voiture.

En riant, Tucker ouvrit la portière arrière.

— Bonjour, petites demoiselles. Cela fait longtemps qu'on ne s'est pas vus. Vous voulez que je vous libère ?

— Oui !

Une fois de plus, la réponse fut donnée à l'unisson.

— Oui, quoi ? demanda Andrew, haussant les sourcils.

— Oui, s'il te plaît !

— Même si vous n'aviez pas dit « s'il te plaît », je vous ferais sortir.

Tucker adressa un clin d'œil aux filles en détachant les boucles compliquées du siège d'Olivia.

— Audrey n'a pas arrêté de vous réclamer toute la matinée.

Andrew ouvrit la portière de Caroline et réussit à libérer sa fille qui se tortillait en même temps qu'Olivia sortait. Il referma la portière et contourna la voiture par l'arrière pour prendre leurs bagages.

— Tu as de la chance, mec. On dirait que vous allez avoir une journée magnifique pour le mariage.

— J'ai de la chance, et pas seulement pour la météo. Sérieusement, regarde la femme que je suis sur le point d'épouser.

Andrew promena son regard au-delà des arbres en fleurs et des sommets lointains des Smoky Mountains jusqu'à la superbe femme au large sourire qui sortait d'un bâtiment de trois étages aux allures de chalet en rondins.

Tucker avait raison. C'était un sacré chanceux de pouvoir épouser Elizabeth Gilmore. Andrew et elle avaient travaillé ensemble à plusieurs reprises, et son cœur s'était brisé pour elle lorsque son mari avait été tué alors qu'elle était enceinte d'Audrey. Mais ce ne fut qu'au moment de la mort de Kylie qu'il avait vraiment compris tout ce qu'Elizabeth avait perdu.

Un partenaire. Un amoureux. Le rêve d'une vie remplie d'amour qui ne se réaliserait jamais. Mais rien n'était plus dur que de savoir que leurs enfants ne connaîtraient jamais l'autre moitié d'eux, ne créeraient jamais de précieux souvenirs avec quelqu'un qui les aimait tant.

Audrey, la fille d'Elizabeth, âgée de cinq ans, accourut et ne s'arrêta pas tant qu'elle n'eut pas fait tourner Olivia et Caroline, formant toutes les trois une minuscule tornade de cris et de rires. Le son innocent de la joie pure réchauffa le cœur d'Andrew de sorte que les difficultés rencontrées pour se rendre dans le Tennessee en valaient la peine.

— Bonne chance pour séparer ces trois-là, dit Elizabeth en s'approchant et en le serrant dans ses bras. Je suis ravie que tu aies pu venir.

— Il n'y a aucun autre endroit où je préférerais être.

Surtout si cela lui permettait de localiser Tasha Volkov et d'abattre le Loup pour de bon.

— On va vous installer à l'intérieur.

Tucker saisit la poignée de l'une des valises tout en accrochant un sac de sport sur son épaule. Les filles se mirent à courir ensemble comme un gang de canetons hyperactifs, ouvrant la voie vers le lodge.

— C'est gentil de la part de ton ami de nous laisser passer quelques nuits ici, dit Andrew à Tucker. Il n'y avait pas beaucoup de possibilités d'hébergement en ville.

Tucker se dirigea vers le lodge et plaça les bagages à l'intérieur près de la porte.

— Les filles et toi serez dans l'un des chalets au bord du lac, alors laisse tout ici jusqu'à ce que nous repartions.

Andrew déposa les sacs sur le sol et laissa échapper un petit sifflement.

— J'espère que ces chalets sont aussi beaux que cet endroit, parce que c'est sacrément impressionnant.

Des planchers en acajou s'étendaient d'un mur à l'autre. Des tapis bordeaux ponctuaient l'espace, tout comme des sièges éparpillés dans la pièce. Une cheminée en pierre se dressait sur trois niveaux, tandis que des poutres sombres couraient au plafond. Les fenêtres occupaient tout le mur du fond, laissant entrer le soleil et offrant une vue imprenable sur le lac et les montagnes verdoyantes.

— Les chalets sont plus petits, mais la vue est tout aussi belle, répondit Elizabeth en souriant, avant de se mettre à genoux en ouvrant les bras. Maintenant, les filles, venez faire un câlin à tante Liz.

Les jumelles se jetèrent sur elle.

— Maman, est-ce qu'Olivia et Caroline peuvent avoir du vernis elles aussi ? Papa, s'il te plaît ? Elles peuvent ? Elles peuvent ?

Le regard suppliant d'Audrey passa de Tucker à Elizabeth.

Un poignard transperça la poitrine d'Andrew lorsqu'il entendit Audrey l'appeler *papa*. Audrey aurait désormais deux parents. Elizabeth, sa copine parent célibataire au cœur brisé, ne traverserait plus ce monde seule. Et même si c'était ce qu'il voulait pour elle, et pour Audrey, il ne put s'empêcher d'éprouver une petite pointe de jalousie.

— Papa, je veux de jolis ongles ! s'exclama Caroline en agitant les doigts.

— Oui, moi aussi ! intervint Olivia.

Il s'éclaircit la gorge, puis se concentra sur la conversation.

— Les filles, je suis sûre que tante Liz a une tonne de choses à faire avant le grand jour de demain. Il ne faudrait pas qu'on lui prenne tout son temps.

Elizabeth se leva et passa un bras autour des épaules des deux filles.

— Ça ne me dérange vraiment pas. Audrey et moi avons prévu tout un après-midi de *fun* entre filles. J'avais espéré que ces deux petites demoiselles pourraient se joindre à nous. Je voulais les chouchouter un peu après une si longue journée de voyage, et comme ça tu auras du temps seul.

Il détestait se décharger de ses filles sur la future mariée, mais cet arrangement était parfait. Elles seraient en sécurité et heureuses pendant qu'il glanerait des informations sur la sœur Volkov.

— Tu es sûre ?

— Absolument.

— As-tu besoin de leurs sièges auto ou quoi que ce soit ?

— Non, tout ce dont nous aurons besoin est ici, au lodge. Vous êtes prêtes, les filles ?

Elizabeth leva les mains comme si elle était sur le point d'entraîner les filles dans l'aventure de leur vie.

— Oui ! s'écrièrent les trois fillettes en sautillant, s'éloignant en gambadant.

— Je suis épuisé rien qu'à les regarder, dit Tucker en posant une main sur son épaule. Tu veux prendre un verre sur le *deck* ?

Tucker était originaire de Pine Valley. Andrew allait chercher des informations utiles auprès de lui, puis il trouverait une excuse pour aller en ville et voir ce qu'il pourrait trouver.

— Bien sûr. Une bière, ça me va.

Tucker montra d'un coup de menton les doubles portes menant au *deck*.

— Vas-y, je prends les bières, et je te rejoins dans une minute.

Andrew ignora les petits groupes de personnes assises ou qui se déplaçaient dans la pièce. Il sortit et inspira profondément, emplissant ses poumons de l'air frais de la montagne. Son attention fut attirée par du mouvement à l'autre bout du *deck*. On installait des tables hautes tout autour de l'espace et des guirlandes fleuries, décorations de mariage, étaient suspendues dans tous les endroits libres.

Les mariages n'étaient pas vraiment son truc, mais celui-ci s'annonçait déjà magnifique. Comment aurait-il pu en être autrement avec les Smoky Mountains qui formaient une si superbe toile de fond ?

Il retournait vers les portes du deck lorsqu'un groupe de personnes sur la pelouse attira son attention ; elles se dirigeaient vers le lodge, tapis de yoga à la main. Plus précisément, ce fut la femme aux longs cheveux blonds à l'arrière du groupe, qui ne parlait à personne d'autre, qui retint son regard.

Quelque chose dans sa carrure, dans sa façon de marcher avec une posture parfaite, mais comme si elle souhaitait rester cachée, déclencha des alarmes dans son cerveau.

Il avait passé la plus grande partie de la nuit précédente à étudier les images vidéo fournies par Zodiac Tactical. Les détails du visage de la femme étaient masqués, alors il avait mémorisé tout le reste à propos d'elle : sa manière de se tenir, sa démarche, sa posture.

La femme qui traversait la pelouse n'avait pas la même couleur de cheveux et il ne voyait toujours pas son visage, mais il savait sans l'ombre d'un doute qu'il s'agissait bien d'elle.

C'était cette femme qui, par inadvertance ou non, avait conduit à la mort de Kylie. C'était cette femme qui allait les aider à s'assurer qu'Andrew obtienne justice pour cela.

Quoi qu'il arrive.

Il avait déjà le microémetteur dans sa poche, prêt à être placé, mais l'envie irrésistible de l'écraser et de trouver d'autres moyens – beaucoup plus laids – pour faire dire à Tasha Volkov où se trouvait son frère lui traversait l'esprit.

Il s'agrippa à la balustrade devant lui pour ne pas sauter par-dessus et embarquer Tasha, au mépris des répercussions.

Cette femme était responsable de la mort de sa femme.

Il baissa les yeux sur ses mains, et sa respiration se fit plus saccadée, alors qu'elles se couvraient de sang sous ses yeux.

Une fenêtre qui se brisait. Une explosion qui lui volait l'usage de ses sens. Des flammes qui jaillissaient.

La peur qui l'étranglait alors qu'il luttait pour sortir celles qu'il aimait de la maison en feu tandis que la fumée envahissait ses poumons et l'empêchait de respirer jusqu'à ce qu'il s'effondre.

Il était incapable de bouger, de parler, ou de faire quoi que ce soit pour s'aider ou aider sa famille.

Quelqu'un qui sortait les filles, puis le tirait des flammes en dépit du fait qu'il lui hurlait en silence de le laisser et d'aider Kylie à la place.

Andrew cligna fort des yeux pour se ramener au présent.

Sa poitrine se serra, et il serra la balustrade jusqu'à ce que ses jointures blanchissent. Il aspira l'air par le nez alors que sa respiration se bloquait plus haut dans sa gorge. Des points envahirent son champ de vision et de la sueur s'accrocha à la racine de ses cheveux. Les ondulations du lac derrière le lodge bourdonnaient, le passé et le présent se mélangeant sans qu'il puisse les dissocier.

— Salut, mon pote. Vous allez bien ? lui demanda une voix grave qui ramena Andrew à l'instant présent.

Ses yeux s'ouvrirent. Sa poigne se relâcha. Il n'avait plus de sang sur les mains. Il inspira puis expira.

— Oui, je vais bien, réussit-il enfin à marmonner.

Un homme aux épaules larges, aux cheveux bruns hirsutes et à la mâchoire couverte de poils de quelques jours se tenait à côté de lui.

— Vous êtes sûr ? Ici, il n'y a pas de honte, pas plus que cela ne choque de voir quelqu'un se débattre avec ses démons passés. Après tout, c'est à cela que sert Crossroads Mountain Retreat.

Andrew prit une nouvelle inspiration pour se calmer. Il n'était pas là pour combattre ses démons. Il était ici pour en capturer un.

Il regarda à nouveau cette femme dont il était sûr que c'était Tasha Volkov. Elle s'était arrêtée pour parler à une autre femme juste après le bâtiment principal.

— J'en suis sûr. Mais merci.

Le type haussa les épaules et appuya ses avant-bras sur la balustrade.

— C'est bon à entendre. Je voulais juste proposer un coup de main si nécessaire. Au fait, je m'appelle Lincoln.

Andrew se tourna enfin face à l'homme et le salua d'un bref signe de tête, tout en gardant un œil sur Tasha.

— Andrew Zimmerman. Vous êtes invité au mariage ?

Lincoln se mit à rire.

— Non. Je vis ici avec ma femme. Elle possède cet endroit.

Un type du coin. C'était une bonne chose. Il pourrait l'éclairer. Andrew avait besoin de le faire parler.

— C'est un bel endroit. Vous êtes marié depuis longtemps ?

— Pas du tout, mais je n'ai pas eu à me plaindre jusqu'à présent. Ça t'ennuie si on se tutoie ? C'est un peu la règle ici.

Andrew ne put s'empêcher de sourire, et il hocha la tête.

— Et vous vous êtes rencontrés ici ?

Lincoln acquiesça.

— J'ai été contraint de venir lorsque j'ai été blessé en service ; je suis policier. J'ai lutté bec et ongles pour ne pas venir ici, me disant que cet endroit n'était rien d'autre que des conneries *New Age* qui ne serviraient à rien. Mais Crossroads m'a guéri de bien plus de façons que je n'aurais cru en avoir besoin. Et cet endroit m'a mené à Brooke.

Ses paroles débordaient d'amour, et Andrew ne pouvait s'empêcher d'être heureux pour ce type.

— Ravi que ça ait marché pour toi.

— Tu es ici pour le mariage ?

— Oui. Je connais Elizabeth depuis des années. J'ai rencontré Tucker à plusieurs reprises. J'ai donc décidé de venir pour les festivités, expliqua Andrew, s'appuyant de la manière la plus désinvolte possible contre la balustrade. Une idée de qui c'est ? La blonde au t-shirt vert ?

Lincoln jeta un coup d'œil par-dessus son épaule.

— C'est Tasha.

Elle n'avait pas changé son prénom.

— Tu as un nom de famille ?

Lincoln plissa les yeux, comme s'il n'était pas certain d'apprécier la question.

— Bowers.

Un alias. Andrew n'était pas surpris. Ce n'était pas comme si elle allait porter une enseigne au néon clamant qu'elle appartenait à une famille de terroristes et de meurtriers.

Le besoin d'user de violence contre elle pour obtenir des informations l'assaillit à nouveau, mais cette fois, il le contint. Nul doute que c'étaient ces pensées qui avaient déclenché ce petit incident de stress post-traumatique une minute plus tôt.

Il devait se maîtriser. Se concentrer sur sa mission, *dans* le périmètre donné.

— Elle travaille ici ? demanda-t-il.

— Elle travaille au Serenity Mountain Studio, le studio de yoga du centre-ville. Mais elle aide de temps en temps en donnant des cours ici. Comme c'est un week-end chargé, je suppose qu'elle propose une classe ou deux.

Andrew s'efforça de sourire et de discuter d'autre chose pour ne pas éveiller davantage les soupçons du policier.

Mais la chasse était ouverte, et Andrew venait juste de tomber sur sa proie.

Chapitre 3

La sensation oppressante d'être observée remonta le long de la colonne vertébrale de Tasha comme une ligne de fourmis légionnaires. Son rythme cardiaque s'emballa et elle ravala la boule de peur qui s'était logée dans sa gorge. Elle réfréna l'envie de tout laisser tomber et de s'enfuir.

Son groupe de yoga, qui bavardait encore alors que tout le monde retournait au lodge, trouverait ça un peu étrange.

S'il y avait bien une règle que Tasha respectait, c'était d'attirer le moins d'attention possible sur elle. Ce qui était chose facile à Pine Valley, car sa seule responsabilité consistait à rester assise derrière un bureau au studio de yoga.

Mais les choses avaient un peu changé ces derniers mois. Alors qu'elle aidait son patron en animant davantage de cours, à la fois au studio et ici à Crossroads, la terreur constante au creux de son estomac s'était un peu dissipée. Suffisamment pour qu'elle ait l'impression de ne pas avoir à continuer à fuir. Elle n'avait pas besoin de regarder par-dessus son épaule et de dormir avec un pistolet à côté de son oreiller.

Une semaine plus tôt, mettre son Glock dans le tiroir

supérieur de sa table de chevet lui avait semblé être une grande victoire, même si c'était un triste commentaire sur sa vie pathétique.

Mais elle préférait de loin être pathétique et effrayée plutôt que d'être aux mains de son demi-frère.

Ses cheveux se hérissèrent dans sa nuque en même temps qu'elle levait les yeux pour tenter de découvrir ce qui déclenchait ses alarmes internes. Le *deck* qui s'étendait à l'arrière du lodge bruissait des préparatifs du mariage. Des étrangers déambulaient çà et là, préparant l'endroit où Tucker et Elizabeth célébreraient leurs noces. Elle aperçut l'officier Lincoln Sawyer à l'autre bout, qui se tenait à côté d'un autre homme.

Elle n'était pas assez proche pour voir clairement son visage, mais quelque chose chez lui lui mettait les nerfs à vif. Elle voyait qu'il l'observait, complètement immobile. Elle se hâta de traverser la pelouse pour sortir de son champ de vision.

— Hé, Tasha. Par ici.

Tasha avait fait de son mieux pour rester à l'écart des habitants de Pine Valley, mais certains d'entre eux étaient parvenus à se faufiler dans les failles de son armure grâce à leur gentillesse. Laura Metcalf en faisait partie. L'autre personne se tenait près de la porte latérale et agitait une main. Ses longs cheveux blonds étaient coiffés en un chignon désordonné sur le dessus de sa tête. Elle avait un tablier noué autour de sa taille fine, et une fine couche de ce qui ressemblait à de la farine était étalée sur sa joue.

— Merci pour ce cours amusant, tout le monde.

Elle atteignit le patio en béton sous le deck et se détendit à présent qu'elle était à l'abri des yeux qui la suivaient.

— Vous pouvez empiler vos tapis près de la porte et je m'en occuperai. J'espère vous revoir tous.

Elle grimaça intérieurement devant le faux accent

qu'elle employait en plus du parler local. Elle avait appris à la dure à faire tout ce qu'il fallait pour s'intégrer dans une nouvelle ville. Dans le Tennessee, cela signifiait utiliser *vous tous* à tout bout de champ et prononcer ses mots avec une légère inflexion. Cela devenait de plus en plus facile à faire, même si cela sonnait bizarre à ses propres oreilles.

Aussi bizarre que les cheveux blonds qu'elle voyait quand elle se regardait dans le miroir.

Les tapis colorés s'empilèrent les uns sur les autres à mesure que les élèves faisaient leurs adieux. Elle ramassa les longs tapis en mousse dans ses bras.

— J'en prends la moitié, dit Laura en prenant le reste sur le sol. Tu n'as pas à les nettoyer tous toi-même.

Tasha laissa échapper un rire.

— C'est ça, parce que le fait d'essuyer sept tapis de yoga me fatiguerait beaucoup.

— Eh bien, en te donnant un coup de main, ça me donne une autre occasion de te convaincre de venir au mariage demain.

Tasha soupira et ouvrit la porte, laissant Laura passer en premier avant de la suivre. Une bouffée d'air frais chassa la chaleur qui imprégnait sa peau après l'entraînement.

— Tu sais que j'ai été invitée uniquement parce que je donne des cours ici à Crossroads de temps en temps. Tucker et Elizabeth n'ont pas vraiment envie de moi à leur mariage.

Sans compter que l'idée de se retrouver dans une pièce remplie d'inconnus lui donnait des frissons.

— Tu as été conviée parce que tu fais partie de cette communauté. Que tu le veuilles ou non, tu es l'une des nôtres maintenant.

Souriant, Laura agita les sourcils puis ouvrit la voie vers la salle de sport ultramoderne du lodge. Laura était le genre de personne à vouloir aider autant les amis que les inconnus. Elle avait sans doute ses propres démons, qu'elle dissimulait derrière un sourire éclatant. Mais, en dépit de sa tristesse personnelle, Laura essayait toujours d'aider les autres. C'était l'une des principales raisons pour lesquelles Tasha était toujours à Pine Valley.

Il y avait enfin quelqu'un qui tenait à elle.

Certes, la blonde pouvait se montrer un peu oppressante avec sa gentillesse, mais cela partait d'un bon sentiment.

Tasha ne savait pas comment se tirer de cette conversation au sujet du mariage, et, honnêtement, elle n'était même pas sûre de le vouloir. Elle connaissait Elizabeth et Tucker, et elle était très heureuse qu'ils se marient. Elle connaîtrait aussi beaucoup d'invités. Peut-être n'était-ce pas une si mauvaise idée d'y aller.

Elle passa rapidement devant les poids et les appareils de cardio pour se rendre à la station de nettoyage. Elle vaporisa du désinfectant sur les tapis, puis les essuya avant de les empiler proprement dans un coin. Elle aimait être dans cette salle de sport.

Il avait été constaté que des entraînements et des combats réguliers aidaient le processus de guérison émotionnelle de certaines personnes souffrant de SSPT, et Crossroads avait donc investi beaucoup d'argent pour s'assurer que son programme était de premier ordre.

— Allez ! insista Laura d'une voix chantante. Tu vis à Pine Valley depuis un moment maintenant, et j'ai déjà du mal à te faire sortir de chez toi pour une soirée entre filles.

Tasha essuya ses mains sur son pantalon, et leva les yeux au ciel.

— Ce n'est pas vraiment une soirée entre filles, vu que tu es ma seule amie.

— C'est pour ça que tu dois venir demain. Ce sera l'occasion idéale de faire plus ample connaissance avec les gens. Tu peux être mon *plus un.*

— Tout le monde s'en fiche.

Laura agita une main en l'air.

— Tu m'épargneras l'humiliation d'y assister en solo. S'il te plaît. Ne m'oblige pas à te supplier.

Tasha éclata de rire.

— Et ça, ce n'est pas supplier ?

— En quelque sorte, convint Laura, fronçant le nez. Tu vois à quel point je veux que tu sois là ? Je n'arrêterai pas de te harceler jusqu'à ce que tu acceptes.

Se mordant l'intérieur de la joue, Tasha passe en revue sa liste habituelle d'excuses : elle avait un cours à donner aujourd'hui, elle avait un cours à donner tôt le lendemain, elle devait faire des courses… Aucune ne fonctionnerait. Laura saurait que ce n'étaient que des conneries.

— Tash, dit Laura d'une voix douce. Tu es trop jeune pour te cacher.

Elle sentit une rougeur monter dans son cou. *Merde.* Avant d'arriver à Pine Valley, elle n'était jamais restée assez longtemps au même endroit pour se faire une amie comme Laura. Ça lui avait toujours convenu. Rester en sécurité était plus important que de créer des liens avec les gens qui l'entouraient.

Mais elle aimait Pine Valley et la vie qu'elle s'était créée ici. Si elle voulait la conserver, il fallait qu'elle sorte de sa zone de confort juste assez pour ne pas tout foirer. Si elle disait non maintenant, Laura insisterait pour avoir une raison. Elle commencerait à poser des questions auxquelles Tasha ne pouvait pas répondre.

— Très bien. Tu m'as convaincue. J'irai. Et surtout parce que *toi aussi* tu es trop jeune pour te cacher.

La tristesse passa dans les yeux de Laura, mais elle disparut avant que Tasha ne puisse en tirer des conclusions.

Laura lui adressa un sourire.

— Nous allons tellement nous amuser ! Je te le promets.

Un rire bruyant poussa Tasha à se tourner vers la porte.

Lincoln, Tucker et l'homme qui l'avait observée entrèrent dans la salle de sport. L'homme s'arrêta et leurs regards se croisèrent.

Elle laissa tomber le tapis qu'elle était en train de nettoyer, car elle le voyait enfin clairement. La terreur et la confusion se mélangeaient au creux de son estomac, lui donnant la nausée.

Ses cheveux noirs étaient un peu plus longs et sa légère barbe lui donnait un air plus dur.

Mais c'était *lui*. L'homme qui avait changé le cours de sa vie alors qu'elle ne connaissait même pas son nom.

Le besoin de fuir l'assaillit à nouveau.

Elle s'efforça de ne pas bouger. Les trois hommes se trouvaient devant la porte. Elle devait la jouer fine si elle voulait sortir.

Elle ignorait ce que cet homme faisait là. Elle savait seulement que s'il l'avait trouvée, ce n'était qu'une question de temps avant que son frère ne le fasse aussi. Et lorsque Roman viendrait pour elle, il ne s'arrêterait qu'une fois qu'elle serait morte.

— Hé, voilà le futur marié, lança Laura, adressant un grand sourire à Tucker. Je viens de convaincre Tasha d'être mon *plus un* pour demain. Mieux vaut tard que jamais.

Elle se dirigea vers les trois hommes, et Tasha la suivit en cherchant dans son esprit ses mouvements d'autodéfense au cas où elle en aurait besoin. Tucker et Lincoln étaient tous deux capables de la mettre à terre, mais ils n'avaient aucune raison de le faire.

À moins que l'homme ne leur ait dit qui elle était vraiment. Qui était sa famille.

Sa meilleure chance de s'en sortir serait de pousser Laura vers eux trois et de s'enfuir en courant. De se servir de sa vitesse à son avantage, puis de croiser les doigts.

L'homme tenait une bière et ne semblait pas prêt à attaquer. Mais il la fixait avec ces yeux bruns qu'elle n'avait pas oubliés depuis trois ans.

Tucker sourit.

— Bien. Même si tu sais que tu n'as pas besoin d'être un *plus un*, Tasha. Tu as reçu ton invitation, n'est-ce pas ?

Tasha acquiesça, demeurant toujours légèrement derrière son amie, équilibrant son poids, prête à partir dans n'importe quelle direction. Elle ne voulait pas avoir à bousculer Laura, elle ne voulait pas que ce soit la dernière chose qu'elle ferait à son amie, mais si c'était son seul choix, elle irait jusqu'au bout.

Elle avait appris une chose au cours des trois dernières années : il fallait faire le nécessaire pour survivre.

— Mesdames, voici Andrew Zimmerman, dit Tucker, levant sa propre bouteille de bière en direction de l'homme qui regardait encore Tasha. Elizabeth et lui se connaissent depuis… combien de temps, mec ?

Andrew Zimmerman.

Elle avait enfin un nom. Il y a trois ans, elle n'avait qu'une adresse et savait à quel point son frère était devenu diabolique.

— Presque cinq ans, répondit Andrew.

Cinq ans.

Tasha se détendit légèrement. Il avait connu Elizabeth bien avant cette nuit qui avait tout détruit. Bien avant que Tasha n'apprenne la vérité sur sa propre famille.

— Enchanté de vous rencontrer toutes les deux, dit Andrew, sa voix grave tellement différente de lorsqu'elle l'avait entendue une fois.

— Andrew et ses filles sont venus du Colorado. Les filles sont avec Elizabeth et Audrey en train de se faire les ongles et d'autres choses.

— Enchantée, Andrew, dit Laura en lui serrant la main. Est-ce que ta femme est ici ?

— Non, elle est décédée, répondit-il, quittant enfin Tasha du regard pour poser les yeux sur Laura.

Tasha tressaillit, même si elle savait déjà que sa femme était morte.

— Je suis vraiment désolée, murmura Laura, avant de reculer et de donner un coup de coude à Tasha.

Message reçu : alerte au père célibataire magnifique, procédez sans aucune précaution.

Laura était aussi peu discrète qu'elle était amicale.

Tucker et elle se mirent à discuter des détails du mariage, et Lincoln et Andrew intervenaient de temps à autre. Tasha se détendit davantage. Maintenant que ces yeux bruns ne l'épinglaient plus, elle pouvait penser un peu plus clairement.

C'était une coïncidence insensée. Le banquier international en affaire avec son frère, qui avait servi de dommage collatéral lorsque Roman s'était déchaîné, connaissait également Elizabeth et Tucker.

Andrew n'était pas du tout là pour Tasha. Il ne se souvenait pas d'elle. Il ne savait pas quel prix elle avait payé trois ans plus tôt. Il avait été trop occupé à payer son propre prix.

Lorsqu'il y eut un léger blanc dans la conversation, elle serra le coude de Laura.

— Il faut que j'y aille. J'ai encore un cours de yoga à donner aujourd'hui.

Laura s'approcha d'elle et l'embrassa sur la joue.

— Je te vois demain, dit-elle, puis elle se pencha plus près de l'oreille de Tasha. Porte quelque chose de sexy. Quel beau gosse !

Le sourire de Tasha ressemblait davantage à une grimace lorsqu'elle fit un pas en arrière. Les hommes ne semblaient pas l'avoir entendue, heureusement.

Andrew s'avança et lui ouvrit la porte. Ses yeux bruns retrouvèrent les siens et, pendant une seconde, elle aurait pu jurer qu'il savait qui elle était. Et qu'il la détestait de toutes les fibres de son grand corps musclé. Elle frémit sans pouvoir s'en empêcher. Son instinct lui hurla à nouveau de s'enfuir. Puis il sourit, et ce qu'elle avait cru voir s'évanouit.

— J'ai été ravi de te rencontrer. Je te verrai peut-être au mariage.

Il se retourna vers Tucker, Lincoln et Laura.

Non, cet homme ne savait pas du tout qui était Tasha. Ce n'était que sa propre paranoïa.

Forcément.

Chapitre 4

Le lendemain après-midi, Andrew redressa sa cravate dans le miroir et s'inspecta une dernière fois avant de conduire les filles à la cérémonie.

Encore une nuit où il n'avait pas beaucoup dormi, en partie parce qu'il y avait deux petites filles excitées dans la chambre avec lui, mais surtout parce qu'il savait que Tasha Volkov se trouvait près de lui.

C'était bien elle la veille. Il avait déjà transmis le nom de Tasha Bowers à Zodiac pour qu'ils fassent des recherches. Rien n'était sorti, ce qui n'avait rien d'étonnant ; il n'y avait aucune carte de crédit à ce nom ni aucune immatriculation. C'était simplement le pseudonyme qu'elle utilisait ici.

Il s'était renseigné un peu plus, du mieux qu'il pouvait sans éveiller les soupçons, mais personne ne semblait savoir grand-chose sur elle. Elle avait bien réussi à enterrer son passé, à faire profil bas. Elle avait une présence en ligne suffisante pour ne pas paraître suspecte, mais elle n'y indiquait rien de trop personnel. Ni photos ni partage de souvenirs. Il n'y avait aucune mention de sa famille, et très peu d'amis.

Maintenant qu'il n'avait plus aucun doute sur le fait que Tasha était sa cible, il lui restait à trouver le moyen de s'en approcher suffisamment pour mener à bien sa mission.

Il luttait encore contre l'envie de s'écarter totalement du plan. Il pourrait prendre son arme de poing, l'obliger à quitter le mariage et exiger qu'elle lui dise tout ce qu'il avait besoin de savoir sur sa famille.

En fait, il n'aurait même pas besoin d'user d'une arme pour prendre Tasha. Cette femme était minuscule, elle ne devait pas mesurer plus d'un mètre cinquante, et pesait à peine plus de quarante-cinq kilos. Il faisait une trentaine de centimètres de plus qu'elle.

Il serra les poings le long de son corps. Sa constitution délicate ne devait pas compter. Pas plus que ces yeux bleus qui lui dévoraient la moitié du visage.

Elle était son ennemie. C'était la seule chose qu'il devait garder en tête.

— Papa, est-ce que je suis belle ?

Olivia pivota sur elle-même, faisant tourner sa robe autour d'elle.

Andrew s'obligea à reporter son attention dans la pièce.

— Magnifique, ma princesse.

— Et moi, alors ? demanda Caroline qui imita sa sœur, jusqu'à ce qu'elles tournoient toutes les deux dans la pièce comme deux tasses à thé.

— Fabuleuse ! Vous l'êtes toutes les deux.

Il devait se ressaisir. Planifier une action violente contre Tasha pendant que ses jumelles dansaient comme des ballerines, c'était dépasser les bornes. Il inspira profondément, ralentissant le martèlement constant de l'adrénaline contre son crâne.

Il avait besoin d'avoir les idées claires aujourd'hui. Il ne pouvait pas faire d'erreurs ou se comporter de manière irresponsable. Dans les deux cas, cela mènerait à des conséquences qu'il ne pouvait se permettre.

— Allez, papa, Audrey nous attend.

Olivia lui prit une main, Caroline, l'autre, et le tira vers la porte de leur chalet.

— D'accord. Allons-y.

La lumière chaude du soleil tombait du ciel bleu du Tennessee. Il tenait fermement ses filles, afin que les petits aimants à poussière ne salissent pas leurs robes bleu clair avant le début du mariage.

La cérémonie se déroulait à quelques minutes de marche du chalet style studio dans lequel ils logeaient. Les gens étaient déjà en train de discuter.

— Papa, regarde ! Un toutou !

Les jumelles lui lâchèrent les mains et coururent en avant. Un chien noir géant était assis à côté de Tucker, qui se tenait à l'extrémité d'un long tapis blanc qui s'étendait du chemin le long du lac jusqu'à un autel recouvert de fleurs. Les Smoky Mountains constituaient une toile de fond parfaite.

Andrew serra la main de Tucker et sourit quand le labrador retriever lécha ses filles.

— Qui est-ce ? Ton témoin ?

Tucker sourit.

— L'un d'entre eux. Voici Otto. Il a été à mes côtés dans les bons moments, les mauvais, et les plus laids d'entre eux. Je n'ai trouvé personne de mieux pour se tenir à mes côtés pendant que j'épouse mon autre meilleure amie.

— Elizabeth est d'accord avec ça ?

— Tu plaisantes ? Audrey et elle ont insisté pour qu'il soit là. Mais j'aurai aussi mes potes Chet et Wade. Tu sais, pour que je n'aie pas l'air d'un vrai cinglé.

Les filles se mirent à rire.

— Dites au revoir à Otto, leur intima Andrew. Nous

devons trouver nos places.

Elles s'extasièrent sur le chien pendant quelques secondes encore, puis elles l'aidèrent à trouver trois chaises du côté de la mariée.

Andrew scruta la foule. La plupart des sièges étaient occupés. C'était un petit groupe, vingt à trente personnes au maximum. Il repéra Laura qui s'agitait dans les parages, mais où était Tasha ?

Il jeta un coup d'œil par-dessus son épaule. *Bingo*. Elle était assise au dernier rang.

Ses cheveux blonds étaient coiffés en un chignon chic à la base de sa nuque. Elle portait une robe noire en coton, mais qui n'avait absolument rien de simple. Le décolleté était suffisamment plongeant pour mettre en valeur la courbe de ses seins et il épousait la forme de son buste.

Une décharge de honte le frappa de plein fouet et le contraignit à se tourner vers l'avant. *Bon sang !* C'était quoi, ça ? *De l'attirance ?* Il n'y avait pas de place pour une quelconque attirance. Tasha était l'ennemie. Tout simplement.

Incapable de s'en empêcher, il se tourna une fois encore. Les yeux de Tasha, qui dévoraient encore tout son visage, s'accrochèrent aux siens.

Elle ne détourna pas le regard. Et pourquoi l'aurait-elle fait ? Elle ignorait qui il était vraiment. Elle pensait simplement qu'il était un beau gosse qui assistait au mariage de ses amis, du moins si l'on se fiait à ce que Laura avait chuchoté la veille, croyant que personne ne l'entendait.

C'était sa meilleure chance : se faire passer pour un invité du mariage comme les autres, un homme qui souhaitait entamer une conversation innocente avec une belle femme. Il s'emparerait de son téléphone quand il le pourrait, et placerait l'émetteur.

Simple.

Il releva le coin de la bouche pour lui adresser un

sourire. Amical. Charmeur.

Elle baissa les yeux sur ses genoux, mais il eut le temps d'apercevoir un petit sourire de sa part.

Il se redressa, se tournant à nouveau vers l'avant. Il avait initié le contact et maintenant il était temps de regarder ses deux amis se marier. Il passa le bras autour des minuscules épaules de ses filles, et repoussa Tasha dans un coin de sa tête, au moins pour le moment. Il voulait profiter de ce moment où Elizabeth, Tucker et Audrey allaient débuter leur propre conte de fées.

Il serait alors temps de mettre les Volkov hors d'état de nuire. En commençant par Tasha.

TASHA TORDAIT le programme entre ses mains. Elle s'obligea à regarder droit devant elle, même si elle mourait d'envie de jeter un coup d'œil à Andrew et ses deux adorables filles.

Elle laissa échapper une longue respiration tremblante. Elle avait hésité à annuler plus d'une fois ce jour-là. Se mettre dans une situation où elle était aussi proche d'une personne de son passé était une énorme erreur.

Mais… elle était curieuse. Au sujet d'Andrew. Au sujet de ses filles. Au sujet de leur nuit après cette horrible nuit.

Sa curiosité l'avait incitée à accorder bien trop d'attention à sa coiffure et à son maquillage lorsqu'elle s'était préparée pour le mariage. Elle ne savait rien d'Andrew Zimmerman, sauf que c'était un banquier d'affaires internationales et qu'il avait des liens avec son demi-frère trois ans plus tôt.

Le fait que Roman ait donné l'ordre de tuer Andrew devait signifier que ce dernier n'était pas un criminel. Autant de raisons supplémentaires de l'apprécier.

Elle ne pouvait pas nier que ce n'était pas la seule chose qu'elle aimait. Tout dans son apparence physique était attirant : des cheveux noirs épais, des yeux brun profond, la mâchoire d'un guerrier, forte et inflexible.

Et lorsqu'il lui avait souri quelques minutes plus tôt, tout son visage était devenu plus avenant. Et le voir mettre ses bras autour de ses deux adorables filles ne diminuait en rien l'attirance.

C'était tellement étrange de penser qu'il avait joué un rôle si important dans sa vie : chaque jour de ces trois dernières années, elle avait pensé à lui d'une manière ou d'une autre, alors que lui ne savait même pas qu'elle existait.

Laura surgit de nulle part et prit la chaise à côté d'elle.

— Désolée, je suis en retard. J'aidais Brooke à s'assurer que tout était parfait dans le lodge pour la réception. Avec un peu de chance, maintenant je peux m'asseoir et profiter. Ou au moins, me détendre avant d'emmener Audrey pour la nuit.

Ravie de cette interruption, Tasha relâcha sa prise sur son programme, et se concentra sur son amie.

— Vous allez vous éclater toutes les deux.

Laura afficha un visage rayonnant.

— C'est clair, et j'ai le sentiment que je serai épuisée demain. Nous avons déjà fait quelques soirées pyjama, et cette petite ne veut jamais dormir. À moins qu'elle ne soit épuisée de sa journée, elle va vouloir rester debout tard et regarder des films pendant que je la gaverai de malbouffe.

— Je parie qu'elle sera fatiguée. Surtout après la danse, sans parler des émotions de la journée.

— Tu marques un point, répondit Laura, lissant une mèche de cheveux dans sa queue de cheval basse. Brooke sera là aussi pour m'aider. Nous sommes logées au lodge. Tu devrais te joindre à nous.

— On verra.

Tasha n'avait pas l'intention de se joindre à la petite soirée pyjama, mais elle trouverait une excuse plus tard. De préférence quand Laura serait distraite et qu'elle ne pourrait pas trouver une centaine de raisons pour qu'elle reste. Elle devait conserver un rempart entre Laura et elle, même si c'était dur.

En fait, elle gardait un rempart entre elle et tout le monde. C'était la seule façon pour elle de survivre.

De la musique flottait dans l'air, obligeant Tasha à reporter son attention sur le cortège. Audrey descendit l'allée dans une robe blanche duveteuse avec un ruban assorti noué dans ses cheveux blonds. Elle tenait un panier et jetait des pétales de roses rouges sur le sol, un sourire sur son doux visage.

La poitrine de Tasha se serra. Le visage de la petite fille rayonnait d'une joie pure. Elle atteignit l'autel et entoura Tucker de ses bras avant de se tourner face aux invités, Otto à ses côtés. Elle agita la main en regardant ses amies, les filles d'Andrew.

La marche nuptiale commença et Tasha se leva avec le reste des invités. Elle haleta en voyant la mariée. Elizabeth portait une robe sans bretelles de couleur crème. De la dentelle délicate épousait son buste, et une soie légère s'évasait à partir de sa taille. Les rayons du soleil illuminaient Elizabeth, qui regardait droit devant elle, les yeux rivés sur Tucker.

Les tentacules visqueux de la jalousie s'enroulèrent au creux de l'estomac de Tasha. Elle n'avait jamais regardé quelqu'un comme Elizabeth regardait Tucker. Et il y avait fort à parier qu'elle ne le ferait jamais.

Elle repoussa ces pensées indésirables et se concentra sur le positif. Elle était en sécurité. Elle n'avait jamais été aussi heureuse depuis des années. Et il y avait une communauté de gens qui semblaient vraiment avoir envie d'être auprès d'elle. C'était une chose qu'elle n'avait pas eue depuis la mort de sa mère, quand elle était jeune et que son père l'avait envoyée dans un pensionnat.

Et surtout depuis qu'elle avait découvert ce qu'était vraiment sa famille et qu'elle avait presque tout perdu en essayant d'arrêter la folie de son frère.

Elizabeth passa presque en flottant en serrant un bouquet lâche de fleurs sauvages, puis s'arrêta à côté de Tucker. Elle tendit une main à Audrey qui se blottit entre eux deux.

La musique s'arrêta. Tasha s'adossa à sa chaise. Elle écouta attentivement tandis que des mots d'amour, d'engagement, de famille et de foi unissaient le trio.

Des larmes perlèrent au coin de ses yeux. Les mariages la touchaient toujours, même si elle n'avait pas eu l'occasion d'assister à beaucoup d'entre eux. Mais il y avait quelque chose d'extraordinaire à voir deux personnes trouver leur chemin l'une vers l'autre après avoir subi tant d'épreuves. C'était magique qu'ils aient trouvé quelque chose d'aussi spécial après avoir tant perdu.

Mais cela brisait un peu l'âme de Tasha aussi. Car, même si elle a connu sa part d'ennuis, il n'y aurait pas de chaudron rempli d'or au pied d'un arc-en-ciel imaginaire pour elle.

Laura posa une main sur celle de Tasha, l'empêchant de continuer à tordre le papier froissé.

— Ça va ?

Elle hocha la tête.

— Oui. Bien. C'est magnifique.

L'officiant présenta les nouveaux époux juste avant que Tucker ne prenne Elizabeth dans ses bras pour l'embrasser.

Tasha applaudit avec le reste des invités qui poussaient des acclamations, puis elle se leva alors que monsieur et madame prenaient chacun une main d'Audrey.

— Ils forment une famille vraiment adorable, n'est-ce pas ? dit Laura, posant ses mains jointes contre son menton.

— C'est agréable de voir que les choses se passent bien.

Tasha ne put s'empêcher de laisser son regard se poser sur Andrew et ses filles. Les choses ne s'étaient pas bien passées pour sa femme et lui.

Le ventre noué, elle tourna le dos à cet homme magnifique et à ses jolies petites filles. Elle avait beau ne pas vouloir avoir affaire à Roman ou à une quelconque partie de son héritage, elle ne se débarrasserait jamais de la puanteur de la mort et de la destruction qui lui collait à la peau parce qu'elle était née dans une famille aussi horrible.

Ses yeux se remplirent de larmes qu'elle chassa du bout des doigts, reconnaissante de pouvoir invoquer le mariage comme excuse à l'émotion qu'elle n'arrivait pas à cacher.

Elle ne s'était pas laissée abattre par la tragédie pathétique qu'était sa vie depuis qu'elle avait emménagé à Pine Valley. Mais il avait suffi qu'elle aperçoive un homme lié à son passé pour la renvoyer dans les ténèbres d'où elle s'était extirpée quelques mois auparavant.

Un endroit où elle s'était juré de ne jamais revenir.

Peut-être qu'Andrew avait croisé son chemin à nouveau parce que l'univers essayait de lui dire quelque chose. Elle avait déménagé à des centaines de kilomètres, vivait avec l'œil constamment aux aguets, et elle ne pouvait toujours pas se débarrasser de son passé.

Il reviendrait toujours se manifester, la question étant de savoir quand.

Savoir qu'elle n'échapperait jamais vraiment aux griffes de son frère lui pesait comme une chape de plomb. L'apparition d'Andrew ne faisait que renforcer cette impression.

La seule façon pour elle de se libérer de sa famille, c'était de mourir.

Chapitre 5

Les glaçons dans le verre d'Andrew s'entrechoquèrent quand il fit tourner le scotch. S'il ne s'accordait qu'un seul verre ce soir, il allait s'assurer que ce soit un bon. Une gouttelette de liquide ambré perla sur le côté du verre et glissa sur la nappe blanche qui recouvrait la haute table sur le *deck*.

Des décorations tapissaient l'espace d'explosions de blanc, de vert et d'un généreux éventail de fleurs. Des lumières suspendues à la balustrade et accrochées au plafond créeraient une ambiance magique une fois le soleil couché.

Mais aucun décor ne pouvait rivaliser avec les éclaboussures d'orange et de jaune dans le ciel bleu. Le lac limpide reflétait les sommets des montagnes et la douce brise faisait danser les arbres au rythme du jazz doux qui jouait. Les invités se mélangeaient en attendant l'arrivée des jeunes mariés.

Andrew aimait la grandeur austère des Rocheuses du Colorado, mais ces *Smokies* avaient une beauté tout à fait différente.

— Papa, on peut avoir du gâteau ? demanda Caroline, bondissant sur la pointe des pieds. Il a l'air délicieux !

— Et tellement beau ! ajouta Olivia.

Elle écarquillait ses grands yeux, et elle était bouche bée.

Andrew rit, craignant que de la bave ne dégouline bientôt sur le menton de son enfant.

— Nous ne pouvons pas avoir de gâteau tant que Tucker et Elizabeth ne l'ont pas coupé. C'est une règle dans les mariages.

Les filles gémirent.

Lincoln et une petite femme aux longs cheveux bruns qui se trouvaient à proximité sourirent ; ils avaient manifestement entendu l'échange depuis leur place près de la balustrade. Lincoln se tourna vers Andrew.

— Si tu veux leur faire plaisir d'ici là, je suis sûr que Chet aura des bonbons à leur offrir en guise de pot-de-vin.

La femme aux cheveux bruns qui lui tenait le bras lui donna une tape.

— On ne parle pas de bonbons à un enfant sans l'autorisation préalable des parents ! Au fait, je m'appelle Brooke.

Elle s'écarta de son mari et lui tendit une main fine.

Andrew essuya la condensation sur sa paume avant de la serrer.

— Andrew. Enchanté de te rencontrer. Et merci pour le soutien, même si je crains que pour ce voyage, toute forme de restriction sur le sucre ne se soit volatilisée.

— Alors, où sont les bonbons ? demanda Olivia, faisant un tour complet sur elle-même, ses poings sur les hanches.

— Liv, ne sois pas impolie, la réprimanda-t-il.

Olivia grimaça.

— Désolée, papa.

Brooke rit.

— Chet est le cuisinier ici, et il a toute une table de friandises qui attendent.

Les bouches des jumelles s'arrondirent en chœur.

Andrew secoua la tête, craignant déjà l'overdose de sucre qu'il entrevoyait.

— Si cela ne te dérange pas, je peux les emmener. Laura est en train d'aider à tout mettre en place. Tu auras tout le temps un œil sur elles.

Brooke fit un geste vers la fenêtre la plus proche où il aperçut un géant à la barbe touffue en train de redresser des présentoirs de cookies et de cupcakes.

— Vas-y. Les filles, soyez sages et écoutez Brooke.

Il observa ses filles qui se précipitaient à l'intérieur, se dirigeant vers l'homme corpulent avec un tablier blanc noué autour de la taille.

— Chet n'est pas aussi effrayant qu'il en a l'air, remarqua Lincoln en s'asseyant à côté d'Andrew.

Ricanant, celui-ci but une autre gorgée de scotch.

— Je m'inquiète davantage pour les personnes que ces deux petits monstres parviendront à convaincre d'obéir à leurs exigences.

Il garda un œil sur ses filles qui se faisaient servir un cookie et un cupcake chacune. Laura les rejoignit devant la table des desserts et s'accroupit pour leur parler.

Sachant qu'elles étaient en sécurité, Andrew laissa son regard dériver. Il remarqua quelques visages familiers de la veille, mais aucun signe de Tasha. L'irritation l'étouffait ; il desserra sa cravate. Ce n'était pas parce qu'elle avait assisté au mariage qu'elle prévoyait de rester. *Merde.* Il n'aurait pas cru qu'elle partirait si tôt. Si elle n'assistait pas à la réception, il devrait concocter un autre plan.

— Est-ce que les filles s'amusent ? demanda Lincoln, le tirant de ses pensées.

— Elles aiment cet endroit. C'est en partie à cause d'Audrey, en partie parce qu'elles pensent que le lodge est un château. Elles n'ont même pas vu la piscine !

— Je suis surpris qu'Audrey ne la leur ait pas encore montrée. Elle y vit presque ! Mais je suppose qu'elles avaient bien de quoi s'occuper hier.

— Est-ce qu'Audrey passe beaucoup de temps ici ?

— C'est notre petite mascotte. Nous sommes tous tombés amoureux d'elle quand Elizabeth l'a amenée ici pour les protéger. Tucker a eu un coup de foudre au premier regard, mais je suis sûr que tu connais cette histoire.

Andrew hocha la tête, déjà au courant qu'Elizabeth avait été contrainte de faire face à son passé lorsqu'un harceleur s'en était pris à Audrey et à elle. Elle n'avait eu aucune envie de faire confiance à Tucker, car une partie d'elle lui reprochait la mort de son premier mari, mais en fin de compte, c'était l'homme idéal pour la protéger.

Un murmure circula parmi les invités. Lincoln se leva.

— On dirait que l'heureux couple est sur le point d'être annoncé. Tes filles seront ravies de pouvoir enfin goûter ce gâteau.

Jetant un rapide coup d'œil vers la fenêtre, il vit Olivia avec du glaçage blanc sur la joue et Caroline qui virevoltait sous les rires et les applaudissements de Laura et de Brooke.

— Je pense qu'elles en ont déjà eu beaucoup ! Espérons qu'Audrey parviendra à les distraire pour qu'elles n'en mangent pas davantage.

Les doubles portes du lodge s'ouvrirent au moment où le DJ demandait à tout le monde de se lever et d'accueillir M., Mme et Mlle Clayman. Les applaudissements fusèrent. Tucker, Audrey dans les bras, arriva sur le deck, tandis qu'Elizabeth brandissait son bouquet en l'air comme un trophée précieux.

Andrew était heureux pour ses amis, et il décida d'ignorer le pincement douloureux dans son cœur.

Une foule de personnes s'agglutina autour de la piste de danse improvisée. Le DJ annonça la première danse, et

Tucker conduisit Elizabeth et Audrey au milieu de la foule. Il les serra toutes les deux contre lui au son de la musique.

Tout le monde les regardait, et Andrew aperçut des cheveux blonds à l'autre bout du deck. Tasha se tenait dans le coin, dos à lui, et se balançait au rythme de la musique tout en contemplant le paysage sauvage qui s'étendait au-delà.

Elle était là. Un flot d'adrénaline se répandit dans ses veines. La cible était dans sa ligne de mire, et il ne la perdrait plus de vue jusqu'à ce que sa mission soit accomplie.

— Papa ! On veut danser ! s'exclama Caroline.

Laura tenait maintenant les mains des deux filles qui s'avançaient vers lui.

— Oui ! confirma Olivia avec un immense sourire. Et est-ce qu'on peut passer la nuit avec Audrey et Mlle Laura et Mlle Brooke ? Elles nous ont invitées ! On ne les a pas harcelées.

Ils avaient eu de nombreuses conversations à ce sujet : les filles ne devaient pas utiliser leur arme de prédilection, le harcèlement.

Olivia leva les yeux vers Laura, comme si sa dernière affirmation n'était pas tout à fait exacte.

Si c'était le cas, cette dernière ne les dénonça pas.

— Brooke et moi sommes de service auprès d'Audrey ce soir, et nous serions ravies que tes filles se joignent à nous. Je pense que ça aiderait aussi Audrey, pour que sa mère et son nouveau père puissent profiter de leur nuit de noces.

Il jeta un coup d'œil à Tasha dans le coin. Ne pas avoir à s'inquiéter à propos des filles rendrait l'installation de l'émetteur sur le téléphone de Tasha bien plus facile.

— Tant que tu en es sûre, répondit-il à Laura.

Les deux filles poussèrent des cris de joie.

— Tout le plaisir est pour moi, dit-elle avec un sourire.

— Danse avec nous, papa ! s'écria Caroline en sautillant.

— Danse avec elles un petit moment, puis je prendrai le relais. Nous allons passer une excellente soirée, affirma Laura, haussant un sourcil. Et peut-être que si j'ai les filles, ça te donnera une chance de danser avec… *d'autres personnes.*

Il savait exactement de qui elle parlait.

L'idée de tenir Tasha dans ses bras était à la fois répugnante et attirante.

Les autres invités commençaient à rejoindre la piste de danse et Andrew y conduisit les filles. Il gardait un œil sur la tête blonde dans le coin.

C'était le début de la fin pour elle, mais elle ne le savait pas encore.

TASHA INSPIRA PROFONDÉMENT et regarda les petites vagues qui clapotaient sur le lac, laissant le vent frais souffler sur son visage.

D'une certaine manière, le fait d'être à l'extérieur l'aidait à rester centrée. Peut-être était-ce le fait de savoir qu'elle n'était pas enfermée entre quatre murs, qu'elle pouvait s'enfuir si nécessaire.

Si Roman se présentait pour la tuer.

Venir ici ce soir avait été une erreur. Plus elle restait, plus elle savait que c'était vrai. Se rapprocher de quelqu'un, même de Laura, était une erreur. Essayer de s'intégrer dans cette communauté était une erreur. Se retrouver constamment en train de regarder Andrew Zimmerman était définitivement une maudite erreur.

Il était temps de passer à autre chose. Elle essayait juste de trouver la force de le faire.

— S'il te plaît, dis-moi que tu n'as pas prévu de rester

seule ici toute la soirée, dit Laura, apparaissant de nulle part pour se placer à côté d'elle.

Tasha haussa les épaules.

— Je commençais à me sentir un peu claustrophobe.

C'était une excuse aussi bonne qu'une autre.

Laura donna un petit coup d'épaule à Tasha.

— Mais si tu ne reviens pas à l'intérieur, tu ne verras pas le bel Andrew danser avec ses filles. Et c'est peut-être la chose la plus adorable au monde.

Incapable de résister, Tasha se retourna et s'appuya contre la balustrade. Elle fouilla du regard la piste de danse maintenant bondée, jusqu'à ce qu'elle repère Andrew qui faisait tourner ses filles en larges cercles. Leurs jolies robes virevoltaient dans l'air sous leurs rires, et Andrew affichait un large sourire.

— Il est vraiment beau, je te l'accorde, soupira Tasha.

L'époque où elle pouvait glousser avec une amie à propos d'un homme séduisant était révolue. Et elle ne pouvait surtout pas le faire au sujet d'Andrew.

Laura passa un bras autour d'elle.

— Viens boire un verre à l'intérieur. Mon dernier avant que je prenne mes fonctions de baby-sitter. Mais, ne t'inquiète pas, je te reconduirai quand même, ou je trouverai quelqu'un d'autre pour le faire.

Tasha se frotta le front pour essayer d'atténuer un peu son stress. Cet après-midi-là, elle n'avait pas envie de venir. Laura avait proposé de venir la chercher avant qu'elle n'ait l'occasion d'annuler.

Elle soupira discrètement et suivit son amie à l'intérieur.

— Je ne sais même pas ce que tu aimes boire, lança Laura par-dessus son épaule en approchant du bar. Comment est-ce possible ?

Parce que connaître la boisson préférée de quelqu'un,

c'était un truc d'ami proche, et que Tasha ne pouvait pas le permettre.

— Je prendrai juste un vin blanc.

— Je vais faire pareil. Quelque chose de léger avant que je ne prenne en charge la surveillance des filles pour la nuit.

— Les filles ? Je pensais qu'il n'y avait qu'Audrey.

Laura sourit en prenant les verres de vin ; elle en tendit un à Tasha.

— Changement de plan. Brooke et moi avons ajouté deux petites à la fête, expliqua-t-elle, et son sourire s'élargit. Salut, Andrew. Tu fais une pause ?

Les muscles des épaules de Tasha se raidirent. Elle n'avait pas besoin de se retourner pour savoir qu'il se tenait juste derrière elle.

— Oui, les filles ont eu leur dose pour la soirée, je crois. Elles sont toutes les trois avec Brooke.

— C'est parfait. J'étais sur le point d'aller traîner avec elles. Maintenant que tu es là, Tasha n'aura pas à boire son verre seule.

Laura se pencha à l'oreille de son amie et parla tout bas.

— Pour info… j'ai laissé un préservatif sous ton oreiller quand je suis venue te chercher. Juste au cas où. Il n'y a pas de quoi.

Des paroles de protestation fusèrent dans la bouche ouverte de Tasha, mais elle ne put en sortir aucune avant que Laura ne lui tapote l'épaule et ne s'éloigne en gloussant comme une écolière.

Merde.

Le rire profond d'Andrew lui donna des frissons jusqu'aux orteils.

— Elle est très amicale

Tasha soupira légèrement avant de rire.

— Mais pas très subtile.

Et encore, il n'était pas au courant de tout.

Laissant échapper une longue respiration régulière, elle se retourna enfin. Il était plus près qu'elle ne l'avait prévu, son large torse à quelques centimètres d'elle. Il avait abandonné sa cravate et roulé ses manches de chemise jusqu'aux coudes, combinaison mortellement sexy qui lui assécha la bouche. Ses cheveux noirs étaient ébouriffés, comme s'il avait passé ses mains dedans un nombre incalculable de fois.

Elle se demanda quelle sensation cela lui procurerait de passer ses doigts dans cette magnifique chevelure. De les promener sur les muscles tendus de son avant-bras ? Son estomac se tordit, et la chaleur envahit ses joues.

— Tu vas bien ? lui demanda-t-il, plissant les yeux. Tu as besoin de t'asseoir ? Tu es un peu rouge.

Andrew saisit le coude de Tasha dans sa paume chaude et l'emmena s'asseoir à l'écart de l'agitation de la réception qui battait encore son plein.

Elle s'installa sur le coussin et but une trop grande gorgée de son vin avant de poser le verre sur la table basse devant elle. Le goût fruité enroba sa langue et lui brûla la gorge, avant d'apaiser ses nerfs. Son coude la picotait à l'endroit où il l'avait touchée.

À quand remontait la dernière fois qu'un homme l'avait touchée ? Sans parler d'une manière qui lui donnait envie de se rapprocher.

Non. Elle ne pouvait pas se laisser happer par le romantisme et le bonheur qui l'entouraient. Elle ne pouvait pas laisser son esprit s'égarer dans des fantasmes des *et si* ou *ne serait-ce pas agréable*.

Surtout pas avec cet homme.

— Tasha ?

Le doux son de son nom la ramena à l'instant présent. Elle s'efforça de sourire.

— Désolée. J'ai décroché pendant une seconde.

Il sourit et s'assit à côté d'elle, les genoux tournés vers les siens.

— Je comprends. Les mariages sont amusants, mais les journées sont longues. Surtout quand ladite journée démarre avant l'aube.

Elle grimaça et serra son sac sur ses genoux.

— Beurk… Tu n'es pas du matin, hein ?

— Pas quand j'ai à peine dormi sur un canapé trop petit. Crois-le ou non, c'était bien mieux que le lit avec deux gamines qui gigotent, dit-il en riant, puis il but une gorgée d'eau.

— Le yoga te permettrait de t'étirer un peu.

Il fronça le nez. Éclatant de rire, elle leva les mains, laissant son sac sur ses genoux.

— Désolée. Déformation professionnelle, je suppose. J'essaie toujours de recruter du monde.

Il sourit à son tour.

— Non, je comprends. Je suis sûr que ce serait génial, mais ce n'est pas vraiment mon truc. Tu aimes faire autre chose que du yoga ?

Elle lutta pour trouver quelque chose qu'elle pourrait partager.

— Euh… du jardinage.

Enfin, si l'on pouvait qualifier de jardinage les soins qu'elle apportait aux quatre plantes de son minuscule bungalow. Elle avait un jardin chez elle avant de découvrir ce qu'était réellement l'entreprise familiale Volkov.

Elle s'étonnait toujours de constater que son jardin lui manquait plus que tout le reste.

— Le jardinage. Vraiment ?

— Est-ce surprenant ?

Il se frotta la nuque.

— Un peu. Ma grand-mère jardinait. J'imagine toujours de petites vieilles dames agenouillées sur ces minuscules tapis en mousse, qui se plaignent d'avoir les ongles sales et du paillis dans les cheveux.

L'image fit à nouveau rire Tasha.

— Le jardinage ne convient pas à tout le monde. J'aime trouver des moyens d'embellir mon espace. Faire des associations et des mélanges inattendus pour créer quelque chose de magique. Je laisse une petite partie de moi-même pour que la personne qui suivra la découvre et l'aime.

Il plissa le front.

— Tu laisses souvent des choses derrière toi ?

Merde. Elle avait laissé échapper plus de choses qu'elle n'aurait dû.

— Pas plus que n'importe qui d'autre cherchant sa place dans la vie, je suppose.

Troublée, elle se leva et balaya la pièce du regard, en quête de Laura. Bon sang ! C'était la pire soirée pour ne pas avoir son propre moyen de transport. Il fallait qu'elle s'en aille d'ici.

Andrew se leva à son tour.

— Ai-je dit quelque chose de mal ?

— Non, il se fait tard et j'ai des cours tôt demain matin. Je devrais y aller.

— Tu viens d'avaler un verre de vin plutôt rapidement, dit-il en baissant le menton vers son verre vide. Tu devrais peut-être attendre un peu avant de prendre le volant.

— Je n'ai pas conduit. Laura m'a amenée. Elle devait me ramener à la maison avant de revenir pour aider avec Audrey. Et avec tes filles aussi, maintenant, dit-elle, sentant que la conversation allait devenir encore plus gênante. Euh… ça te dérange si je t'emprunte ton téléphone une seconde ?

Il semblait encore plus choqué qu'elle ne s'y serait attendue.

— Tu veux emprunter mon téléphone ?

Un rire nerveux échappa à la jeune femme.

— Je voudrais chercher le numéro d'une compagnie de taxis et en appeler un.

— Où est ton téléphone ?

— Je, euh… je l'ai oublié, mentit-elle.

Elle n'utilisait son téléphone jetable qu'en cas d'urgence. Elle s'en servait occasionnellement, mais elle ne l'avait pas sur elle. Mieux valait rester hors réseau autant que possible ;

— Il est chez moi.

Il secoua la tête, comme si c'était une idée inconcevable.

— Quoi ? fit-elle.

Il secoua la tête et sourit, même si le sourire ne semblait pas tout à fait authentique.

— Je, euh… c'est juste que la plupart des gens sont collés à leur téléphone.

C'était parce que la plupart des gens avaient des amis et de la famille avec qui ils voulaient rester en contact. Ou des comptes sur les réseaux sociaux, où ils voulaient télécharger de jolies photos. Tasha n'avait rien de tout cela.

— Pas moi, il faut croire, répondit-elle en haussant les épaules.

— Je peux te ramener chez toi.

Elle cilla en le regardant.

— Quoi ? Non. Tu es ici avec tes amis, et tu as les filles. Tu ne vas pas partir pour me conduire en ville.

— Les filles sont avec Laura et Brooke, elles se fichent complètement de moi. Honnêtement, ce n'est pas un problème. Et, sérieusement, il y a des taxis dans une ville aussi petite ?

Il marquait un point. Elle chercha une bonne raison de lui dire non et de refuser son offre, mais rien ne lui vint.

Il tendit la main et lui toucha le coude. Elle pouvait presque sentir la chaleur de ses doigts à travers le tissu fin de sa manche.

Elle voulait qu'il continue de la toucher.

Quel mal pouvait-il y avoir à cela ? Un court trajet en voiture pendant lequel elle pourrait faire semblant qu'il s'agissait d'un homme séduisant et chevaleresque qui était aussi attiré par elle. Elle pourrait faire comme si elle ne l'avait jamais rencontré auparavant, et qu'elle ne l'avait pas laissé tomber de la pire des manières. Elle pourrait prétendre qu'il aimerait continuer à la toucher autant qu'elle aimerait qu'il le fasse.

Pour un court trajet en voiture, elle pouvait imaginer que sa vie était normale et qu'elle n'était pas épuisée, seule et effrayée presque tous les jours de sa vie.

Quel mal pouvait-il y avoir à cela ?

Chapitre 6

Pour la première fois, Tasha regrettait toutes les serrures qu'elle avait installées sur la porte d'entrée du petit bungalow qu'elle louait en ville. Sa paume, couverte de sueur, compliquait l'insertion de la clé dans tous les petits trous.

— Tu n'étais pas obligé de me raccompagner jusqu'à ma porte, dit-elle par-dessus son épaule, alors qu'elle luttait pour entrer dans sa maison.

Le trajet en voiture jusqu'à la ville avait été plus riche en conversations et en rires qu'elle ne l'aurait cru.

Andrew lui-même était plus que ce à quoi elle s'attendait.

Il plongea les mains dans les poches avant de son pantalon et haussa légèrement les épaules. La faible lueur de la lune l'éclairait et lui donnait un air presque gamin.

— J'ai promis de te ramener à la maison en toute sécurité. Je ne peux pas faire ça si tu restes dehors seule dans le noir, à essayer d'entrer dans la forteresse de la solitude.

Elle était heureuse que la lumière du porche ne soit pas allumée : ainsi, il ne pouvait pas voir ses joues rougir.

— Une célibataire n'est jamais trop en sécurité.

Enfin, elle déverrouilla la dernière serrure. L'hésitation lui fit tourner lentement la poignée. Il se tenait sur le petit perron et lui souriait.

— Tu veux entrer pour prendre un café ou un thé ? demanda-t-elle sans pouvoir s'en empêcher.

Elle retint son souffle, craignant qu'il ne trouve une excuse maladroite et ne s'en aille. Mais elle avait tout aussi peur qu'il dise oui. Le sourire d'Andrew s'élargit.

— Oui, merci. Mais il vaudrait mieux que ce soit un déca.

— Je peux faire ça, répondit-elle.

Elle ouvrit la porte et entra, allumant à mesure qu'elle traversait le salon et atteignait la cuisine.

— Entre !

La minuscule maison était ancienne, et les petites pièces étaient séparées les unes des autres, contrairement aux constructions modernes où tout était ouvert. Ni le chauffage ni l'air conditionné ne fonctionnaient correctement, et l'espace avait besoin d'un bon coup de peinture, mais elle s'en fichait. C'était propre, et proche de son travail. Et surtout, le loyer n'entamait pas trop ses finances très limitées.

Andrew restait si près d'elle qu'elle pouvait presque sentir la chaleur de son corps à chaque pas. Elle était si tendue que même un déca serait trop fort pour son organisme. Elle posa son sac sur le plan de travail stratifié et s'affaira à préparer la cafetière.

S'appuyant contre les meubles, il croisa les chevilles et l'observa.

— C'est sympa. Tu vis ici depuis longtemps ?

Elle ricana. *Sympa* n'était pas le mot qu'elle aurait utilisé pour décrire son environnement miteux. La seule chose qu'elle savait d'Andrew, c'était qu'il travaillait dans la finance internationale, même si elle ne voyait pas exactement le lien avec Roman. Quoi qu'il en soit, il était sans doute habitué à des choses de meilleure qualité. Pas à ce réfrigérateur couleur avocat qui ronronnait si fort qu'elle l'entendait quand elle dormait, ni à cette table pour deux qu'elle avait récupérée puis restaurée.

— Merci, c'est assez sympa pour moi. Ça fait un moment que je suis ici, dit-elle, s'assurant de répondre aussi vaguement que possible.

— Et qu'en est-il du yoga ? Tu as toujours aimé ça ? demanda-t-il, appuyant un coude sur le plan de travail derrière lui.

— J'aime les choses qui me permettent d'apaiser mon esprit. C'est aussi pour ça que j'aime jardiner.

Elle espérait qu'il ne demanderait pas à voir. Les quatre plantes en pot qu'elle possédait actuellement n'étaient pas vraiment très impressionnantes.

Mais elle pouvait les mettre dans sa voiture en un clin d'œil si elle devait quitter la ville.

— Qu'en est-il de la famille ? Tu as des gens dans le coin ?

— Ma mère… n'est pas loin d'ici, répondit-elle, et ce n'était pas totalement faux. En dehors de ça, personne, en fait.

Elle se retourna pour prendre des tasses dans le placard. Elle n'avait pas envie de parler de sa famille. Elle ne pouvait pas supporter l'idée d'en parler avec lui après ce qui s'était passé.

Elle resserra les doigts autour des mugs. Qu'était-elle en train de faire, à discuter avec Andrew comme s'il était vraiment un bel inconnu qu'elle venait de rencontrer au mariage d'amis communs ? À lui parler comme s'il n'était pas susceptible de s'enfuir au courant s'il savait qu'elle était la demi-sœur de Roman.

Lui tournant toujours le dos, elle tendit la main pour prendre une cuillère dans le tiroir à côté d'elle.

— C'est ton téléphone avec tes couverts ?

Elle se retourna et le trouva bien trop près d'elle. Elle laissa échapper un rire haletant.

— Cet endroit est plutôt vieux. C'est le seul tiroir de la cuisine qui fonctionne. Si je le garde ici quand je suis à la maison, je sais que je ne l'égarerai pas.

Elle avait appris à ses dépens, quelques années plus tôt, qu'il fallait veiller à ce que chaque chose ait sa place bien définie afin de pouvoir faire ses valises et partir en moins d'une minute. Elle avait un sac de survie, un sac à dos, dans le placard près de la porte d'entrée, qui contenait quelques vêtements et tout l'argent liquide qu'elle pouvait épargner. Elle pouvait le prendre, ainsi que le Glock et son téléphone, et s'en aller précipitamment en cas de besoin.

— C'est une bonne manière de ne pas le perdre.

Il était si proche. Ses yeux bruns emplissaient tout le champ de vision de Tasha. Son odeur, une eau de toilette subtile mélangée à quelque chose qui lui était propre, l'attirait.

Avant même de savoir ce qu'elle allait faire, elle combla la distance entre eux, posant ses lèvres sur celles d'Andrew.

Cela fait si longtemps, littéralement *des années*, qu'elle n'avait pas été proche d'un homme comme ça. Honnêtement, elle n'en avait même pas eu envie. Survivre lui prenait déjà toute son énergie et sa concentration.

Mais elle voulait cet homme.

Jusqu'à ce qu'il se raidisse et commence à s'éloigner.

Bon sang, qu'avait-elle fait ? Elle n'était qu'une pauvre idiote. Elle n'avait pas encore ouvert les yeux qu'elle commençait déjà à s'excuser. C'était la faute de Laura, avec son histoire de *préservatif sous l'oreiller*, elle lui avait mis des idées en tête.

— Andrew, je suis vraiment désolée. Je ne sais pas à quoi je pensais…

Elle ne put terminer, car la bouche d'Andrew s'écrasa sur la sienne. Elle ouvrit la bouche en laissant échapper un couinement de surprise, et sa langue en profita. Les mugs qu'elle tenait à la main cliquetèrent sur le plan de travail tandis qu'Andrew dévorait ses lèvres.

C'était… c'était au-delà de tout ce qu'elle avait jamais ressenti, même avant qu'elle ne découvre la vérité sur sa famille, quand elle menait une existence insouciante en faisant tout ce qu'elle voulait.

Il glissa les doigts dans les cheveux de Tasha, ruinant le chignon qu'elle avait fait pour le mariage. Il lui inclina la tête pour mieux accéder à sa bouche. Elle remonta les mains le long des bras d'Andrew pour les enrouler autour de ses larges épaules.

Ce ne fut que lorsqu'il posa les doigts sur la fermeture éclair à l'arrière de sa robe qu'elle retrouva ses esprits. Elle ne pouvait pas le laisser lui retirer sa robe ici dans la cuisine, même si elle en mourait d'envie. Il y avait trop de lumière. Il aurait trop de questions au sujet des cicatrices qui couvraient ses épaules et son dos.

Des questions auxquelles elle ne pouvait pas répondre. Il recula lorsqu'il la sentit se raidir, et il passa une main dans ses cheveux.

— Je suis allé trop loin. Je…

— Non, pas du tout.

Elle s'efforça de parler rapidement, avant d'être trop nerveuse pour le faire. Elle le *désirait*.

— Je préférerais qu'on continue dans la chambre, si ça te va.

Les yeux bruns d'Andrew semblaient torturés mainte-nant. Il allait dire non. Ce n'était pas ce qu'il voulait vraiment. *Elle* n'était pas ce qu'il voulait vraiment. Elle s'efforça de sourire.

— Ne t'inquiète pas pour ça. Il n'y a pas mort d'homme. Je…

Elle poussa un nouveau cri lorsque les mains d'Andrew descendirent le long de ses flancs, puis remontèrent, entraînant avec elles le tissu souple de sa robe. Dès qu'elle eut passé les genoux, il souleva Tasha dans ses bras.

— Dans quelle direction, ta chambre ?

Les yeux d'Andrew semblaient différents, plus durs, plus déterminés, pendant la seconde où elle les vit avant qu'il ne pose à nouveau la bouche sur celle de la jeune femme. Elle inclina la tête en direction de la chambre. Cet endroit n'était pas très grand. Il trouverait.

Il garda ses lèvres scellées aux siennes en la portant sans effort. Heureusement, il n'alluma pas lorsqu'il l'abaissa sur le lit, continuant à faire glisser sa robe le long de ses jambes.

Sa bouche se dirigea à nouveau vers la sienne, mais les baisers étaient différents. Plus délibérés.

Qu'est-ce que cela pouvait bien vouloir dire ?

Ce n'est pas comme si c'était désagréable. Au contraire. Chaque caresse de la langue d'Andrew dans sa bouche faisait grimper la température dans tout son corps. Et ses mains qui remontaient le long de ses cuisses pour lui retirer sa simple culotte de coton n'aidaient pas à étouffer cette chaleur.

Ses lèvres descendirent le long de sa mâchoire avant qu'il s'arrête. Il laissa échapper un gémissement.

— Je n'ai pas de préservatif.

— En fait, j'en ai un.

Elle remercia silencieusement Laura pour son odieuse ingérence, tout en priant pour qu'elle ait dit la vérité.

Il se figea.

— Bien. Bien sûr.

Elle glissa la main sous l'oreiller et le trouva. Elle le lui tendit.

La lumière était suffisante pour qu'il puisse distinguer ce qu'elle tenait, mais pas assez pour qu'il puisse voir les détails de son corps. C'était une bonne chose, même si elle mourait d'envie de revoir ses yeux comme dans la cuisine.

Elle entendit l'emballage du préservatif se déchirer et se raidit. Ils étaient tous deux encore presque entièrement habillés.

— Andrew, je… commença-t-elle avant de s'interrompre.

Elle n'était pas sûre de ce qu'elle voulait dire. Qu'elle en voulait plus ? Que cela faisait longtemps pour elle ? Qu'elle voulait qu'il l'embrasse à nouveau comme il l'avait fait dans la cuisine ?

Parce que ses lèvres étaient à nouveau sur les siennes, mais c'était encore différent. Bon, mais… *différent.*

Il glissa une main sous sa robe pour toucher son sein, posant à nouveau les lèvres sur sa gorge ; elle oublia tout ce qu'elle voulait dire. Elle se concentra sur la sensation de l'avoir près d'elle. Sur son souffle qui se mêlait au sien.

Andrew glissa une main le long de la cuisse de Tasha et lui écarta les jambes pour pouvoir insérer ses hanches minces entre elles. Une seconde plus tard, il s'enfonçait en elle, l'emplissant jusqu'à la garde.

La douleur la figea sur le lit. Elle avait cru être prête, mais elle ne l'était pas.

Il se figea.

— Tasha ?

— Je suis désolée. Je… je…

Elle inspira et expira pendant une seconde. Ce n'était pas si terrible maintenant que son corps s'adaptait à sa longueur. Un instant plus tard, il passa une main entre eux et la toucha, lui offrant cette pression dont elle avait besoin jusqu'à ce qu'elle laisse échapper un gémissement.

La douleur disparut et son corps s'adoucit à son contact. Il posa encore les lèvres sur sa gorge, suçotant la chair doucement au même rythme que ses doigts caressaient le point sensible entre ses jambes.

Puis il recommença à bouger son corps. Tasha enroula les bras autour des épaules d'Andrew, accrochant une jambe à ses hanches.

Oui, *ça*. Ce n'était peut-être pas exactement ce qu'elle voulait, mais c'était tellement plus que ce qu'elle avait eu depuis très longtemps.

Il retira ses doigts de son clitoris et passa un bras sous son genou, pour la pénétrer plus profondément. Elle soupira son nom tandis que ses coups de reins s'intensifiaient. La chaleur monta à nouveau au creux de son corps, la poussant plus haut ; elle bascula silencieusement du bord du gouffre. Elle s'agrippa à ses épaules et enfouit son visage dans son cou tandis que de minuscules ondes de choc la traversaient.

Oui. Elle en voulait encore plus. Encore plus de lui. Encore plus de ça.

Il lui fallut une seconde pour se rendre compte qu'il avait cessé de bouger. Avait-il terminé ? Peut-être qu'il était juste très silencieux pendant l'amour. La respiration d'Andrew était aussi laborieuse que la sienne. Mais il semblait raide. Tendu.

— Euh… commença-t-elle, mais elle ignorait comment aborder le sujet. Est-ce que tu vas bien ? Est-ce qu'il y a quelque chose que tu… euh… que tu voudrais que je fasse ? Pour t'aider à… finir ?

Il se redressa sur ses bras et se retira d'elle.

— Non, je vais… très bien. Tout va bien.

Elle avait dû se tromper.

— D'accord. Très bien.

Mon Dieu ! C'était tellement gênant !

— Je vais juste prendre de l'eau.

Elle se couvrit les yeux avec son bras lorsqu'il sortit du lit, bien qu'elle ne puisse pas le voir de toute façon. Peut-être que pendant son absence, elle pourrait trouver quoi dire.

Peut-être que si elle lui expliquait que cela faisait long-temps pour elle, et qu'elle plaisantait sur le fait que c'était Laura qui avait laissé le préservatif sous son oreiller, cela permettrait de briser la glace.

Mais elle n'entendit pas l'eau couler dans la cuisine. Le seul bruit qu'elle entendit une minute plus tard fut celui de sa porte qui s'ouvrait, et d'Andrew qui s'en allait.

Chapitre 7

— Nous avons trouvé deux autres cartes de visite de Roman Volkov et nous sommes presque certains qu'un cambriolage dans un laboratoire pharmaceutique a également été orchestré par le cartel Volkov.

Andrew était de retour dans la salle de mission active de Zodiac. En fait, il était plus épuisé que lors de sa dernière visite un mois plus tôt. Les cauchemars au sujet de la mort de Kylie étaient de retour, l'empêchant de dormir tous les soirs. Mais cette fois, l'ange qui les avait sauvés, les filles et lui, n'était plus sans visage : il avait celui de Tasha.

Après ce qui s'était passé entre eux à Pine Valley un mois auparavant, Andrew avait du mal à digérer à quel point le fait que ce soit Tasha qui le sauve dans ses rêves était tordu.

Il se passa une main sur le visage et essaya de se concentrer sur ce que disaient Ian DeRose et Callum Webb. Cela pouvait se résumer en une phrase :

Roman Volkov et sa joyeuse bande de terroristes avaient repris du service.

— Où était le laboratoire pharmaceutique ? demanda Ian à Callum.

— À Cincinnati.

— Qu'est-ce qui a été pris ?

— Des opioïdes qui rapporteront un paquet sur le marché noir.

Ian passa une main dans ses cheveux noirs.

— Qu'en est-il des victimes de Roman ? Où étaient-elles ?

— L'une d'elles était à Dallas, dit Callum, consultant le dossier qui se trouvait devant lui. L'autre était à Atlanta. Le cartel est en train de bouger, comme d'habitude. La seule chose qui nous a permis de relier les victimes entre elles, c'est la fameuse carte de visite.

Andrew n'avait pas participé à la traque des Volkov au cours du mois écoulé. Il avait fait sa part. Il avait les filles maintenant, et elles étaient sous sa seule responsabilité. Il ne participait plus aux missions actives.

D'autant plus que la dernière, avec Tasha, n'avait pas été… *très glorieuse*. À quoi avait-il pensé ? Il n'avait pas réfléchi, et c'était bien le problème. Et depuis, il n'avait pas cessé de penser à elle. Il n'était pas fier de ce qu'il avait fait, de la façon dont il avait géré la situation, même si le fait d'avoir posé l'émetteur en partant avait permis de mener à bien la mission.

— Le mouchard que tu as installé ne fonctionne pas, dit Ian.

D'accord, la mission n'avait peut-être pas été couronnée de succès. Andrew secoua la tête.

— Je l'ai placé sur son téléphone portable. Je suis sûr à cent pour cent que c'était le sien.

Parce qu'elle le gardait dans le tiroir à couverts. D'une certaine manière, il avait trouvé cela… *attachant*. Juste avant que tout ne dégénère.

Il n'avait révélé à personne de chez Zodiac Tactical comment il était parvenu à placer le transmetteur sur le téléphone de Tasha. Et il n'avait surtout pas évoqué le fait qu'il avait couché avec elle pour ça.

Non pas que l'un de ses collègues l'aurait jugé, car ils avaient tous dû prendre des décisions éthiquement discutables au cours de leur carrière. Mais toute cette situation lui donnait déjà l'impression d'être un enfoiré, et partager les détails avec ses amis ne ferait qu'empirer les choses.

Qu'est-ce qu'il croyait ?

— Non, l'émetteur fonctionne, dit Callum.

Andrew s'obligea à reporter son attention sur la conversation en cours.

— Nous avons pu recueillir des informations sur son téléphone grâce à ses transmissions.

Il se passa une main sur le visage.

— Quel genre d'informations vous en avez tiré ?

— La plupart du temps, ce sont des choses tout à fait inoffensives. Des numéros locaux qui correspondent à des entreprises et à ses contacts connus, d'après ce que tu nous as dit.

Lorsqu'il était rentré chez lui après le mariage, Andrew avait fait un débriefing complet de la mission. Il avait inclus le fait qu'elle l'avait invité chez elle, mais n'avait pas mentionné le sexe. Dans le rapport, il avait énuméré toutes les personnes qui, selon lui, étaient en contact avec Tasha.

— Principalement des appels ou des textos échangés avec une certaine Laura Metcalf.

Andrew acquiesça. Cela n'avait rien de surprenant.

— Quelque chose d'utile ?

Callum s'adossa à sa chaise.

— Tasha a consulté quelques chats et sites web dont on sait qu'ils sont liés à Roman et au cartel.

C'était un début.

— Y a-t-il quelque chose qui nous permette d'agir ?

— Malheureusement, non. Tous les sites auxquels elle a accédé et qui étaient liés au cartel étaient soit obsolètes, soit déjà connus et surveillés. Elle n'a fait aucune tentative pour communiquer ou contacter Roman directement. En tout cas, pas avec ce téléphone.

Andrew sentait la frustration le ronger. L'homme qui avait ordonné la mort de Kylie était toujours en vie et commettait encore des crimes. Et surtout, il avait besoin que ce qui s'était passé un mois plus tôt entre lui et Tasha n'ait pas été vain.

Il se frotta la nuque.

— Il est possible qu'elle ait un autre téléphone.

Callum hocha la tête.

— Nous l'avons déjà envisagé et c'est une possibilité. Cependant, étant donné qu'elle s'est servie de ce téléphone pour accéder à certains sites web signalés, nous pensons qu'il est peu probable qu'elle ait un deuxième portable.

Ian s'adossa à son siège.

— Callum et moi pensons que Tasha reste la meilleure option pour obtenir de bons renseignements. Y a-t-il des éléments auxquels tu aurais pu penser au cours du mois écoulé et que tu n'aurais peut-être pas mentionnés lors du débriefing initial ? Tu connais la chanson : il n'y a pas de trop petit détail.

Andrew inspira par le nez et expira par la bouche, essayant de penser à Tasha de façon neutre. Pas à ce qu'il avait ressenti lorsqu'elle était sous lui. Pas à la sensation de la peau lisse de l'intérieur de ses cuisses sous ses doigts. Pas à la sensation de l'avoir enroulée autour de son…

Il s'éclaircit la gorge.

— La suspecte semblait relativement appréciée, même si tout indique qu'elle est solitaire. Les appels téléphoniques de

Laura Metcalf ne me surprennent pas : elle semble être l'amie la plus proche de Tasha.

Ian acquiesça.

— Et ces gens à Pine Valley… tu leur fais confiance ?

Andrew haussa les épaules.

— Je ne suis vraiment proche que d'Elizabeth et de Tucker, mais je suis convaincu que les personnes avec lesquelles ils choisissent de s'associer ne sont pas des criminels. Crossroads Mountain Retreat existe depuis des années et a fait beaucoup de bien aux anciens membres des forces de l'ordre et de l'armée qui souffrent de SSPT.

— Cela ne veut pas dire que les personnes liées à la retraite ne sont pas des criminels, souligna Callum.

Andrew hocha la tête.

— Je suis d'accord. Mais honnêtement, ce n'est pas du côté des personnes liées à Crossroads que je passerais du temps à chercher.

Callum approuva.

— D'accord. La couverture de Tasha en ville, c'est professeur de yoga. Est-ce que tu vois en quoi ça pourrait être utile au cartel ?

Andrew secoua la tête.

— Honnêtement, non. Mais cela lui donne accès à un certain nombre de personnes différentes. Il y a peut-être une cible qu'elle cherche à mieux connaître.

Il observa Callum et Ian qui se lançaient un regard, comme si c'était un sujet qu'ils avaient déjà abordé. Avec un signe de tête, ce dernier se pencha en avant et appuya sur le bouton du téléphone de la table de réunion.

— Tu peux faire venir Isaac ? Merci.

Andrew se redressa.

— Isaac Baxter ? Il n'est pas stationné en Europe ?

— Il est rentré au pays la semaine dernière. Après

discussion, Callum et moi avons pensé qu'il pourrait être un bon candidat pour la suite de cette mission.

Andrew sentit un poids s'abattre sur sa poitrine. Il ne connaissait pas bien Isaac, mais il avait déjà une bonne idée de ce qui était prévu si on l'appelait à la rescousse.

— Nous pensons que la meilleure option serait d'envoyer quelqu'un à Pine Valley quelques semaines pour se rapprocher de Tasha, poursuivit Ian. Quelqu'un qui pourrait s'infiltrer dans sa vie quotidienne, découvrir ce qu'elle fait et comment elle contacte habituellement son frère. De toute évidence, ce n'est pas avec son téléphone, donc peut-être qu'ils se rencontrent en face à face ou quelque chose comme ça.

Isaac entra et adressa un sourire amical à tout le monde. Ce type ressemblait à une foutue star de cinéma.

— Qu'est-ce qui se passe, boss ? Landon a dit que tu avais une mission pour moi. Quelque chose en rapport avec le cartel Volkov.

Ian acquiesça.

— La sœur Volkov, qui a disparu pendant longtemps, se trouve dans une petite ville du Tennessee. Nous devons nous servir d'elle pour atteindre son frère.

— Andrew a placé un émetteur sur son téléphone, mais cela ne nous a pas permis d'obtenir beaucoup d'informations, ajouta Callum. Nous avons besoin de quelqu'un qui puisse travailler avec elle au quotidien. Qui devienne intime avec elle.

— Une mission *Roméo*, constata Isaac dont le sourire s'estompa légèrement.

—Je sais que ce n'est pas ce que tu préfères, dit Ian. Et si nous avions plus de temps, et si Roman Volkov voulait bien arrêter de tuer des gens, nous nous y prendrions d'une manière plus appropriée. Mais, malheureusement, ce n'est pas un luxe dont nous disposons actuellement. Nous devons agir vite et fort et cette femme est la meilleure option.

Il ne fallait pas être un génie pour voir que cette idée n'enthousiasmait pas Isaac, mais qu'il allait quand même donner son accord.

— Je vais le faire, lança Andrew.

Les mots avaient quitté sa bouche avant qu'il ne sache qu'il allait les prononcer. Les trois autres hommes se tournèrent vers lui et le fixèrent du regard. Aucun d'entre eux ne dit quoi que ce soit.

— J'ai déjà rencontré Tasha et j'ai établi un contact avec elle, poursuivit-il.

Dans cette situation, cela pouvait vouloir dire beaucoup de choses, mais il n'allait pas développer.

— Envoyer quelqu'un d'autre en mission Roméo pourrait la rendre méfiante puisque j'ai flirté avec elle au mariage, dit Andrew qui s'efforçait de ne pas faire la grimace.

Ian jeta un coup d'œil à Callum, puis à Andrew.

— Pour être honnête, tu étais notre premier choix, mais nous ne pensions pas…

Il ne termina pas sa phrase et haussa les épaules.

— Que je serais partant ? Que je serais capable de gérer une situation comme celle-ci en mission active ?

— Non, répondit Ian d'une voix tendue. C'est *toi* qui t'es retiré du terrain, pas moi. Je n'ai jamais douté de tes capacités. Mais qu'en est-il de tes filles ?

— S'il est question de quelques semaines, je les laisserai avec Gavin et Lexi. Elle m'a demandé à les emmener à Disney World et les filles seront folles de bonheur.

Son frère et sa belle-sœur n'avaient pas encore d'enfants, et ils considéraient les filles comme un bon entraînement pour le jour où ils en auraient.

— Andrew, tu en es sûr ? demanda Callum. Quand on

dit qu'on ne voulait pas te demander, ce n'est vraiment pas parce qu'on t'en croyait incapable. Demander à quelqu'un de séduire la sœur de l'homme qui a tué sa femme, c'est trop en exiger de n'importe qui.

Il fallait qu'Andrew vide son sac maintenant et qu'il leur raconte toute l'histoire de ce qui s'était passé chez Tasha un mois plus tôt. En tout état de cause, cela contribuerait à apaiser leurs inquiétudes quant à sa capacité à faire ce travail.

Mais il ne put se contraindre à prononcer les mots. Il était… *en conflit.*

Oui, il avait honte d'avoir couché avec la sœur de l'homme qui avait fait tuer sa femme. Mais, plus encore, il avait honte de la façon dont il l'avait fait. Cela avait dû être horrible pour Tasha.

Wham, bam, et même pas un merci, m'dame.

Il n'aurait pas dû se soucier de la médiocrité de cette expérience pour elle, ce n'était pas ça l'important. Mais, d'une manière ou d'une autre, il s'en inquiétait.

— Je vais gérer, s'obligea-t-il à dire. Rien n'est plus important à mes yeux que d'abattre Roman Volkov.

— Tu es parti en bons termes avec Tasha ? demanda Callum. Avec une raison plausible pour laquelle tu serais de retour un mois plus tard ?

—Je vais gérer, répéta-t-il.

Il allait devoir commencer par s'excuser et espérer que cela suffirait à la convaincre de lui parler. Ian l'étudia, les yeux plissés, comme s'il savait qu'il y avait une chose qu'Andrew n'avouait pas. Mais il n'insista pas.

— D'accord, nous allons établir le plan complet pendant que tu t'occupes de tes filles. Nous nous sommes déjà arrangés pour lui faire subir une pression financière. Elle a commencé à bosser au *diner* du coin.

Andrew hocha la tête. Cette pratique n'était pas inhabituelle lorsqu'il fallait amener un criminel à faire quelque chose. Briser leur confort de vie constituait souvent un premier pas dans la bonne direction.

— Isaac assurera les renforts pour cette mission, mais restera invisible sauf en cas de besoin.

Andrew tourna les yeux vers le jeune homme qui hocha la tête.

— N'hésite pas, mec, lui dit Isaac avec un nouveau sourire amical. Honnêtement, je suis bien content de ne pas être le leader sur cette mission.

Apparemment, Andrew allait retourner à Pine Valley.

Auprès de Tasha Volkov.

QUELQUES HEURES PLUS TARD, Andrew se noyait parmi les monticules de robes et de maillots de bain qui encombraient le tapis rose de la chambre d'Olivia et de Caroline. Les bavardages enthousiastes des filles au sujet de leur voyage à Disney World lui donnaient le tournis.

Elles n'avaient même pas sourcillé à l'idée de ne pas voir leur père pendant plusieurs semaines.

— Je ne veux pas ma robe de Belle, je veux celle de Cendrillon ! affirma Olivia avec un léger gémissement dans la voix.

Caroline posa ses minuscules poings sur ses hanches.

— Mais c'est ma robe ! Je suis toujours Cendrillon !

Andrew se retint de rire, faute de quoi il devrait affronter la colère des filles. Leur dispute pouvait lui sembler stupide, mais pour ses jumelles, le choix de la princesse en qui elles se déguiseraient pour visiter l'endroit le plus magique du monde était une affaire d'importance.

— Pourquoi ne pourriez-vous pas partager ? demanda-t-il en ramassant des vêtements qu'il plia avant de les placer dans une valise géante sur le lit d'Olivia.

Quand son monde avait été bouleversé et sa maison détruite, il avait opté pour un endroit éloigné du plus grand nombre. La sécurité étant sa principale préoccupation, sa propriété et sa maison étaient truffées d'équipements de pointe qu'il pouvait contrôler de n'importe où.

Mais les filles avaient la maîtrise de la décoration dans la chambre qu'elles partageaient. Ce qui voulait dire tapis et murs roses, rideaux blancs froufroutants et couvre-lits de princesse. La maison était suffisamment grande pour qu'elles aient chacune leur propre espace, mais elles avaient choisi de rester ensemble. Une décision qu'il approuvait, car si le pire venait à arriver, elles seraient au même endroit, et il pourrait les prendre toutes les deux et les transporter en lieu sûr.

Il ne voulait plus ressentir l'incapacité à mettre sa famille à l'abri.

— Partager ? répéta Caroline, fronçant les sourcils. Comment est-ce qu'on pourrait partager qui nous sommes ?

Il lutta pour ne pas sourire.

— Mais n'est-ce pas là tout le plaisir de faire semblant ? Vous pourrez changer qui vous êtes chaque jour. Vous avez plein de robes. Vous pourriez chacune être une princesse différente chaque jour.

Les filles se tournèrent pour se regarder, haussèrent les épaules, puis sourirent : elles étaient partantes pour sa solution. Si seulement sa propre vie pouvait être aussi simple ! S'il pouvait juste changer qui il était chaque jour en fonction de son humeur ou de ce qui était à son ordre du jour.

— Papa, j'aimerais que tu puisses venir avec nous. Tu ne vas pas pouvoir manger dans des châteaux ou faire toutes les attractions amusantes ! regretta Olivia, se blottissant contre lui en attrapant ses jambes.

Il serra sa fille contre lui.

— J'aimerais aussi pouvoir y aller avec vous, mon bébé.

Mais, plus encore, il voulait en finir avec les Volkov. Olivia et Caroline oublieraient qu'il n'était pas venu avec elles tant elles s'amuseraient avec leur tante et leur oncle.

— Mon sac est prêt ! annonça Caroline depuis l'autre bout de la chambre.

Elle rayonnait de fierté, avec son sac à dos débordant d'animaux en peluche et de livres de coloriage à ses pieds.

— Bon travail, dit-il, car il ne voulait pas la froisser en lui disant qu'elle devrait retirer quelques trucs.

Il finirait de tout préparer correctement une fois qu'elles seraient au lit. Le lendemain, il confierait ses précieuses filles à son frère, sachant que Gavin était tout à fait capable de les protéger.

Ensuite, il trouverait un moyen de revenir dans la vie de Tasha Volkov.

Chapitre 8

Tasha essuya la table sale du Chill N'Grill et jeta un coup d'œil par la vitre avant de se dépêcher de rejoindre le groupe de personnes qui attendaient d'être assises. Elle leur adressa un sourire rapide.

— J'arrive tout de suite.

Ils hochèrent la tête et retournèrent à leur conversation. Les averses d'avril ne faiblissaient pas depuis une semaine, ce qui convenait parfaitement à l'humeur de Tasha.

Lorsqu'elle avait emménagé à Pine Valley six mois plus tôt, elle ne s'attendait pas à grand-chose. Cela avait changé lentement au fil du temps, elle avait trouvé des amis et un endroit où elle n'avait pas l'impression de devoir constamment regarder par-dessus son épaule.

Un endroit où la chance avait enfin tourné.

Puis Andrew Zimmerman avait fait irruption dans sa vie le mois précédent, avec une relation sexuelle tout à fait banale, et il avait jeté une sorte de mauvais présage sur son existence même. Et sa chance avait tourné au vinaigre.

Les diverses réparations dues aux pannes de presque

tout avaient réduit ses économies à néant, si bien qu'elle avait de plus en plus de mal à tirer sur l'argent qu'elle gagnait en donnant des cours de yoga. Elle avait dû trouver un autre emploi payé en espèce, et où l'on ne posait pas beaucoup de questions.

Elle se hâta de revenir et d'installer les personnes près de la porte, à qui elle donna des menus avant d'apporter sa commande à une autre table.

Heureusement pour elle, elle avait appris à connaître le propriétaire du grill, Wade McKenzie, au cours des derniers mois, et il avait accepté de la faire travailler plusieurs fois par semaine. Il avait haussé un sourcil lorsqu'elle avait demandé à être payée en liquide, mais il avait accepté quand elle lui avait expliqué qu'elle avait un souci de compte bancaire qu'elle espérait régler rapidement.

Elle était donc là, la fille qui avait fréquenté certains des internats les plus huppés d'Europe et porté des vêtements des plus grands couturiers pendant la majeure partie de sa vie, aujourd'hui serveuse à temps partiel.

Elle ne pouvait certes pas blâmer Andrew Zimmerman pour toute sa malchance, et encore moins pour cette pluie incessante, mais cette nuit-là, un mois plus tôt, avait semblé amorcer la spirale descendante.

Elle apporta de l'eau à une autre table.

Ensuite, comme si ses maigres fonds et son ego meurtri ne suffisaient pas, elle avait découvert des rumeurs faisant état du regain d'intérêt de Roman pour la retrouver. Elle s'était servie de son téléphone jetable et de son vieil ordinateur portable pour accéder à des sites qu'elle avait découverts lorsqu'elle avait appris la vérité sur sa famille et ses liens avec le terrorisme.

Sur ce chat, il y avait plusieurs messages de Roman qui la recherchait. Ces messages étaient camouflés en appels pour qu'elle rentre à la maison, et codés en l'appelant *birthday girl*, car Tasha signifiait *anniversaire* en russe.

Un frisson lui parcourut l'échine. Roman ne pouvait avoir qu'une seule raison de vouloir la retrouver : lui faire payer le fait de s'être opposée à la famille. Certainement pas pour *faire la fête* avec elle.

Son demi-frère l'avait toujours détestée, sa jalousie à l'égard de la relation de leur père avec la mère de Tasha creusant un fossé entre eux. Puis cette jalousie s'était envenimée au fil des ans, se muant en une haine toxique qu'elle était impuissante à arrêter.

Trois ans plus tôt, elle s'était directement opposée à lui, après quoi elle s'était enfuie.

Elle n'avait aucun doute sur le fait que si Roman la retrouvait, ce ne serait pas l'occasion de joyeuses retrouvailles.

Elle repoussa ces pensées et essuya une table qui s'était libérée, puis retourna vers la cuisine.

— La terre à Tasha !

Revenant au présent en clignant des yeux, elle se retrouva face à Laura qui était assise seule au bar. Sa veste verte était parsemée de pluie.

— Salut, toi. Désolée. Mon cerveau se disperse dans une douzaine d'endroits différents.

— Je vois bien. Comment vas-tu ? J'ai l'impression que nous n'avons pas beaucoup eu l'occasion de parler depuis le mariage de Tucker et Elizabeth.

Tasha jeta le torchon qu'elle tenait sur son épaule et grimaça.

— Désolée. Les choses ont été très compliquées.

Et elle savait que Laura allait insister au sujet d'Andrew, qu'elle allait vouloir connaître tous les détails du moment où il l'avait raccompagnée chez elle. Elle avait réussi à tenir son amie à distance en lui disant que ça n'avait pas fonctionné ; ensuite, elle avait carrément essayé de l'éviter.

Tasha ignorait pourquoi elle gardait le secret sur ce qui s'était passé entre Andrew et elle. Laura serait la première à lui apporter une bouteille de vin et à déblatérer sur un mauvais coup.

Mais, d'une certaine manière, Tasha n'avait pas envie de faire ça.

Elle ne savait pas pourquoi. Peut-être à cause de ce que sa famille avait fait à celle d'Andrew. Peut-être parce qu'elle avait pensé si souvent à lui au cours des trois dernières années, alors même qu'elle ne connaissait pas son nom. Peut-être parce qu'elle l'avait trouvé si séduisant alors qu'elle avait peur que cette partie d'elle, la partie *passionnée*, n'ait flétri et péri dans sa lutte permanente pour sa propre survie.

Oui, le sexe avait été au mieux convenable. Et oui, elle était contente de ne plus jamais avoir à le revoir. Mais quand même, elle ne voulait pas partager les détails de cette nuit-là.

Elle ne voulait pas dire à quel point elle avait été déçue. Pas nécessairement à cause du sexe, car cela aurait pu être corrigé avec un peu d'effort et de communication. Mais parce qu'il s'était enfui sans un mot.

Laura lui serra la main.

— Je suis navrée que tu doives travailler ici. Je sais que Zoé aurait aimé avoir davantage de travail pour toi au studio de yoga, afin que tu n'aies pas à prendre un second emploi. Elle a dit qu'il faudrait que tu deviennes formatrice diplômée pour pouvoir donner plus de cours.

Tasha aurait aimé pouvoir accepter l'offre de sa patronne, mais pour obtenir un diplôme de formatrice dans un autre domaine, il fallait suivre des cours, ce qui impliquait que son nom et ses informations se retrouveraient dans une nouvelle base de données. Un risque qu'elle ne pouvait prendre.

Elle s'efforça de sourire.

— Oui, peut-être à un moment donné. Pour l'instant, je suis heureuse ici, et j'aime être occupée le plus possible.

D'accord, c'était un mensonge. Faire le service après avoir donné des cours lui donnait mal aux pieds tous les soirs et les muscles de son cou étaient tendus. Elle était peut-être en meilleure forme que la plupart des gens, mais perfectionner la posture du chien tête en bas ne l'aidait pas beaucoup pour porter de lourds plateaux et faire face à des clients exigeants.

Mais elle aimait vraiment être occupée. Au moins, elle n'avait pas le temps de rester assise à penser à… *des gens.* Ou à ses déceptions.

— Désolée, je dois y aller, dit-elle avant que Laura puisse dire autre chose. Nous sommes débordés. Il faut que j'aille récupérer la commande d'une table.

Laura acquiesça, comme si elle comprenait qu'il valait mieux ne pas insister auprès de Tasha pour le moment.

— Je vais demander à Wade de prendre ma commande. Nous pourrons rattraper le temps perdu plus tard.

— Ça me plairait.

Elle lui adressa un rapide sourire, puis changea de direction pour rejoindre le groupe de femmes d'âge moyen qui avaient franchi la porte et secouaient la pluie de leurs vêtements. Cette zone allait bientôt devoir être nettoyée à la serpillière.

— Bonjour, mesdames, les accueillit Tasha avec un sourire. Vous êtes quatre aujourd'hui ?

— Oui, répondit une blonde ronde. Nous avons toutes passé une matinée d'enfer et avec les trombes de pluie qui tombent, nous serons sans doute ici un moment.

Super. Rien de tel qu'un groupe qui s'installait au moment le plus chargé de la journée. Tout ce qu'elle espérait, c'était qu'elles laisseraient un gros pourboire.

— Pas de problème, répondit-elle avant de les guider jusqu'à la table près de la cheminée.

Elle détestait la grosse tête de cerf fixée au-dessus de l'âtre en pierre, mais se plaindre à propos de la taxidermie, en particulier quand le père du propriétaire avait tué et empaillé lui-même l'animal, était un moyen infaillible de se faire remarquer à Pine Valley.

— Les menus sont sur la table, poursuivit Tasha alors que les femmes s'installaient autour de la table. Je peux prendre votre commande de boissons maintenant, ou revenir plus tard.

— Je veux un grand verre de ça, dit la brune toute en jambes en agitant les sourcils, pointant sa main en direction de la porte.

Tasha se retourna et se figea : Andrew Zimmerman venait d'entrer.

— Miam miam, dit l'une des femmes derrière elle. Je ne l'ai jamais vu en ville : je l'aurais remarqué à coup sûr.

— Oh, chut ! dit l'une d'elles, et elles se mirent à rire. Benji mourrait s'il entendait dire que sa parfaite petite femme reluque un autre homme.

— Il n'y a rien de mal à regarder.

La chaleur monta aux joues de Tasha, elle détourna le regard d'Andrew. Elle n'arrivait même pas à déterminer ce qu'elle ressentait. Une chose était sûre : il avait fière allure.

Après ce qui s'était passé entre eux, il n'était définitivement pas là pour elle. Mieux valait pour elle qu'elle l'évite complètement. Il ne fallait surtout pas qu'il sache qu'il l'avait blessée avec ses actes. Empoignant son carnet de commandes, elle se tourna vers le groupe de femmes.

— Désolée, les filles, je ne peux pas vous rendre service à ce niveau-là, mais que diriez-vous d'un peu d'eau ? Ou peut-être un mimosa pour vous réchauffer de ce front froid et humide auquel nous ne pouvons échapper ?

Les quatre femmes poussèrent des cris et hochèrent la tête.

— Parfait. Laissez-moi aller vous chercher ça, et je reviendrai prendre vos commandes.

Elle aperçut Andrew qui se dirigeait vers le bar. Tout droit vers Laura. *Merde.* Laura lui dirait que Tasha travaillait. Elle n'avait aucune raison de ne pas le faire. Bien entendu, il était possible qu'il ne demande rien. Elle ignorait ce qui était le pire. Elle ne pouvait pas se cacher jusqu'à ce qu'il parte et s'attendre quand même à de bons pourboires. Elle allait devoir l'affronter. Mais elle le ferait en gardant la tête haute et en faisant comme s'il n'avait pas meurtri son ego.

Relevant le menton, elle rangea son carnet de commandes dans le tablier sale noué autour de sa taille et se faufila entre les tables jusqu'au bar avant qu'il ne puisse atteindre Laura.

Comme s'il la sentait, Andrew se retourna et leurs regards se croisèrent. Il écarquilla légèrement les yeux, puis il leva une main. Son visage se crispa d'une manière qui lui indiqua qu'il était peut-être aussi mal à l'aise qu'elle vis-à-vis de cette rencontre.

Tant mieux.

— Andrew Zimmerman, dit-elle, les lèvres pincées. Jamais je n'aurais pensé te voir ici aujourd'hui. Te revoir tout court, en fait.

Il tressaillit légèrement, et elle sut que sa remarque avait fait mouche.

— J'avais envie d'une bonne ambiance. J'ai entendu dire que cet endroit était le meilleur de la ville.

Elle ricana, même s'il n'avait pas tort. Le Chill N'Grill était un lieu incontournable de Pine Valley. La nourriture était toujours bonne, le service agréable, et la bière fraîche.

Sans parler de l'ambiance de bar country qui donnait aux clients l'envie de se défouler et de s'amuser.

Elle haussa un sourcil.

— Tu as fait un long voyage pour déjeuner. Les filles sont avec toi ?

— Non, dit-il en secouant la tête, toujours l'air penaud. C'était un voyage que je devais faire seul, ou du moins cette partie du voyage. Elles n'ont pas besoin de voir leur père ramper aux pieds d'une chouette femme, la suppliant de lui pardonner d'avoir été un con.

Elle se figea. Ce n'était pas du tout ce à quoi elle s'était attendue de sa part.

— Je ne pense pas que ce soit nécessaire, répondit-elle en croisant lentement les bras. Nous savions tous les deux que tu n'étais en ville que pour le week-end.

— Ce n'est pas ce que je veux dire, et tu le sais.

Il s'approcha d'un pas et tous les autres bruits du restaurant semblèrent s'évanouir.

— En fait, je ne sais pas. Je ne sais rien de toi, n'est-ce pas ? Je m'en suis rendu compte assez rapidement.

Il pinça les lèvres à son tour.

— Je n'aurais pas dû faire ce que j'ai fait.

Elle pencha la tête sur le côté et se rapprocha légèrement pour que personne d'autre ne puisse l'entendre.

— Tu vas devoir te montrer plus précis. Tu n'aurais pas dû être aussi fade au lit ou tu n'aurais pas dû partir sans dire un mot ?

Il tressaillit à nouveau. Bon sang, il fallait qu'elle s'arrête ! À quoi cela servait-il ? Ce qui était fait était fait. Elle passa une main sur sa queue de cheval et fit tourner l'extrémité autour de son doigt.

— Écoute. Ce qui s'est passé n'est pas grave. Il n'y a pas mort d'homme. C'est sympa de te revoir, mais il faut que je retourne au travail.

Il posa une main sur son avant-bras pour l'empêcher de partir, et le picotement familier parcourut son corps.

— Que je te plante comme ça, c'était grave, et ça me ronge de l'intérieur depuis. J'ai besoin que tu comprennes quelque chose, dit-il, la voix enrouée, et il s'éclaircit la gorge. Tu es la première femme avec qui j'ai été depuis la mort de mon épouse.

Toute la colère justifiée de Tasha s'envola. Il avait donc une raison d'agir comme il l'avait fait. C'était tout à fait compréhensible. Elle ferma les yeux un instant.

— Andrew, ça doit être très dur. Je ne sais pas quoi dire.

— Tu n'as pas grand-chose à dire. Mais moi, si, il y en a pas mal. Je voudrais t'expliquer beaucoup de choses. M'excuser. Peut-être même recommencer. Crois-tu que nous pourrions dîner ce soir ?

—Je ne peux pas.

— Parce que tu ne veux pas, ou parce que tu as des projets ? Je suis en ville pour quelques jours encore. Nous pourrions peut-être nous voir demain à la place.

Elle secoua la tête ; elle détestait le fait qu'elle avait envie d'accepter de dîner. Mais elle avait déjà pris trop de risques la nuit où elle avait couché avec lui, tout ça pour qu'il la brise. Elle ne voulait pas revivre cela.

—J'ai des cours à donner ce soir et je suis très occupée demain. J'apprécie tes excuses et tes explications, mais vraiment, ce n'est pas nécessaire. Honnêtement, tu nous as peut-être rendu service à tous les deux. Je n'avais jamais eu de coup d'un soir, et ça ne pouvait être que gênant. Tu nous as épargné ça.

Il passa ses doigts dans ses cheveux épais.

— Ce n'est pas seulement la façon dont je suis parti. C'est la façon dont je t'ai traitée. J'étais détaché, j'ai reculé. Je me suis renfermé. Je me sentais coupable, comme si je trompais Kylie. Je ne voulais pas m'arrêter, mais je ne savais pas comment continuer. J'ai fini par faire n'importe quoi et gâcher une belle soirée avec une femme fantastique.

Elle finit par sourire.

— Merci. Tu n'avais pas besoin de venir jusqu'ici pour me le dire, même si c'est agréable à entendre. Mais je dois vraiment me remettre au travail. J'ai des mimosas à préparer et des commandes à prendre avant de me rendre à mon boulot numéro deux.

— D'accord, dit-il en retirant enfin sa main de son bras. Mais, comme je l'ai dit, je serai dans le coin. Si tu changes d'avis, je travaille à Crossroads, donc je séjourne là-bas.

— Bon voyage.

Incapable de résister, elle déposa un baiser rapide sur sa joue et s'éloigna sans un autre regard. Un poids lui pesait sur les épaules, même si elle venait d'apprendre que ce n'était pas de sa faute s'il s'était enfui sans explication ni au revoir. Il avait une vie compliquée et désordonnée.

Tout comme la sienne.

Mais leurs deux existences ne pouvaient se croiser. Ils ne pourraient jamais être réunis d'une manière qui leur donnerait peut-être à tous les deux ce qu'ils voulaient, ce dont ils *avaient besoin*. Il n'y avait donc aucune raison de retarder l'inévitable. Andrew Zimmerman devait rester hors de sa vie pour de bon, même si chaque fibre de son être réclamait de le revoir.

Elle passa devant Laura, qui lui attrapa la main et la força à s'arrêter.

— C'est à Andrew que tu parlais à l'instant ? Est-ce que tu vas bien ? Tu as l'air un peu tremblante.

Elle ne voulait pas mentir à son amie. Pas à cet instant. Elle lui livra donc toute la vérité qu'elle pouvait se permettre.

— Oui, c'était lui. Il dit qu'il est en ville pour quelques jours. Il veut que nous allions dîner, mais j'ai refusé.

Laura en resta bouche bée.

— Pourquoi ?

Tasha jeta un coup d'œil par-dessus son épaule vers Andrew qui franchissait la porte.

— Parce que passer du temps avec Andrew est un risque que je ne peux pas me permettre.

Chapitre 9

Tandis qu'Andrew guidait Isaac vers la petite maison de Tasha dans sa voiture de location, il distinguait partiellement le centre-ville de Pine Valley à travers le rideau de pluie qui tombait.

— C'est celle-ci, dit-il, pointant du doigt le bungalow blanc aux volets noirs et à la porte d'entrée usée par les intempéries.

— Tu es sûr qu'elle ne reviendra pas de sitôt chez elle ?

— Elle m'a dit qu'elle avait quelques cours à donner quand elle aurait terminé son service au restaurant.

— Tu as prévu de la voir plus tard dans la soirée ? demanda Isaac en descendant un peu plus loin dans la rue pour ne pas se garer juste devant chez elle.

Presque tout le monde restait à l'intérieur à cause de la tempête, mais ils ne voulaient pas attirer l'attention sur eux pendant qu'Andrew s'introduisait chez Tasha. Il ne voulait pas expliquer qu'elle l'avait repoussé sans ménagement. Mais il ne pouvait pas lui reprocher ce qu'elle ressentait.

Fade au lit.

Il serra les dents au souvenir de ces mots, même si, si

c'était la pire chose qu'elle avait à dire sur lui, il s'en tirait à bon compte.

Se préoccuper de cette question aurait dû figurer tout en bas de la liste des priorités d'Andrew. Le sexe ne faisait pas partie des paramètres de la mission. Il avait fait le nécessaire pour placer l'émetteur sur son téléphone.

Mais Tasha avait raison. Il avait été au mieux fade.

Il n'avait pas menti en lui disant que c'était la première fois qu'il avait des relations sexuelles depuis la mort de Kylie. Et il n'avait pas menti non plus en disant que cela lui avait fait perdre la tête.

C'était le cas. C'était toujours le cas. Pourtant, il était là, de retour, prêt à le refaire avec elle. Et, s'il se montrait honnête envers lui-même : il avait *envie* de recommencer. Et pas seulement pour obtenir des renseignements, mais il le ferait.

Mais cette fois-ci, il ne serait pas *fade*.

— Non, elle était réticente à s'engager dans quoi que ce soit.

— Ça va ? demanda Isaac, repoussant une mèche de cheveux blonds sur son front.

Sa coupe ébouriffée le faisait davantage ressembler à un surfeur qu'à un agent expérimenté travaillant avec l'équipe d'élite de Zodiac Tactical, mais quiconque le sous-estimait pour cette chevelure le faisait à ses risques et périls.

— Oui. Ça va aller. Garde l'œil ouvert et fais-moi savoir s'il faut que je sorte rapidement.

Rabattant la capuche de son blouson noir sur sa tête, il s'élança sous la pluie et remonta en courant l'étroit trottoir jusqu'au perron en béton. Il savait que cela ne servait à rien de passer par la porte d'entrée : elle l'avait suffisamment fortifiée pour résister à un siège. La porte arrière était tout aussi problématique.

Mais la fenêtre du petit salon ? La dernière fois qu'il était venu, il l'avait noté comme une faille de sécurité potentielle : la serrure était neuve, mais la fenêtre elle-même était vieille et montée sur des charnières qui pouvaient facilement être arrachées. Il s'y dirigea tout droit et, grâce à quelques coups bien placés, il se retrouva à l'intérieur du bungalow quelques minutes plus tard.

Une personne issue d'une famille de criminels aurait dû être mieux informée sur les moyens de se protéger. Disposer de tous les verrous du monde ne servait à rien s'il y avait une faille dans l'armure quelque part.

— Je suis à l'intérieur, informa-t-il à Isaac.

— D'accord. Tout va bien ici.

— Je passe en vidéo pour que tu puisses voir.

Ils s'étaient mis d'accord sur le fait que deux paires d'yeux valaient mieux qu'une. L'appareil d'Andrew transmettait ce qu'il voyait à Isaac dans la voiture.

— Bien reçu, les images passent bien.

Il marcha lentement pour qu'Isaac puisse se faire une idée de l'endroit. Pour ne pas attirer l'attention sur la maison vide, il laissa les lumières éteintes, bien que des trombes d'eau plongeaient le salon dans l'ombre. Andrew avait beau être déjà venu, il avait été tellement pris par sa mission qu'il n'avait pas prêté attention aux détails. Des détails qui lui sautaient maintenant aux yeux.

La petite pièce contenait un vieux canapé, une télé à tube cathodique datant des années 90 et un petit meuble devant la baie vitrée avec quelques plantes en pot. Aucune photo sur les murs, pas de souvenirs ni de bibelots pour encombrer l'espace.

Intéressant. Andrew avait croisé le chemin de Roman Volkov et de son père plus d'une fois. Les deux hommes étaient connus pour apprécier les meilleures choses dans la vie. Pas question pour le Loup de s'entourer du strict minimum. Pourquoi aurait-il laissé sa sœur le faire ?

Il avait pensé que les emplois de Tasha n'étaient qu'une couverture, et qu'elle avait une fortune bien cachée. Mais peut-être s'étaient-ils mis d'accord pour faire le silence radio le temps que les choses se tassent. Cela expliquerait pourquoi Zodiac Tactical n'avait rien entendu en surveillant son téléphone au cours du dernier mois.

Ne voulant pas perdre plus de temps, il cacha rapidement les micros dans la pièce : sous un abat-jour près du canapé, dans l'angle du plafond sous l'épaisse moulure et sur le côté du téléviseur.

— Le son passe bien ?

— Oui, même si j'ai l'impression d'être une merde. C'est tellement intrusif !

— Je comprends, et je suis du même avis, dit Andrew. Mais tu as vu la foutue *carte de visite* de Roman. Ce type est un psychopathe, comme l'ensemble de son organisation. Si ça permet de sauver des vies, alors ça en vaut la peine.

Illégal peut-être, mais ça en valait la peine. Ils s'inquiéteraient des implications juridiques une fois qu'ils auraient découvert où se cachait le cartel de Volkov et qu'ils seraient prêts à le démanteler.

— Le salon est fait, dit-il à Isaac en se déplaçant vers la cuisine. La maison est petite. Il reste encore deux ou trois pièces.

— Je dois être franc : d'après les informations que j'ai consultées à propos des Volkov, cet endroit n'est pas ce à quoi je m'attendais.

Andrew hocha la tête.

— Je suis d'accord. L'endroit est propre, mais vieux. Les meubles sont tous usés et elle n'en a pas beaucoup.

— Pas d'objets décoratifs. Rien de personnel ou de frivole.

Andrew entra dans la cuisine, s'efforçant de ne pas se souvenir du baiser qui avait tout déclenché, tout contre le plan de travail. Il ouvrit les placards de Tasha, puis son réfrigérateur.

— Il n'y a pratiquement pas de nourriture non plus. Quelques conserves et des saloperies industrielles en boîte. Le frigo est presque complètement vide.

— Elle doit manger dehors la plupart du temps, ou quelque chose comme ça.

— Peut-être.

Un tas de courriers ouverts encombrait la petite table. Curieux, il s'avança et parcourut la paperasse étalée.

— Tu vois ça ?

Il s'agissait de multiples avis écrits à la main concernant des factures en souffrance : loyer, électricité, eau. Plusieurs avertissements lui annonçant qu'elle allait être expulsée si elle ne payait pas et tous libellés à l'ordre de Tasha Bowers.

— Pourquoi aurait-elle autant de retard dans ses factures ? demanda Isaac. Ça va au-delà de la pression financière que Zodiac exerce sur elle. Ça n'est pas malin, ça attire l'attention.

— Pourquoi Roman ne lui donnerait-il pas l'argent pour payer les factures ? Pourquoi la laisserait-il vivre ainsi ? s'interrogea Andrew.

Tasha était la sœur de Roman. Il n'allait pas rester assis les bras croisés à la regarder lutter pour survivre, incapable de payer son loyer, avec des meubles pourris et rien dans le frigo. Andrew ne laisserait pas sa sœur Lyn vivre de cette manière. Mais, d'un autre côté, sa famille n'était pas composée de criminels appartenant à un dangereux cartel.

— Je ne sais pas. Il y a quelque chose qui cloche, non ?

— Oui, peut-être, répondit Andrew, qui plaça un appareil vidéo dans le coin à l'arrière du réfrigérateur.

La cuisine était si petite qu'il pourrait tout enregistrer.

— Bon, poursuivit-il. Je me dirige vers la chambre à coucher.

— Tu vas y installer une vidéo, n'est-ce pas ?

— Je vais la placer, mais nous la laisserons éteinte. Si l'audio suggère que nous devrions voir ce qui se passe, nous pourrons activer la caméra à distance.

Il ignorait pourquoi il voulait respecter la vie privée de Tasha. La frontière était mince entre collecter des informations et se comporter en pervers. Il plaça deux autres mouchards dans le couloir, l'un près de la salle de bains, l'autre au-dessus du cadre de la porte de la chambre, puis pénétra dans l'espace le plus privé de Tasha.

Le lit était soigneusement fait, avec une couverture bleue nette et quelques oreillers recouvrant le matelas. Encore une fois, il n'y avait rien d'autre que ce dont Tasha avait besoin à l'intérieur. Pas le moindre luxe. Il jeta un coup d'œil sous le lit puis ouvrit le placard.

Quelques t-shirts à manches longues étaient suspendus, une robe décontractée, et celle qu'elle portait au mariage.

— Ça ne fait pas beaucoup de vêtements, constata Isaac.

Là encore, Andrew ne pouvait qu'être d'accord. Il ouvrit la commode cassée.

— Un jean, et quelques pantalons de yoga. Je ne vois ni paire de chaussures supplémentaire, ni bijoux, ni quoi que ce soit. Est-ce que les femmes n'adorent pas ce genre de conneries ?

— Ça dépend de la femme, je suppose, dit Isaac.

Andrew ricana.

— Tu marques un point.

Kylie n'était pas non plus très portée sur les choses *girly* et frivoles. À part les chaussures. Sa femme avait eu un faible pour les chaussures qu'il n'avait jamais compris, mais qu'il avait toujours accepté. Laissant échapper une respiration tremblante, il détourna ses pensées de Kylie pendant qu'il se trouvait dans la chambre de Tasha. Il ne voulait pas associer les deux femmes plus qu'il ne l'avait déjà fait.

Il s'avança vers le chevet dont il ouvrit le tiroir. Un Glock 19 s'y trouvait. Andrew le souleva avec précaution, et constata qu'il était chargé.

— Bon, ça ressemble davantage à ce que je m'attendais à trouver.

Il le reposa comme il l'avait trouvé, puis se tourna et plaça les émetteurs dans la chambre. La découverte de l'arme fit taire tous les remords qu'il aurait pu ressentir à l'idée de s'immiscer dans l'intimité de Tasha. C'était une criminelle. Il devait garder cela à l'esprit. L'attirance malsaine qu'il éprouvait pour elle ne signifiait rien.

— Ok, la chambre est faite.

— Tu as décidé d'allumer la vidéo ?

— J'ai décidé de faire tout ce qu'il faut pour faire tomber les Volkov.

Isaac garda le silence un moment.

— Bien reçu.

Andrew retourna dans le salon.

— Je vais jeter un rapide coup d'œil à son ordinateur.

— D'accord, mais dépêche-toi. Ça fait déjà un moment que tu es à l'intérieur.

Andrew regarda sa montre. Il s'était écoulé plus de temps qu'il ne l'avait imaginé. Il ouvrit le vieil ordinateur portable en s'asseyant sur le canapé plein de bosses. Il procéda à un simple piratage pour passer le premier écran de sécurité et ouvrit son navigateur Internet.

— Elle a laissé beaucoup d'onglets ouverts. Sa boîte mail est ouverte, mais rien d'excitant. Je vais regarder son historique de recherche.

— D'accord.

Il fouilla, mais ne trouva rien d'utile.

— Il n'y a rien ici que nous n'ayons déjà vu dans l'utilisation de son téléphone.

— Place un microémetteur dessus, et remets-le en place,

l'avertit Isaac. La pluie ralentit, et quelques voisins sont sortis. Les habitants de cette petite ville vont paniquer s'ils te voient sortir de chez elle, surtout par la fenêtre.

Andrew plaça l'émetteur qui leur permettrait de connaître l'historique complet de ses recherches sur Internet, puis il reposa l'ordinateur. Isaac avait raison, il était déjà resté trop longtemps.

— D'accord, j'ai terminé. Je peux sortir ?

— Oui.

Il s'avança vers la fenêtre, puis regarda en arrière.

— J'ai l'impression de passer à côté de quelque chose. Comme tu l'as dit, sa manière de vivre n'est pas logique.

— C'est pour ça qu'on a placé les mouchards. Pour avoir une idée plus précise de la situation.

— Certes, mais tout comme la mise sur écoute de son téléphone, je ne suis pas sûr que tout ce matériel nous apportera les réponses dont nous avons besoin.

— Alors, comment les obtenir ?

Andrew connaissait déjà la réponse, même si elle ne lui plaisait pas.

— Grâce à *moi*. J'ai besoin qu'elle s'ouvre à moi. Qu'elle me parle de qui elle est, de sa vie, et que je sois là quand elle dérapera.

Parce qu'elle le ferait.

— Comment comptes-tu faire ?

Andrew ressortit par la fenêtre et la referma soigneusement derrière lui afin qu'elle ne se rende pas compte que quelqu'un était entré chez elle. Il ne pouvait pas se permettre que Tasha garde ses distances. Il avait besoin de se rapprocher d'elle.

— Je pense qu'il est temps pour moi de prendre des cours de yoga.

Chapitre 10

Les muscles du cou de Tasha étaient douloureux. Elle ignorait si c'était à cause des heures supplémentaires qu'elle avait effectuées au Chill N'Grill ou à cause de la tension causée par ses factures qui s'accumulaient. Dans tous les cas, c'était nul. Elle avait travaillé neuf jours d'affilée.

Ignorant sa douleur, elle sourit à l'homme à tout faire du coin et fit glisser son addition sur la table.

— C'est toujours un plaisir de vous voir, Bob. Passez une bonne fin de journée.

Il inclina le bord de sa casquette rouge et sourit.

— La meilleure partie de la journée est derrière moi, maintenant que je vous ai vue !

Elle rit et secoua la tête.

— Je veillerai à ne pas répéter à votre femme que vous avez dit ça.

Haussant les épaules, il déposa quelques billets sur la table sans regarder ce qu'il devait.

— Si vous faites ça, elle nous écorchera tous les deux ! répondit-il avec un clin d'œil, puis il se leva.

Si Bob Truly n'avait pas eu près de quatre-vingts ans,

elle pourrait prendre sa gentillesse pour du flirt. Et il agissait de la même manière, que sa femme soit avec lui ou non. C'était un personnage incontournable de la ville, qui se déplaçait avec sa boîte à outils rouillée partout où l'on avait besoin de lui, prodiguant des paroles aimables à tous ceux qui avaient la chance de croiser son chemin. Elle prit l'argent et le compta, puis fronça les sourcils. Elle l'appela alors qu'il se dirigeait vers la porte.

— Vous avez laissé beaucoup trop, Bob.

Il ne se retourna même pas, se contentant d'agiter une main en l'air avant de sortir dans l'après-midi lumineux et ensoleillé.

Son cœur se gonfla. En ajoutant ce pourboire à ce qu'elle avait gagné ces derniers jours, elle serait enfin en mesure de payer ses loyers en retard. Ses charges étaient un tout autre problème, mais elle voulait se donner une seconde pour savourer cette petite victoire avant de se préoccuper du reste de ses soucis. La porte resta ouverte un instant avant qu'Andrew n'entre, son regard la cherchant dès qu'il franchit le seuil.

Son souffle se bloqua dans sa gorge alors que l'irritation et l'excitation se mêlaient dans son esprit. C'était le troisième jour d'affilée qu'il se présentait au restaurant, sans parler du fait qu'il suivait ses cours de yoga. Il était même resté pour le cours des femmes enceintes, ce qui aurait soulevé des plaintes s'il n'avait pas eu l'air si séduisant dans son jogging et son t-shirt ajusté.

Aucune des futures mères n'avait laissé entendre que sa présence n'était pas souhaitée.

Tasha jeta un coup d'œil autour d'elle, espérant à moitié qu'une autre serveuse allait intervenir pour s'occuper de lui. L'autre moitié criait comme une écolière excitée à l'idée qu'il soit revenu après ses refus répétés de sortir avec lui.

Il l'avait invitée à chaque fois qu'ils s'étaient vus, et à

chaque fois, elle avait poliment refusé. S'approcher trop près de lui était dangereux, même si la tentation était grande. Il restait le premier homme qui l'avait attirée, et le premier avec qui elle avait été intime depuis des années. Elle avait apprécié sa compagnie au mariage, avant que la soirée ne tourne au désastre, et passer un peu de temps avec lui constituerait une échappatoire agréable.

Pas de liens, pas d'attaches, pas de problèmes. Mais Andrew Zimmerman serait toujours un problème, elle ne pouvait pas l'oublier. Elle serait plus avisée de garder ses distances.

Pourtant, il s'avançait à grandes enjambées, le regard fixé sur elle, retirant ses lunettes de soleil aviateur et les accrochant à son t-shirt gris chiné, aussi parfaitement ajusté aujourd'hui que la veille au soir en cours. Cette fois, c'était un jean qui pendait bas sur ses hanches, et non un survêtement. Les muscles de ses bras se contractèrent lorsqu'il leva une main pour faire signe à Wade derrière le bar alors qu'il approchait.

Les doigts de Tasha la démangeaient de le toucher. Ces épaules, ce torse… Elle dut les essuyer sur son tablier pour être sûre de ne pas tendre la main. Il lui adressa un sourire charmeur en s'appuyant sur le bar.

— Ça fait longtemps qu'on ne s'est pas vus.

Elle lutta pour ne pas lui rendre son sourire.

— Il serait peut-être temps pour moi de faire quelques recherches sur le harcèlement. Que je voie si j'ai besoin d'appeler la police.

Son sourire se mua en une adorable moue.

— Mais ce serait méchant.

Il s'assit sur l'un des tabourets du bar et elle lui tendit un menu, même s'il l'avait sans doute mémorisé après être venu ici aussi souvent au cours des trois derniers jours.

— Pourquoi es-tu encore là ?

— Que dire ? Je suis persévérant lorsque je vois quelque chose que je veux.

Penchant la tête sur le côté, elle observa sa mâchoire ciselée et ses yeux bruns.

— Et que veux-tu de moi, exactement ?

Cette question la tourmentait depuis qu'il était revenu à Pine Valley, à cause de toutes les tentatives évidentes qu'il avait faites pour s'approcher d'elle. Elle avait apprécié et accepté ses excuses. Cela aurait dû s'arrêter là. Elle ne comprenait pas pourquoi il était aussi attirant dans sa persévérance. Cela n'avait pas de sens. Il vivait dans le Colorado et elle dans le Tennessee. Il n'était là que temporairement. Et ce n'était pas comme si le sexe entre eux avait été assez bon pour ignorer ces autres facteurs.

— Je veux ton temps, dit-il en haussant légèrement les épaules. C'est tout ce que j'ai toujours voulu. Mais je sais saisir les allusions.

Elle haussa un sourcil.

— Vraiment ?

— Cela pourrait me prendre un certain temps, dit-il, fronçant le nez d'une manière qui le fit paraître bien plus jeune que sa trentaine passée. Je suis désolé si j'ai dépassé les bornes, ou si je t'ai mise mal à l'aise. C'est juste que tu es…

Il leva les mains, puis les laissa retomber.

— Différente.

— Différente ? Je ne sais pas si je dois le prendre comme un compliment ou non.

Il rit.

— Crois-moi, c'en est un. Je voulais passer aujourd'hui pour te remercier.

Il lui rendit le menu.

— Tu ne restes pas ?

Il secoua la tête.

— Pas aujourd'hui.

Ce qui signifiait qu'il n'allait pas lui demander à nouveau de sortir avec lui. Elle ravala sa déception. Elle n'avait pas accepté de dîner ni de manger une glace ni aucune autre de ses propositions, mais ses invitations avaient été le point culminant de ses journées.

Même si ce n'était que maintenant qu'elle était capable de se l'avouer.

— Tu retournes dans le Colorado ?

Elle détestait entendre sa voix aussi crispée. Mais qu'est-ce qui n'allait pas chez elle ? Elle connaissait à peine cet homme, et ce qu'elle en savait aurait dû la tenir à distance. Elle n'aurait pas dû avoir l'impression d'étouffer à l'idée de ne plus jamais le revoir.

— Non, pas encore. J'ai encore un peu de temps devant moi, mais j'ai décidé de te laisser tranquille. Ça t'évitera d'avoir à demander une ordonnance restrictive.

Elle s'obligea à sourire.

— Tu sais que je plaisantais à ce sujet.

Il lui adressa un clin d'œil.

— Peu importe. Merci de m'avoir supporté. Je te souhaite une bonne journée. Je sais que je vais apprécier la mienne… je vais faire quelque chose que je n'ai pas fait depuis des années.

— Quoi donc ? demanda-t-elle, incapable de contenir sa curiosité.

Il afficha un sourire rayonnant.

— Je vais faire un pique-nique ! Ça semble idiot, je sais. Mais bon, pourquoi pas, non ?

— Un pique-nique ?

C'était bien la dernière chose qu'elle s'attendait à ce qu'il dise.

— Oui, un pique-nique de milieu d'après-midi. J'ai préparé un panier et tout. Je vais près d'un lac situé au sud de la propriété de Crossroads. Tucker m'en a parlé. Apparemment, c'est plutôt isolé. Un endroit agréable pour profiter de la nature.

— Ça a l'air… vraiment sympa.

Comme un endroit sorti d'un roman d'amour. Tasha savait exactement de quoi il parlait. Il lui adressa à nouveau un sourire charmeur.

— Je vais soigneusement étudier les Smokies, pour pouvoir les comparer à mes Rocheuses du Colorado. Je verrai si je peux décider quelle chaîne de montagnes je préfère, tout en profitant d'un après-midi magnifique.

— Voilà qui semble très relaxant.

Elle était carrément jalouse… Jalouse qu'il puisse profiter des montagnes, et que les montagnes puissent l'avoir près d'elles.

— J'espère que ce sera le cas. On se voit plus tard. Et je promets de ne plus t'ennuyer.

Il se tourna vers la porte.

— À bientôt, murmura-t-elle, totalement mortifiée d'entendre des larmes dans sa voix.

Il avait abandonné. Il avait accepté son refus comme une réponse définitive. Pourquoi en était-elle bouleversée ? C'était ce qu'elle voulait. *Non ?*

Il s'arrêta et se retourna vers elle.

— Je ne vais pas t'inviter à venir, parce que j'étais sincère quand j'ai dit que je ne t'ennuierai plus. Mais je serai au lac vers quinze heures, et, juste au cas où quelqu'un d'autre se montrerait, je veillerai à ce qu'il y ait assez pour deux dans mon panier.

Il s'en alla sans un mot de plus. Elle ne put que le regarder partir.

Chapitre 11

— Elle ne viendra pas.

— Elle viendra, répondit Isaac dans l'oreillette d'Andrew. Aucune femme ne peut résister à un pique-nique romantique.

Andrew n'en était pas si sûr. Ces derniers jours, Tasha avait repoussé toutes ses avances. Même le fait de se présenter à ses cours de yoga n'avait pas semblé lui faire gagner des points. Tout ce qu'il avait gagné, c'était une douleur dans des muscles dont il ne soupçonnait même pas l'existence.

Il était resté pour discuter après chaque classe, mais cela n'avait rien donné. Il avait bien mémorisé le menu du Chill N'Grill à force d'y manger, mais ces petits moments avec Tasha ne lui avaient rien appris qu'il ne savait déjà.

Ils n'étaient pas plus près de découvrir où se trouvait le cartel Volkov qu'ils ne l'étaient un mois plus tôt, lorsqu'ils avaient découvert l'existence de Tasha. Les transmetteurs qu'ils avaient placés partout dans sa maison n'avaient pas non plus fourni d'informations.

Tasha revenait de l'un ou l'autre de ses emplois, réchauffait un maigre repas et tombait de sommeil dans son lit. Elle n'avait rien fait qui puisse laisser penser qu'elle avait un semblant de vie, et encore moins qu'elle était en contact avec son frère.

Aujourd'hui, c'était la dernière chance pour Andrew. Le temps passait trop vite, et ils avaient trouvé un autre corps avec la carte de visite de Roman à Houston la veille.

Si Tasha ne se montrait pas ici cet après-midi-là, ils devraient alors se réunir et chercher quelqu'un d'autre pour la travailler. Sans doute Isaac, avec son charme et son physique avantageux, qui n'avait pas d'antécédents de relations sexuelles foireuses suivies d'une évasion.

Pourtant, l'idée qu'il puisse s'approcher de Tasha donnait à Andrew l'envie de planter son poing dans un mur.

— Tu vois quelque chose ?

— Nope ! répondit Isaac, insistant sur le *P.* Mais laisse-lui un peu plus de temps.

— Elle ne viendra pas.

La déception qui lui pesait sur la poitrine n'était qu'en partie liée à la mission.

— Tu veux que je sois ton cavalier ? lui demanda Isaac en riant. J'ai mis de bons trucs dans ce panier !

Andrew ignorait ce qui était le pire. Être assis là et manger seul, ou être assis là et manger avec Isaac. Aucune des deux options n'effaçait ce sentiment d'être un parfait idiot.

Il jeta un coup d'œil à l'intérieur du panier.

— Du champagne ? Sérieusement ?

— Quoi ? Un peu d'alcool pourrait lui délier un peu les lèvres. Et rien ne rend un pique-nique plus romantique que du champagne, des raisins, et tout le tintouin.

Andrew ricana.

— Tout le *tintouin* ? Je suis sûr que tu rendras une femme très chanceuse un jour, monsieur Romantique !

— Je peux faire de toi un homme chanceux tout de suite si tu veux de l'aide pour boire cet alcool.

Andrew rit doucement.

— Je n'ai pas besoin de ce genre de chance.

— *Chanceux* de pouvoir profiter de mon tempérament solaire et de ma charmante personnalité, abruti. Tu voudrais seulement avoir de la chance avec moi d'une autre façon.

— Je préfère prendre le risque d'avoir l'air d'un *loser* solitaire et profiter de tout cela tout seul.

— Oh, je ne crois pas que tu aies l'air d'un *loser*.

Andrew se raidit en entendant la voix féminine taquine derrière lui et il se retourna. Tasha se tenait là, portant la robe d'été bleu pâle qu'il avait repérée dans son placard, et dont la couleur était exactement la même que celle de ses yeux. Elle avait passé un gilet blanc par-dessus. Ses cheveux blonds cascadaient dans son dos, et le vent faisait voler des mèches sur son visage.

— Salut ! dit-il, se levant d'un bond. Je ne pensais pas que tu viendrais. Je n'ai pas entendu de voiture.

Et il n'avait pas non plus été prévenu par son abruti de partenaire. Elle frotta ses bras croisés.

— Oui, je me suis garée au lodge, et j'ai marché.

— Tu es magnifique, lui dit-il sans pouvoir s'en empêcher.

Elle lui adressa un sourire timide et replaça une longue mèche de cheveux derrière son oreille.

— Ça te va si je m'incruste à ta fête ?

— Ce n'est pas vraiment une fête. C'est juste moi qui parle tout seul, dit-il, tendant une main vers son panier. Et qui savoure le contenu.

Elle s'avança sur la couverture à carreaux rouges et noirs et jeta un coup d'œil dans le panier.

— Deux flûtes à champagne. J'imagine que c'était couru d'avance que je vienne.

— Non, pas du tout. Juste un espoir irrépressible. Puis-je t'offrir un verre de pétillant ?

— Bien sûr, accepta-t-elle, le sourire toujours aussi timide. Ça a l'air super.

— Je te l'avais dit, lui dit Isaac à l'oreille. C'est du bon !

Andrew ne répondit rien, il se contenta de lever la main pour éteindre son oreillette. Isaac pouvait les voir à travers ses jumelles depuis l'endroit où il avait caché la voiture. Andrew sortit les flûtes puis la bouteille, qu'il déboucha avec un grand *pop*.

Tasha rit, et ce son lui remonta le moral plus que de raison, mais elle plaqua une main sur sa bouche et s'interrompit. Il secoua la tête.

— N'interromps pas ce rire adorable pour moi. Il lui versa un verre et le lui tendit.

Tasha laissa échapper un petit soupir.

— Je ne me souviens pas de la dernière fois que j'ai pique-niqué.

Andrew déballa les raisins, le fromage, et un gros morceau de pain qu'Isaac avait emballés.

— Moi non plus. À moins qu'on ne compte les fois où je me suis retrouvé assis par terre dans ma cuisine avec des tasses à thé en plastique remplies de liquides mystérieux que je ne veux même pas essayer d'identifier.

Elle plissa le nez, mais elle éclata de rire.

— À t'entendre, on croirait que tes filles ont essayé de t'empoisonner.

— Ça ne m'étonnerait pas d'elles. Elles sont pourries jusqu'à la moelle !

Il lui adressa un clin d'œil pour s'assurer qu'elle savait qu'il plaisantait, puis il but une gorgée de champagne. Les bulles lui chatouillèrent la langue.

— Elles étaient adorables au mariage. Pourquoi ne t'accompagnent-elles pas pour ce voyage ?

— Elles sont parties en vacances avec mon frère et ma belle-sœur. Elles ont préféré un voyage à Disney World avec deux personnes qui leur mangent dans la main plutôt que venir avec moi pour un voyage de boulot. Va comprendre.

— C'est fantastique d'avoir un frère qui emmène tes filles en vacances. As-tu d'autres parents ?

Il acquiesça et mit un raisin dans sa bouche.

— Un autre frère et une sœur.

— Vous êtes quatre, c'est beaucoup.

— Oui. La maison était toujours remplie. Et toi ? Tu as des frères et sœurs ?

Elle but une gorgée de champagne en détournant le regard.

— Un frère… techniquement, un demi-frère.

Bingo. Un demi-frère. C'était une nouvelle.

— Tu le vois souvent ?

— Non. Nous n'avons jamais été proches.

Il aurait aimé pouvoir lire dans ses yeux, pour essayer de comprendre s'il s'agissait d'une réplique préparée à l'avance ou si c'était la vérité.

— Je suis désolé.

Elle haussa une épaule.

— Tu sais comment c'est. Les tragédies familiales.

Les tragédies avaient tendance à se produire lorsque la famille comptait de nombreux criminels.

— Je sais. Mais même avec des drames, la famille reste la famille, tu sais ? Il faut rester proche d'eux.

Avec un peu de chance, le fait d'en parler lui donnerait envie d'entrer en contact avec Roman. Mais il devait trouver un équilibre pour ne pas lui donner des raisons de se méfier.

— Oui, je suppose.

— Et tes parents ? Que pensent-ils des tragédies familiales ?

Elle secoua la tête.

— Ma mère est morte alors que je n'étais pas beaucoup plus âgée que tes filles.

— Ça a dû être difficile.

Elle baissa les yeux.

— Oui. Mon père ne savait pas quoi faire avec une petite fille, alors il a choisi de laisser les autres s'occuper de moi. J'ai passé beaucoup de temps dans des internats. Il pensait que c'était mieux ainsi, et il avait peut-être raison.

Voilà pourquoi les forces de l'ordre n'avaient appris l'existence de Tasha que récemment. Elle n'avait pas été très présente.

— Es-tu proche de lui maintenant ?

— Non, répondit-elle, le regard fixé sur les montagnes. Il est mort il y a environ quatre ans. Mais même à ce moment-là, nous n'étions pas proches.

Elle disait la vérité à ce sujet. Andrew savait que Marcus Volkov était mort à cette époque. Roman avait repris les rênes du cartel. Peut-être qu'il était préférable d'axer la conversation sur son père.

— Je suis sûre que ton père avait du mal à savoir s'il prenait les meilleures décisions pour toi. Je me demande constamment si je fais ce qu'il faut pour mes filles. Si je fais des erreurs ou si je les élève mal. J'ai l'impression de ne pas pouvoir leur donner tout ce dont elles ont besoin.

— Tout ce dont un enfant a besoin, c'est d'être vu et entendu. D'être aimé. Je ne te connais peut-être pas bien, mais je sais que tu fais ces choses pour tes jumelles.

Le regard bleu chaleureux de Tasha brillait de sincérité. Cela débloqua quelque chose en lui, fit fondre une partie de la résistance qu'il avait envers elle. Il n'y avait rien chez cette femme qui laissait supposer qu'elle était comme Roman ou comme le cartel.

— Merci. Cela représente beaucoup.

Elle tendit la main pour attraper un raisin et cela les

rapprocha. Le genou d'Andrew frôla la jambe de Tasha. Il mourait d'envie de passer le bout du doigt le long de sa mâchoire, ou de lui ôter ce maudit gilet pour toucher sa peau douce. Il se ressaisit. Il devait travailler sur sa mission, pas se laisser attirer par de beaux yeux et de douces paroles.

Mais il ne s'écarta pas pour autant.

— Tu m'as dit une fois que tu étais nouvelle à Pine Valley, poursuivit-il en prenant à son tour un raisin. Où vivais-tu avant de venir ici ?

Elle secoua la tête.

— Ces dernières années, j'ai vécu un peu partout. Après avoir obtenu mon diplôme dans mon pensionnat, je suis revenue aux États-Unis, mais ma famille déménageait beaucoup. Nous ne restions jamais longtemps au même endroit.

— On dirait que tu viens d'une famille de militaires, dit-il. Toujours en mouvement d'une base à l'autre.

— Ma famille n'avait rien à voir avec l'armée, répliqua-t-elle avec un rire triste. Plutôt des nomades.

Il devait continuer sur cette voie.

— Où étais-tu avant de venir ?

Elle détourna à nouveau le regard.

— J'ai passé un peu de temps à Houston. Un peu à Nashville.

Andrew se raidit. Dans les deux villes où le cartel Volkov s'était montré actif récemment. Il voulait insister, demander ce que faisait sa famille, mais il craignait de déclencher trop d'alarmes.

— Tu aimes vivre cette vie itinérante ? réussit-il à dire en souriant. C'est la mode en ce moment : acheter un camping-car, visiter le pays, poster ses photos.

Elle remonta ses genoux contre sa poitrine et les entoura de ses bras. Ce qui les rapprocha encore.

— Non. Honnêtement, je pense que je préférerais avoir

un port d'attache. J'aime la communauté de Pine Valley. Je me suis même fait des amis.

— Mais ce n'est que temporaire pour toi ?

Andrew savait que le cartel ne pouvait pas s'installer ici. Comme elle l'avait dit, Pine Valley était une véritable communauté, les gens ici repéreraient un groupe de plusieurs étrangers. C'était trop petit. Trop intime.

— Probablement. On dirait que c'est toujours comme ça.

— Où envisages-tu d'aller ?

— Je n'en ai aucune idée.

Elle le regarda, et son regard était si triste qu'il se figea un instant. Ce fut plus fort que lui : il passa un bras autour de ses épaules et la rapprocha de lui. Il fallait qu'il insiste, *maintenant,* pendant qu'elle était vulnérable. Mais cette simple idée lui laissait un goût amer dans la bouche.

— Tu as sûrement une destination en tête si tu ne restes pas ici.

— Saint Petersburg, peut-être.

— En Russie ?

Volkov était un nom russe, mais d'après ce qu'Andrew en savait, la famille n'avait pas de liens réels avec le pays de leurs ancêtres. De plus, il ne pouvait insister sur ce point, car il était censé croire que son nom était Bowers.

Cette situation était sur le point de devenir un véritable chaos si plusieurs agences internationales de maintien de l'ordre devaient travailler de concert pour mettre fin aux agissements du cartel.

— Non, dit-elle en riant doucement. En *Floride.* C'est un peu plus proche.

Saint Petersburg.

Andrew leva la main et ralluma son oreillette.

— Saint Petersburg, hein ? J'ai entendu dire qu'ils avaient des plages magnifiques. Tu y es déjà allée ?

Il savait qu'Isaac noterait l'information et qu'il veillerait à ce que l'équipe de Zodiac Tactical commence les recherches tout de suite. Des hommes seraient sur place dans l'heure.

— Non, je suis plutôt une fille de la montagne.

Elle s'appuya davantage sur lui avec un petit soupir.

— Si tu aimes les montagnes, tu devrais voir les Rocheuses. Le Colorado est magnifique.

Merde. Pourquoi avait-il dit ça ?

— Attention, mon frère, lui murmure Isaac à l'oreille.

Andrew éteignit son oreillette. Tasha était si proche qu'il ne voulait pas prendre le risque qu'elle entende Isaac. Sans compter qu'Andrew n'avait pas besoin d'un témoin de la manière dont il était en train de tout foutre en l'air.

— Peut-être, se contenta-t-elle de répondre.

Il devait remettre la conversation sur les rails.

— Quand penses-tu aller à Saint Pete ?

Elle haussa les épaules.

— Quand le moment sera venu. Je ne sais pas encore.

Quand le moment serait venu. Ce devait être le signe qu'elle attendait une sorte de signal de la part de Roman.

— Donc, tu as trois frères et sœur. Et tes parents ? Est-ce que tu es proche d'eux ? demanda-t-elle.

Il savait que c'était une tentative de sa part de changer de sujet, alors il laissa glisser.

— De mon père, oui. Ma mère est morte quand j'étais jeune. Elle avait des problèmes cardiaques.

Le mari de Lyn, Heath, transportait un défibrillateur portable partout où il allait. Tout le monde le taquinait au sujet de son sac à main d'homme dans lequel il le trimballait, mais il s'en fichait. Il avait failli perdre Lyn une fois à cause de complications cardiaques, et il était déterminé à ce que cela ne se reproduise pas.

—Je suis vraiment désolée.

— La mort de ma mère remonte à loin.

La voix de Tasha se fit un peu plus douce.

— Puis-je te poser une question personnelle ? Tu n'es pas obligé de répondre si tu n'en as pas envie.

— Bien sûr. Je répondrai si je le peux.

Et peut-être que le fait qu'elle pose une question personnelle lui permettrait de faire de même plus tard.

— Est-ce que tu emmènes parfois les filles se recueillir sur la tombe de leur mère ?

Ce n'était pas ce à quoi il s'attendait.

— Je l'ai fait quelques fois, pour qu'elles puissent y mettre des fleurs et qu'on parle d'elle. Elles étaient tellement jeunes quand elle est morte qu'elles ne se souviennent pas vraiment d'elle.

Sauvez Kylie !

Andrew chassa d'un clignement d'œil le souvenir qui envahissait son subconscient et menaçait de le submerger : il avait supplié son ange imaginaire cette nuit-là de le laisser et de sauver Kylie à sa place.

— Tu crois… tu crois que ça les aide ?

Il inspira profondément et se força à se concentrer sur le moment présent.

— Je pense que oui. En tout cas, ça m'aide d'aller sur la tombe de ma mère. Même si ce n'est que l'occasion de prendre un moment et de penser vraiment à elle sans une foule de distractions.

— Oui, murmura-t-elle.

— Puis-je te poser une question personnelle, maintenant ?

— Bien sûr. Je répondrai si je le peux, répéta-t-elle.

— Comment as-tu atterri dans une ville minuscule telle que Pine Valley ?

— J'étais… dit-elle avant de s'interrompre, puis de

reprendre. Je suis tombée en panne d'essence ici, et j'ai décidé de rester.

Le temps de partage était manifestement terminé si elle inventait des trucs comme ça. Très bien, il n'insisterait pas, au risque de ruiner sa couverture. Ils avaient plus d'informations maintenant qu'une heure plus tôt. Ils se concentreraient sur Saint Petersburg.

Il aurait dû remballer le pique-nique et partir, mais il ne pouvait s'y résoudre. Peut-être était-ce le champagne, peut-être que c'était le soleil qui rayonnait sur les magnifiques montagnes environnantes, mais il avait simplement envie de rester ici un moment.

De rester avec Tasha dans ses bras.

— Eh bien, je suis ravi que tu sois tombée en panne d'essence, dit-il, se penchant en arrière pour lui sourire. Parce que, si tu ne l'avais pas fait, nous n'aurions jamais…

Il ne put terminer, car les lèvres de Tasha se posaient doucement contre les siennes. Avant même qu'il puisse décider si c'était une bonne idée d'aller plus loin, elle recula.

— Merci, chuchota-t-elle.

— De quoi ?

— De m'avoir invitée à sortir. D'avoir organisé ce pique-nique, alors même que tu ignorais si je viendrais. D'avoir partagé ces choses sur ta vie. Cela représente beaucoup pour moi. Plus que tu ne le penses.

— Tu vaux toutes ces choses, répondit Andrew, qui dut refouler sa culpabilité devant le large sourire qui se dessina sur le visage de Tasha à ses mots.

Elle le croyait.

Le problème, c'était qu'il commençait lui aussi à croire à ses propres paroles.

Chapitre 12

Tasha passa la main sur sa robe bleu pâle et enfila le même gilet blanc qu'elle avait porté la veille lors de son pique-nique avec Andrew. Elle détestait le fait de ne pas en avoir d'autres, mais elle n'avait pas le luxe de posséder un placard plein de vêtements comme dans son ancienne vie.

Une existence où elle avait été une princesse pourrie gâtée, et dont le monde avait été construit sur la destruction des autres.

Elle n'avait peut-être pas eu conscience de l'identité de sa famille ni des horreurs qu'elle avait commises pendant la plus grande partie de sa vie, mais cela ne l'aidait pas à dormir plus facilement la nuit.

Il fallait sans doute qu'elle soit reconnaissante envers son père de l'avoir envoyée dans un pensionnat. Il l'avait protégée de la vérité. Mais, une fois adulte, lorsqu'elle était rentrée à la maison, elle aurait dû comprendre.

Elle avait été tellement inconsciente, heureuse de faire des voyages à l'étranger et de faire du shopping dans les boutiques les plus chères. Elle ne s'était jamais demandé d'où venait l'argent de la famille. Ni même pourquoi ils déménageaient autant.

Son père était en train de mourir d'un cancer lorsqu'elle avait accidentellement surpris une conversation entre Roman et lui qui aurait dû lui mettre la puce à l'oreille. Mais elle avait encore refusé d'accepter la vérité. Même après sa mort, quelques mois plus tard, quand Roman avait repris les rênes de l'*entreprise* familiale, elle n'était pas partie, persuadée d'avoir mal compris.

Ce ne fut que la nuit où Roman avait découvert que les forces de l'ordre avaient infiltré le cartel et qu'il avait mis des contrats sur la tête de tous ceux dont il n'était pas sûr de la loyauté, qu'elle avait enfin agi.

Roman se fichait de savoir si les contrats portaient sur des personnes qui l'avaient réellement trahi. Innocent, coupable… cela ne semblait pas avoir d'importance à ses yeux. La seule chose qui comptait pour lui, c'était de montrer son pouvoir.

Comme si sa carte de visite de pervers, des X gravés sur les yeux et un verre de vodka laissé près de la tête du mort, n'était pas une démonstration suffisante. Roman avait pris beaucoup de plaisir à la lui montrer. Il avait ri en la voyant se vider les tripes.

Elle avait compris qu'elle devait partir. Mais lorsqu'elle avait entendu parler de la liste des personnes que Roman voulait faire tuer cette nuit-là, elle avait essayé d'aider. Elle était allée d'un endroit à l'autre pour empêcher l'exécution des contrats. Elle n'avait pas pu faire grand-chose. Andrew et ses filles étaient les seuls qu'elle avait pu sauver.

Roman avait découvert sa trahison et la poursuivait depuis. Il voulait sa mort. Il l'aurait déjà retrouvée depuis longtemps s'il n'avait pas eu à se cacher pour échapper aux dommages causés au cartel par les forces de l'ordre.

Mais, même sans sa soi-disant trahison, il l'avait toujours

détestée, car il avait toujours été jaloux de la relation que leur père avait entretenue avec sa mère.

Et maintenant, Tasha était une ennemie qu'il voulait détruire coûte que coûte.

Elle devait garder cela en tête. S'accrocher à la réalité de ce qu'était sa vie avec une détermination sans faille et cesser de céder au fantasme qu'Andrew nourrissait…

Des pique-niques, des baisers et des mots doux. Il avait largement compensé le sexe insipide du mois précédent, et il ne lui avait mis absolument aucune pression pour qu'ils recommencent.

Ce qui, pour être honnête, n'avait fait qu'accentuer son envie… son envie *de lui*.

Mais ce n'était pas ce qui comptait à ce moment-là. Pour l'instant, elle allait faire une chose qu'elle aurait dû faire des mois plus tôt. Et cela tournait autour d'une question qu'Andrew lui avait posée : comment avait-elle atterri à Pine Valley ?

Elle n'avait fait qu'édulcorer un peu la vérité en disant qu'elle était tombée en panne d'essence et qu'elle était restée ; elle avait surtout manqué d'argent.

Mais elle avait une raison d'être venue dans cette partie du Tennessee. Une chose qu'elle n'avait pas perdue de vue, malgré ses efforts pour sa survie quotidienne et pour s'assurer que Roman ne la retrouve pas.

Elle se détourna du miroir et franchit sa porte d'entrée, verrouilla les serrures, puis grimpa dans sa vieille voiture délabrée. Elle ne tarda pas à quitter la ville.

Elle n'était pas arrivée bien loin avant que son téléphone ne vibre dans son sac à main. Tasha avait pris soin de l'emporter avant de sortir, au cas où elle aurait une urgence. Arrivée à un stop, elle le sortit et jeta un coup d'œil à l'écran, inquiète.

Appelle quand tu peux. Je veux juste parler.

Elle appela aussitôt Laura et mit le haut-parleur avant de traverser l'intersection. Son amie avait été là pour elle tant de fois qu'il était temps qu'elle lui rende la pareille, pour une fois.

— Mais comment se fait-il que tu sois déjà debout ? demanda Laura, la voix un peu trop joyeuse. Tu es encore en train de donner un de ces cours au lever du soleil à Crossroads ?

— Pas question ! Je ne m'en charge que quand Zoé ne peut vraiment pas. Je déteste me réveiller aussi tôt.

— Alors, pourquoi es-tu debout ?

—Je pourrais te poser la même question.

Tasha s'inséra dans la circulation fluide, puis prit un virage serré à gauche pour s'éloigner de l'autoroute. L'instinct et l'expérience la poussaient toujours à conduire comme une cinglée.

Elle ne savait jamais si elle était suivie. Le haut-parleur restait muet.

—Je n'arrivais pas à dormir.

— Il y avait une raison pour ça ? demanda doucement Tasha.

Elle avait entendu les rumeurs en ville. Elle savait que Laura venait de fuir une mauvaise situation et qu'elle était seule pour la première fois de sa vie.

— J'ai encore du mal à m'habituer à ce nouvel endroit. Chaque bruit me fait peur. Peut-être que je devrais prendre un chien ou quelque chose comme ça.

—J'ai entendu des idées bien pires.

Tasha avait envisagé d'avoir un animal de compagnie quelques années plus tôt. Pour l'emmener avec elle. Un être vivant à qui parler, même s'il ne pouvait pas répondre. Mais en fin de compte, ne pas savoir où elle irait ni combien de temps elle y resterait semblait être bien trop perturbant pour un autre être vivant. Alors elle gardait des plantes. C'étaient ses amies, ses bébés, ses confidentes.

Même si cela faisait d'elle quelqu'un de bizarre.

— Moi aussi, mais je ne veux pas discuter de mon incapacité à me décider à prendre un animal de compagnie. Je veux connaître tous les détails de ton rencard pique-nique avec le bel Andrew hier. Comment ça s'est passé ?

Tasha jeta un regard dans le rétroviseur. Elle remarqua le camion noir à bonne distance derrière elle, et tourna à gauche, pénétrant dans un nouveau quartier.

— Génial. *Trop* génial.

Après avoir discuté et flirté tout l'après-midi, et ce petit baiser, elle avait été tentée de l'inviter à revenir chez elle. Mais, cette fois-ci, elle le connaissait bien mieux que cette nuit-là après le mariage. Elle avait été gênée par l'état de délabrement de sa maison. Elle ne voulait pas qu'il remarque ses meubles miteux et son piètre mode de vie. De plus, ses placards et son réfrigérateur étaient totalement vides : faire des courses était un luxe qu'elle n'avait pas vraiment pu s'offrir au cours des deux dernières semaines. Elle n'aurait donc pas pu lui offrir quoi que ce soit.

Laura éclata de rire.

— Trop génial ? Comment est-ce possible ? Un rencard ne peut pas être trop bien.

— C'était vraiment très bien, confirma Tasha en ricanant. Mais j'ignore pourquoi j'encourage ce truc entre Andrew et moi. Il ne pourra jamais se passer quoi que ce soit entre nous.

Elle entendit de l'eau couler à travers le haut-parleur.

— Pourquoi pas ? Bon sang ! Il est revenu ici pour te voir, j'en suis convaincue.

— Pour commencer, s'il est venu dans le Tennessee, c'est pour aider des amis, pas pour me voir. Deuxièmement, il vit dans le Colorado. Il a une vie avec deux petites filles dont il doit s'occuper. Nos mondes sont bien trop différents.

— Ce n'est pas une obligation, constata Laura.

Tasha se crispa en regardant à nouveau dans le rétroviseur. Était-ce encore le même camion qu'elle voyait derrière elle au loin ? C'était dur à dire dans la lumière sombre de l'aube, sans compter que les camions étaient légion dans le coin. Mais cela lui rappelait qu'elle devait prêter attention à son environnement au lieu de parler à une amie.

C'était un rappel de la raison pour laquelle elle ne devrait pas avoir d'amis du tout.

— C'est comme ça, répondit Tasha, le regard toujours fixé sur le rétroviseur. Il n'est là que pour quelques jours encore. Je serais idiote de m'attacher.

Dans tous les sens du terme. Elle sortit du quartier par la droite, puis tourna brusquement à gauche. Elle grimaça lorsque ses pneus crissèrent, mais Laura ne remarqua rien.

— Parfois, il faut se faire confiance et tenter sa chance. C'est quelque chose que j'essaie d'apprendre.

Tasha bifurqua à nouveau vers la droite, puis elle enfonça l'accélérateur. Elle atteignit la courbe suivante et vira rapidement.

Si ce camion la suivait, il allait devoir faire preuve de beaucoup d'agressivité, et elle le verrait. Elle se trouvait sur une ligne droite à présent.

— Tash, tu es là ?

— Ouais, je suis désolée. Je réfléchissais.

Et elle surveillait des gens qui essayaient peut-être de la tuer.

— J'espère que tu tenteras ta chance avec Andrew. Qu'as-tu à perdre ?

La liste était bien trop longue, quand bien même elle aurait été en mesure de l'expliquer.

— Je verrai comment ça se passe. Je ne crois pas vraiment qu'il soit intéressé.

Elle se détendit légèrement en ne voyant pas le camion derrière elle, puis elle prit la prochaine rue à gauche pour rejoindre l'autoroute. Sa sortie n'était qu'à quelques kilomètres.

— J'ai vu comment il te regarde. Il est clairement intéressé.

S'il connaissait la vérité, il ne le serait pas.

— Peut-être.

— C'est dur de laisser entrer quelqu'un quand on a été blessé, mais parfois, c'est ce qu'il y a de mieux pour nous.

— J'espère que tu seras prête à écouter tes propres conseils, ma belle.

Tasha ne connaissait pas toute l'histoire de Laura, mais elle savait qu'elle avait été douloureuse. Elles se turent toutes les deux ; Laura était perdue dans ses pensées, tandis que Tasha gardait toujours un œil derrière elle. Elle avait semé le camion, ou, plus vraisemblablement, il ne l'avait tout simplement jamais suivie.

Sa sortie se profilait à droite. Elle prit le virage et trouva la route du cimetière.

— Je déteste faire ça, mais je dois y aller.

— Tu ne m'as pas dit pourquoi tu étais réveillée si tôt. Où es-tu ?

Tasha aperçut les portes du cimetière et sa poitrine se serra. Elle n'était pas venue ici depuis le jour de l'enterrement de sa mère. Mais les paroles d'Andrew la veille l'avaient convaincue de s'y rendre.

Elle voulait croire que sa mère était toujours avec elle, mais elle n'avait jamais ressenti sa présence. Elle ne la voyait jamais à ses côtés, désireuse de lui prodiguer des conseils ou de lui donner de la force. Peut-être que venir ici pourrait l'aider, faire en sorte que Tasha se sente plus proche de cette femme qui lui manquait chaque jour.

— Je fais une chose que j'aurais dû faire depuis bien longtemps. Je rends visite à ma mère.

~

– GÉMEAUX, la suspecte est en mouvement. Je répète, Tasha est dans sa voiture, en route pour quitter la ville.

Andrew se réveilla en sursaut au son de son nom de code Zodiac Tactical provenant du haut-parleur situé à côté du canapé où il s'était endormi. Il avait passé une bonne partie de la nuit à élaborer des scénarios pour Saint Petersburg avec Jenna Franklin et le reste de l'équipe informatique de Zodiac, afin de voir s'ils pouvaient devancer Roman d'une manière ou d'une autre. Ian DeRose lui-même était déjà en route pour la ville balnéaire.

Jusqu'à présent, l'information ne s'est pas révélée utile. Il n'y avait aucune trace du cartel Volkov. Tous les collaborateurs de Zodiac Tactical se renseignaient auprès de ceux qui savaient quelque chose sur cette ville, mais aucun de leurs contacts n'avait entendu de rumeurs sur la présence de Roman Volkov dans les environs.

— Compris, dit-il à Isaac. Je m'en occupe.

Ravi d'être déjà habillé, il sortit du camping-car qui leur servait de centre de commandement et courut jusqu'à son camion, garé non loin de la maison de Tasha. Il sauta derrière le volant et sortit en trombe du parking.

— Dans quelle direction ?

Merde ! Ils auraient dû mettre un traceur sur sa voiture. Mais ils avaient craint d'être repérés et ils étaient certains que le contact avec Roman se ferait d'abord par des moyens électroniques ; elle ne s'enfuirait pas pour le voir.

— Le sud.

Il prit à gauche et enfonça l'accélérateur.

— Elle a combien d'avance sur moi ?

— Quelques kilomètres tout au plus. Je croyais qu'elle allait chercher quelque chose dans sa voiture, mais ensuite, elle est partie.

Merde. Tasha avait-elle paniqué à l'idée d'avoir trahi quelque chose en mentionnant Saint Petersburg ? Est-ce qu'elle s'en allait pour de bon ?

— Quelle était la situation dans sa maison avant qu'elle ne parte ? Est-ce qu'elle a tout emballé ? Est-ce qu'elle a emporté un sac avec elle ?

— Non. Elle a eu une nuit assez agitée. Elle est restée debout à faire les cent pas, mais elle n'a pas consulté son ordinateur ni son téléphone. Il y a environ une heure, elle a pris une douche, puis elle a enfilé la robe qu'elle portait hier. Je ne savais pas qu'elle allait partir jusqu'à ce qu'elle franchisse la porte. Je ne suis même pas certain qu'*elle* savait qu'elle allait partir avant ça.

Bon, c'était étrange.

— Compris. Dis-moi si quelque chose change chez elle.

Honnêtement, Andrew ne s'était pas attendu à ça. Hier, pendant le pique-nique, il avait eu l'impression de créer un lien avec elle. Pour la première fois, il avait des doutes sur son implication avec son frère… enfin, son demi-frère.

Il n'avait pas l'impression qu'il y avait beaucoup d'amour entre eux. Et, depuis au moins un mois, elle n'avait pas tenté de contacter Roman.

Bon sang ! Depuis qu'ils avaient appris son existence, ils n'avaient jamais rien trouvé qui prouve qu'elle faisait partie du cartel. Sans compter que, pour être honnête, Andrew ne voyait rien dans son comportement ou sa personnalité qui suggérait qu'elle ressemblait à son frère ou à son père.

Il y croyait à tel point qu'au pique-nique, il avait été prêt à croire en son innocence.

Lorsqu'il aperçut la berline rouillée devant lui, il se détendit légèrement. Elle n'allait pas très vite. Il la tenait maintenant. Il lui suffisait de la suivre.

Puis, tout à coup, elle prit un virage serré vers la droite. Avec un juron, il accéléra. Il eut à peine le temps de l'apercevoir avant qu'elle ne tourne brusquement à gauche à travers un quartier résidentiel. Elle conduisait comme une dingue.

Ou comme quelqu'un qui savait comment semer un poursuivant.

Un autre virage serré lui permit de quitter le quartier, mais un camion à ordures recula d'une allée et lui barra la route. *Merde.* Le gros véhicule progressait à une allure de tortue, lui bouchant la vue. Il contourna le camion, mais la voiture de Tasha avait disparu.

Il abattit la main sur le volant puis attrapa son téléphone pour appeler la ligne directe de Jenna Franklin.

— Jenna, Tasha Volkov a pris la tangente et elle va quelque part ; j'ai besoin de savoir où, lui dit-il sans prendre le temps de la saluer.

Il savait que le gourou de l'informatique ne s'en formaliserait pas.

— Je l'ai vue pour la dernière fois à l'angle d'Elm Road et de Middlebranch à Westchester, à environ huit kilomètres au sud de Pine Valley.

— Compris. On est sur le coup.

— Vérifie les itinéraires menant à Saint Petersburg. Elle a peut-être décidé de s'enfuir.

— Je te rappelle.

Jenna mit fin à l'appel. Elle allait inspecter toutes les caméras de circulation et de sécurité disponibles dans cette zone.

Il reprit la conversation avec Isaac.

— J'ai perdu Tasha ; elle a compris qu'elle était suivie. Tu es sûr que rien ne suggérait qu'elle allait partir définitivement ? Rien sur son ordinateur ? Son téléphone ?

— J'ai déjà visionné deux fois les images, répondit-il. Je te dis qu'il n'y a rien eu la nuit dernière. Elle est rentrée chez elle un peu après la tombée du jour, et ensuite, elle n'a touché ni son ordinateur ni son téléphone de toute la nuit.

— Il s'est passé une chose qui l'a poussée à conduire de manière totalement dingue à travers un quartier.

— La seule séquence que je n'ai pas regardée, c'est celle de la salle de bain.

— Envoie-la-moi.

Ils avaient essayé de se montrer corrects et de lui laisser de l'intimité dans la salle de bains, mais elle venait de perdre ce privilège avec cette acrobatie au volant. Pourtant, si quelqu'un devait la voir sous la douche, ce serait Andrew et personne d'autre.

Il se rangea sur le côté de la route et attendit que quelque chose le mette sur la piste de Tasha. Les images d'Isaac arrivèrent en premier. Andrew refoula toute culpabilité ou répugnance en regardant la vidéo de la salle de bain. Il refusait de la regarder comme une femme.

Elle n'était plus qu'une suspecte.

Il s'efforça de ne pas sourire lorsqu'elle chanta sous la douche un air de heavy métal des années 80. Mais cela, pas plus que quoi que ce soit d'autre dans la salle de bain, ne laissait supposer une quelconque culpabilité ou préparation de sa part.

Il rappela Isaac.

— Il n'y avait rien dans les images de la salle de bain. Vérifie à nouveau les autres pour t'assurer de ne rien avoir oublié.

— Compris.

Les mains d'Andrew se crispèrent autour du volant. C'était sa faute. Il était resté trop longtemps hors-jeu, trop effrayé à l'idée de participer à une mission active à cause de ses filles. Et maintenant, il était tombé amoureux du joli visage de Tasha. En outre, sa nature bienveillante, qui le mettait toujours à l'aise pour une raison inconnue, lui donnait l'impression de la connaître depuis des années.

Son téléphone sonna : c'était Jenna.

— Je n'ai pas beaucoup de chance. Elle est très maligne, elle reste dans les quartiers résidentiels, où il n'y a pas beaucoup de caméras. J'en ai trouvé une devant laquelle elle est passée il y a vingt minutes, à Golden Ridge.

— Golden Ridge. Pourquoi en ai-je déjà entendu parler ?

— C'est une petite ville qui abrite un grand laboratoire pharmaceutique. Il a été cambriolé l'année dernière, peut-être par le cartel Volkov, bien que nous n'en ayons pas la confirmation.

— Ça ne peut pas être une coïncidence, dit Andrew en s'engageant dans la rue.

— Je ne crois pas aux coïncidences, répondit Jenna.

— Vois si tu y trouves quelque chose d'autre. Ensuite, continue à chercher des itinéraires menant à Saint Petersburg via le sud.

La rage lui tenaillait la gorge. Non seulement il ne connaissait pas Tasha, mais il ne s'était pas non plus fié aux informations qui lui avaient été transmises et qui l'avertissaient qu'elle était dangereuse. Bien sûr, rien chez elle ne laissait penser à un génie du crime. C'était ainsi qu'elle était restée si longtemps sous le radar. Et il s'était montré assez crédule pour gober ses conneries.

Il abattit son poing sur le klaxon, et le bruit explosa dans le calme du matin. Elle s'était jouée de lui. Elle avait battu des cils et flirté avec lui juste assez pour qu'il en redemande. Elle était parvenue à lui dissimuler la vérité.

Plus maintenant. Il était temps d'obtenir les réponses dont il avait besoin quoi, coûte que coûte.

133

Chapitre 13

La porte du Chill N'Grill s'ouvrit, attirant l'attention de Tasha. Elle retint son souffle alors qu'une bulle d'espoir enflait dans sa poitrine.

Mais elle éclata en constatant que ce n'était pas Andrew qui entrait. À sa place, deux adolescentes hilares se précipitèrent à l'intérieur pour échapper à l'orage qui démarrait dehors.

Soupirant, Tasha s'obligea à sourire et les installa à une table vide, leur promettant de revenir rapidement pour prendre leur commande. Elle glissa dans sa poche le pourboire d'une table voisine, puis débarrassa la vaisselle sale avant de se rendre à la cuisine.

Le restaurant se vidait, la plupart des gens voulaient rentrer chez eux avant que la tempête n'empire, et Tasha comptait les secondes avant la fermeture. Elle était revenue de sa visite sur la tombe de sa mère juste à temps pour prendre son service de l'après-midi.

Toute la journée, elle avait attendu qu'Andrew se montre pour pouvoir lui raconter sa visite au cimetière, et lui dire combien ses encouragements l'avaient aidée à faire une chose qu'elle n'avait pas soupçonnée lui être nécessaire à ce point.

Après le pique-nique et l'intimité qu'ils avaient partagée, elle savait qu'il comprendrait ce qu'elle ressentait à propos de cette matinée. Elle avait envie de lui en parler.

Mais il n'était pas venu ce jour-là.

Elle posa son plateau et repoussa des mèches de cheveux égarées sur son front. À quoi s'était-elle attendue ? Il l'avait invitée à sortir pendant des jours et elle l'avait repoussé. Elle avait fini par se montrer au pique-nique de la veille, et maintenant, elle s'attendait à ce qu'il laisse tout tomber pour lui parler simplement parce que, maintenant, elle en avait envie ?

Il devait sans doute subir un contrecoup émotionnel. Elle ne pouvait pas lui en vouloir.

La porte de la cuisine s'ouvrit. Son patron, Wade McKenzie, la contourna et porta une cargaison de verres sales jusqu'à l'évier.

— La pluie tombe, et il fait tellement froid dehors qu'il pourrait bien geler.

Elle regarda par la fenêtre. Le vent était assez violent, faisant presque tomber la pluie latéralement.

— *Geler ?* Nous sommes en avril !

Wade haussa les épaules.

— Ça arrive. Je vais fermer un peu plus tôt. Tu peux rentrer chez toi avant que les routes ne soient mauvaises.

— Merci, dit-elle. Tu veux que je dise à ces ados qui viennent d'arriver que la cuisine est fermée ?

— Je vais aller leur parler. Ensuite, j'appellerai leurs parents pour leur dire qu'elles sont sur le chemin du retour. La situation va empirer une fois la nuit tombée, j'en suis presque sûr.

Elle sourit, touchée de voir qu'il s'inquiétait pour ces jeunes conductrices. C'était ce genre de gentillesse de la part des habitants de Pine Valley qui l'avait incitée à rester ici.

À faire de cet endroit un foyer aussi permanent que possible.

— D'accord. Je suis en *off* demain, mais on se voit après-demain.

— Sois prudente sur la route, lui dit Wade qui ramena ses verres à l'évier.

Au moment où elle retournait dans la salle, le carillon de la cloche annonça l'arrivée d'un nouveau client. Tasha se retourna pour annoncer qu'ils fermaient plus tôt que prévu, mais elle se figea en voyant Andrew qui se tenait là. Elle aurait pu jurer avoir perçu de la surprise dans ses yeux avant qu'il ne la chasse d'un battement de cils. Mais comme cela n'avait aucun sens, elle l'ignora.

— Salut, toi !

Sa voix était haletante, mais elle s'en moquait. Elle était heureuse de le voir. Elle se précipita vers lui, prête à le serrer dans ses bras, leur baiser de la veille brûlant dans son esprit.

— Salut.

Il croisa les bras et se raidit à mesure qu'elle se rappro-chait. La température avait chuté et cela n'avait rien à voir avec le temps qu'il faisait dehors. Tasha s'arrêta net, laissant retomber ses bras le long de son corps, et son excitation de le voir se dissipa.

Il n'était vraiment pas content de la voir. Elle ne savait pas trop quoi faire ou dire. Elle ne s'était pas ridiculisée, mais il s'en était fallu de peu.

— Je, euh… dit-elle, reculant d'un pas. Wade vient de m'informer que nous fermons plus tôt. À cause du mauvais temps.

Andrew la scrutait avec les yeux plissés. Ce n'était assu-rément pas le même homme qui avait pique-niqué avec elle la veille, lui faisant révéler des parties d'elle-même qu'elle n'avait partagées avec personne. Ce n'était définitivement pas l'homme qui l'avait embrassée comme si elle était précieuse.

C'était plutôt celui qui s'était faufilé hors de sa maison sans un mot après le sexe. Elle s'était laissée aller à oublier son existence. Mais elle se souvenait maintenant.

— Je ne te croyais pas là, dit-il.

Qu'est-ce que ça voulait dire ?

— Oh.

Elle recula encore d'un pas. Andrew passa une main dans ses cheveux mouillés.

— Je suis passé au déjeuner, mais tu n'étais pas là.

— Je ne travaillais pas ce midi.

Pourquoi semblait-il si furieux ? Distant ?

— Écoute, poursuivit-elle. Comme je l'ai dit, nous fermons plus tôt. Mais je peux sans doute t'apporter quelque chose à emporter de la cuisine. Je suis sur le point de rentrer chez moi. La journée a été… dingue.

Il pencha la tête sur le côté, l'étudiant avec ses yeux bruns.

— Dingue comment ?

Elle inspira. Elle tentait sa chance, comme l'avait dit Laura.

— En fait, j'espérais que tu passerais aujourd'hui, pour que je puisse t'en parler. Après notre conversation d'hier, j'ai décidé d'aller me recueillir sur la tombe de ma mère.

— *Quoi ?*

Il avait l'air si sincèrement choqué qu'elle ne put s'empêcher de rire un peu.

— Oui. Elle a été enterrée à Gatlinburg. Je n'étais jamais retournée sur sa tombe, alors je me suis dit qu'il était temps. En fait, elle est née pas très loin d'ici, à Martinsboro.

— Tu es allée sur la tombe de ta mère.

Sa froideur avait disparu, mais son ton était toujours aussi choqué. Elle haussa les épaules.

— Oui. Tu trouves ça stupide ? Je te promets que le temps était bien meilleur ce matin quand j'ai filé d'ici à l'aube.

— Tu es allée sur la tombe de ta mère à Gatlinburg.

Elle ne comprenait rien à ce qui se passait dans cette conversation.

— Euh, oui.

Elle fut sauvée par Wade qui revenait de la cuisine.

— Salut Andrew ! Comment ça va, mec ? Nous fermons plus tôt. J'ai peur que cette pluie ne gèle.

Andrew hocha la tête.

— Oui, bonne idée. Je vais veiller à ce que Tasha rentre chez elle. Ses pneus sont usés jusqu'à la corde.

Elle ne pouvait pas le contester. De nouveaux pneus n'étaient pas prévus dans le budget.

— C'est parfait. Comme ça, je n'ai pas à m'inquiéter pour elle.

Wade leur adressa un signe de la main et alla parler aux adolescentes arrivées quelques minutes plus tôt.

Andrew hocha la tête en regardant Tasha.

— Dis-moi quand tu seras prête.

Elle le regarda fixement.

— Tu es sûr que tout va bien ? Tu avais l'air… contrarié ou quelque chose comme ça quand tu es arrivé.

Il haussa les épaules.

— Ce doit être ce temps changeant qui me rend grincheux. Mais je vais bien, je te promets. Je te raccompagne chez toi, lui dit-il avec un clin d'œil et un sourire.

D'accord… elle avait dû imaginer sa distance. Ou, comme il le disait, le temps rendait tout le monde un peu fou. Mais elle dut se frotter le ventre à cause des picotements que déclenchait son sourire persistant.

Cet homme ne lui mettait pas simplement des papillons dans le ventre. Il lui offrait tout un zoo.

LA PLUIE s'abattait sur le pare-brise de Tasha. Les balais d'essuie-glace dansaient de droite à gauche tandis qu'elle sortait lentement du parking et prenait le chemin de la maison. Elle n'habitait pas très loin, mais elle tenait fermement le volant. Elle roulait lentement, prudente face à l'eau qui inondait la rue.

Au moins, la tempête lui permet de ne pas penser à Andrew et à ses sentiments désordonnés. Elle ignorait comment les déchiffrer. Elle n'était même pas consciente d'avoir ces sentiments jusqu'à ce qu'il semble si distant et que, tout à coup, elle soit confrontée à la possibilité de perdre tout ce qui était en train de naître entre eux.

Elle ne voulait pas perdre ça. Elle voulait se rapprocher de lui. Cette idée était à la fois excitante et terrifiante.

Elle ressentit un grand soulagement en atteignant son allée. Un rapide coup d'œil latéral lui indiqua qu'Andrew s'était garé sans encombre à côté d'elle. Elle coupa le moteur et courut vers le perron. Heureusement, l'étroite bande de toit lui protégeait la tête, sinon elle aurait été trempée le temps de déverrouiller la porte et d'entrer, Andrew sur ses talons.

— Dis donc, ça fait un moment que nous n'avons pas connu une telle tempête, dit-elle avec un rire nerveux. Et pourquoi fait-il si froid ?

Andrew baissa sa capuche.

— Le temps est généralement plus doux ici que dans le Colorado. Un peu de gel au sol à la fin du printemps, ce n'est pas rare ici. J'ai même déjà vu de la neige tomber en été dans les montagnes.

Elle grimaça.

— Ne prononce pas le mot en N. Pas maintenant.

Un minuscule sourire se faufila au milieu de son expression bourrue.

— Tu n'aimes pas la neige, hein ?

Elle leva une épaule.

— Je l'aime en hiver, quand c'est le moment. Rien ne vaut un Noël blanc, ou la joie de construire un bonhomme de neige.

— Tu fais ça souvent ? demanda-t-il en penchant la tête, les yeux plissés comme s'il scrutait chacun de ses mots.

— Pas ici. Mais j'ai vécu dans des endroits très enneigés.

Elle se débarrassa de sa veste et la pendit au crochet près de la porte. Andrew se tenait sur le paillasson miteux, mais n'entrait pas. Elle se rendit compte qu'il n'était pas certain d'être le bienvenu.

— Tu veux entrer ? lui demanda-t-elle. Peut-être pour boire une tasse de thé ?

Elle trouvait plutôt pathétique qu'il soit la seule personne à qui elle avait envie de parler de ce qu'elle avait fait ce jour-là. Mais elle savait qu'il comprendrait : il avait connu bien plus de pertes qu'elle.

Il haussa un sourcil sombre.

— Si tu échanges le thé contre du whisky, marché conclu.

— J'adore soudoyer un homme avec de l'alcool pour qu'il passe du temps avec moi, dit-elle en souriant, secouant la tête. Assieds-toi, je reviens tout de suite.

Elle se précipita dans la cuisine et fouilla les placards en quête de quelque chose à lui proposer. Elle ne buvait pas beaucoup en dehors d'un verre de vin occasionnel, et elle n'avait pas d'argent en rab pour des luxes dont elle n'avait pas l'usage.

Elle n'avait pas d'argent du tout pour des luxes.

Elle opta pour la bouteille de vin blanc bon marché qu'elle gardait dans le réfrigérateur, en dévissa le bouchon, et versa deux verres. Ils n'étaient pas assortis et le sien avait un éclat sur le bord, mais il faudrait s'en contenter.

Elle le trouva assis sur son canapé usé, en train de taper rapidement un message sur son téléphone. Les coussins s'affaissaient sous son poids.

Elle lui tendit un verre.

— Du vin, c'est tout ce que j'avais.

— Du vin, c'est parfait, dit-il en rangeant son téléphone. Alors, raconte-moi ta matinée.

Elle s'assit à côté de lui, essayant d'ignorer à quel point son canapé était en mauvais état. Elle but une gorgée de son vin, puis posa son verre sur la table basse.

— J'ai aimé ce que tu as dit hier, à propos du fait que tu te sentais plus proche de ta femme quand tu emmènes tes filles se recueillir sur sa tombe. Je me suis réveillée ce matin, et j'ai su qu'il fallait que j'aille sur la tombe de ma mère. J'ai honte d'admettre que je vis tout près, mais que je n'y étais jamais allée.

— C'est pour ça que tu t'es installée à Pine Valley ? Pour être proche d'elle ?

C'était une bonne question. Une à laquelle elle n'avait pas nécessairement de réponse.

— Peut-être à un certain niveau, mais ce n'était pas une décision consciente. Ma mère est née près d'ici, et elle a été enterrée près d'ici, mais je n'ai jamais vraiment visité les environs. Je me suis donc rendue sur sa tombe, puis j'ai conduit à travers sa ville natale.

Andrew hocha la tête pour qu'elle continue.

— Ce n'est pas comme si ma mère avait encore de la famille à Martinsboro. Mon père et moi avons pris la décision de l'enterrer dans cette région parce que… eh bien, pour être honnête, il a pris toutes les dispositions, et je n'ai jamais demandé pourquoi.

— Tu étais jeune. C'est compréhensible.

Elle tira sur un morceau de denim effiloché sur son genou.

— Mais j'aurais dû. J'aurais dû poser beaucoup plus de questions, mais parfois, c'est plus facile de vivre dans l'ignorance. De ne pas connaître toutes les réponses.

— Des réponses à propos de ta famille ? Tu as des questions à leur sujet ?

Elle avait tant de questions qu'une vie entière ne suffirait pas à y répondre, mais elle ne pouvait pas s'engager dans cette voie, surtout avec lui. Elle haussa les épaules.

— Est-ce que tout le monde ne se pose pas de questions sur sa famille ?

Il garda le silence un long moment.

— As-tu obtenu des réponses aujourd'hui ?

Était-ce le cas ? Pas vraiment. Les morts ne pouvaient pas parler. Elle ne saurait jamais si sa mère avait su la vérité au sujet de son père et ce qu'il faisait avant de mourir. Bon sang ! Tasha elle-même ne connaissait pas toute la vérité. Elle en savait juste assez pour être sûre de ne pas vouloir en savoir plus.

— Non. Il n'y a pas de vraies réponses, je suppose. C'était plus une occasion pour moi de parler qu'autre chose.

— De quoi as-tu parlé ? demanda-t-il, se tournant pour la regarder de plus près.

— De tout.

De son père. De Roman. Du fait qu'elle était en permanence terrifiée à l'idée qu'il la retrouve et la tue. Du fait qu'elle était lassée de fuir, et qu'elle se demandait si elle pouvait s'installer à Pine Valley. Andrew tendit la main pour repousser une mèche de cheveux derrière son oreille, et elle se retint de se laisser aller contre lui.

— Dis-moi ce que tu as dit à ta mère. Parle-moi de ces secrets que tu gardes, Tasha.

Elle cligna des yeux, surprise par ses paroles.

— Des secrets ?

Oh, mon Dieu ! S'était-il rendu compte qu'elle cachait quelque chose ? Il haussa les épaules.

— Je suppose que nous avons tous des secrets. Mais, parfois, j'ai l'impression que les tiens… pèsent peut-être sur toi. J'aimerais t'aider à les porter, si tu me laisses le faire.

Elle avait bien trop de secrets, et elle aurait adoré pouvoir s'appuyer sur lui. Mais c'était impossible. Alors elle but une gorgée de vin et lui avoua une vérité partielle à la place.

— J'ignore si j'ai vraiment évoqué des secrets. Mais j'ai raconté à ma mère que j'avais rencontré un homme qui me poussait à faire quelque chose d'effrayant. Qui m'encourageait à prendre un risque. J'ai pleuré, et j'ai ri. J'avais sans doute l'air d'une dingue. Mais je m'en moquais. Quand je suis partie, je me sentais plus libre. Plus légère.

— Tant mieux. C'est généralement ce que je ressens lorsque je me rends sur la tombe de Kylie.

— Tu l'aimes, constata-t-elle.

Parler d'elle de quelque façon que ce soit était dangereux, mais Tasha ne pouvait pas s'en empêcher. Il haussa les épaules.

— Je l'aimerai toujours. Elle était une mère et une épouse extraordinaire.

— J'en suis certaine, murmura Tasha.

— Mais, ne t'y trompe pas, elle était aussi têtue et elle me faisait souvent tourner en bourrique. Ce n'était vraiment pas un ange.

Tasha ne savait pas quoi dire. Elle ne reprochait pas à Andrew l'amour évident qu'il portait à sa femme, mais entendre parler d'elle était difficile pour de multiples raisons.

— Je suis sincèrement désolée pour ta perte, lui dit-elle enfin.

Ces mots auraient été insuffisants en toute circonstance, mais pour Tasha, ils l'étaient encore plus.

— Tu ne m'as jamais demandé comment elle était morte.

Tasha se raidit. Non, elle n'avait pas demandé, parce qu'elle savait déjà. Mais son manque de curiosité devait paraître étrange aux yeux d'Andrew.

— Je… je me disais que tu ne voudrais pas en parler avec quelqu'un que tu…

Pfff. Elle ne faisait qu'empirer les choses. Il haussa un sourcil brun.

— Quelqu'un chez qui je devrais avoir honte d'être assis étant donné la façon dont je t'ai traitée la dernière fois que je suis venu ?

Elle grimaça.

— Non ! Non, ce n'est pas ce que je voulais dire. Je voulais simplement dire que ce n'étaient pas mes affaires.

Son expression se détendit, et il sourit.

— Je te dois encore des excuses pour cette nuit-là.

— Tu t'es déjà excusé.

Il poussa un soupir contrit.

— Mes actes exigent que je le fasse plus d'une fois. Sans doute une douzaine.

Avant qu'elle ne change d'avis, elle se pencha vers lui et l'embrassa.

— Tu as eu un mauvais moment, dit-elle tout contre ses lèvres. Nous en avons tous. Je ne t'en tiens pas rigueur, alors ne te le reproche pas à toi-même.

Tasha commença à reculer, mais la main d'Andrew se glissa sur sa nuque, ramenant ses lèvres contre les siennes. Et il prit le contrôle du baiser, sa langue cherchant celle de la jeune femme pour l'inviter à jouer, la faisant glisser jusqu'à ce qu'elle soit assise sur ses genoux. Les lèvres d'Andrew étaient chaudes et exigeantes sur les siennes. Rapidement, ils eurent le souffle court, et elle sentit qu'il posait la main sur sa hanche pour l'attirer plus près de lui.

Oui, c'était ce qu'elle voulait. Elle en voulait plus.

— Retournons dans la chambre.

Tasha avait du mal à éloigner sa bouche de celle d'Andrew pour parler. Elle glissa les doigts dans ses cheveux et gémit doucement lorsqu'il déposa des baisers sur sa mâchoire et le long de son cou.

Elle attendit qu'il s'écarte, qu'il la conduise dans la chambre, mais il n'en fit rien.

Andrew remonta doucement les mains pour les poser tendrement sur ses joues ; il embrassa le côté de sa bouche avant de passer la langue sur sa lèvre inférieure.

Puis il recula, juste un peu.

— J'en ai envie. Je voudrais te ramener dans cette chambre, et faire tout ce qu'il faut, cette fois. Je te montrerais à quel point ça peut être bon.

Elle lui sourit.

— Alors, faisons-le.

Elle remua, prête à se lever. Elle n'avait pas envie de continuer ici, en pleine lumière. Il n'avait pas perçu la texture de ses cicatrices la dernière fois, peut-être qu'il ne le ferait pas non plus cette fois-ci. Mais, hors de la pénombre, il les remarquerait certainement.

Andrew ne bougeait pas. Il détourna le regard, presque peiné, avant de reporter son attention sur elle.

— Qu'est-ce qui ne va pas ? murmura-t-elle.

— Ce soir, j'ai juste envie de te tenir dans mes bras. Est-ce que ça te conviendrait ? Que nous y allions en douceur ? Je veux être avec toi, m'allonger avec toi, et t'avoir tout contre moi. Juste… te serrer dans mes bras.

Tasha l'étudia. Peut-être qu'il se débattait à nouveau au

sujet de sa femme, de la façon d'aller de l'avant. Ce n'était pas grave. Au moins, cette fois-ci, il essayait de faire les choses correctement plutôt que de prendre la fuite. Elle n'allait pas exiger d'explications pour des choses dont il ne serait peut-être pas prêt à parler.

Elle pouvait au moins lui accorder cela. Elle posa son front contre celui de Ian.

— Se blottir l'un contre l'autre, ça m'a l'air merveilleux. La journée a été épuisante.

Il acquiesça.

— Faire le tri dans les affaires familiales peut s'avérer épuisant.

— Crois-moi, je comprends. Ma famille est la chose la plus épuisante de ma vie.

Chapitre 14

Quelques heures plus tard, Andrew était allongé dans le lit bosselé de Tasha et tenait son corps doux contre lui. Il n'avait jamais été aussi partagé de toute sa vie.

Elle s'était rendue sur la tombe de sa mère. *Merde.* Andrew avait appelé Zodiac en revenant du Chill N'Grill. Une fois qu'ils avaient su où chercher, ils avaient pu le confirmer presque immédiatement. Elle avait passé la majeure partie de la matinée à Gatlinburg.

Ses allées et venues avaient été retracées. Elle n'avait rien fait de mal. Elle ne s'était pas enfuie pour retrouver son frère et planifier des activités criminelles.

Comme Andrew avait passé la majeure partie de la journée à se traiter d'idiot en croyant qu'elle s'était jouée de lui, il lui avait fallu un bouleversement mental complet pour accepter qu'elle ne l'avait pas fait. Il avait failli tout gâcher avec la manière dont il l'avait traitée au restaurant avant de se ressaisir.

Tasha était allée se recueillir sur la tombe de sa mère à cause de leur conversation lors de leur pique-nique. Elle l'avait même remercié pour cela.

Elle remua, murmurant doucement dans son sommeil, et il la rapprocha de lui, incapable de la laisser partir, sans compter qu'il faisait un froid de canard dans cette maison.

Il fixa le plafond dont la peinture s'écaillait, essayant toujours de comprendre cette femme.

Tout en elle indiquait qu'elle n'était pas une criminelle. Cela faisait cinq jours qu'il la surveillait maintenant. Elle était gentille avec les autres. Zodiac Tactical avait fait de son mieux pour lui rendre la vie difficile au niveau financier, mais il l'avait quand même vue payer le repas de la vieille Mme Sutton lorsque celle-ci avait oublié son porte-monnaie.

Quel genre de cerveau criminel ferait une chose pareille ?

Ma famille est la chose la plus épuisante de ma vie.

Ces mots qu'elle avait prononcés quelques heures plus tôt ne cessaient de tourner dans son esprit. Qu'est-ce que ça voulait dire ? Qu'elle voulait partir ? Qu'elle était sur le point de passer à l'action avec le cartel ?

Il se passa une main sur le visage. Que Tasha soit innocente ou coupable, ils avaient toujours besoin d'elle pour obtenir des informations.

Et Andrew avait trouvé le moyen de le faire.

Il s'éloigna lentement d'elle pour ne pas la réveiller. Il devait parler à Callum et discuter de leur plan.

Il enfila ses vêtements et ses chaussures, puis il attrapa son manteau en se dirigeant vers la porte d'entrée. La neige avait commencé à tomber peu après qu'ils se soient couchés, et elle n'avait pas cessé. Il ouvrit silencieusement la porte, puis rejoignit son camion. Il ne pouvait pas prendre le risque que Tasha entende ce qu'il était sur le point de dire.

Ils avaient beau être au beau milieu de la nuit, Callum décrocha à la première sonnerie.

— Tout va bien ? demanda l'autre homme sans le saluer.

Non. Rien n'allait vraiment bien.

— Oui, tout va bien, répondit Andrew. Sauf que je pense que, vu comment les choses se présentent actuellement, nous n'obtiendrons rien de Tasha.

— Les circonstances ont-elles changé ?

— Non, et c'est là le problème. Rien n'a changé, et je n'imagine pas que ça se produise de sitôt. Nous devons agir. Nous devons faire quelque chose qui forcera Tasha à agir.

— Je suppose que tu as une idée en tête, si tu m'appelles au milieu de la nuit ?

Andrew n'aimait pas ce qu'il s'apprêtait à suggérer, mais il ne voyait pas d'autre solution.

— Je pense qu'il faut laisser la carte de visite de Roman là où Tasha la trouvera.

Callum laissa échapper un soupir épuisé.

— Ne me dis pas que tu suggères de laisser un cadavre dans sa maison. Même moi, je ne peux pas organiser un truc pareil.

— Non, je veux dire laisser la carte de visite *électroniquement*. Un truc qui lui fera penser que quelque chose cloche.

Callum garda le silence un moment pendant qu'il réfléchissait.

— D'accord, je vois comment cela pourrait fonctionner. Passons en revue toutes les possibilités.

Andrew hocha la tête, même si son ami ne pouvait pas le voir.

— De mon point de vue, Tasha appartient à l'un des trois camps suivants. Premièrement, elle fait partie du Cartel Volkov, comme nous l'avons toujours pensé. Elle est leur guetteuse ou quelque chose comme ça.

— D'accord.

Andrew regarda la neige.

— Deuxièmement, elle est au courant pour le cartel, mais elle n'en fait pas partie. Peut-être leur a-t-elle tourné le dos et qu'elle veut juste vivre sa vie. Pine Valley me semble un bon endroit pour le faire.

Callum laissa échapper un murmure approbateur.

— D'accord. C'est possible aussi.

— Troisièmement, elle n'est même pas au courant pour le cartel. Peut-être que son père l'a mise à l'abri, qu'elle ne sait rien et qu'elle est une impasse.

La deuxième ou la troisième option signifiait qu'elle était innocente. Andrew ne pouvait pas se permettre d'espérer que ce soit le cas.

— D'accord, dit Callum. Je suis d'accord pour dire que ce sont les trois options possibles. En quoi la carte de visite de Roman nous aiderait-elle ?

Andrew y avait déjà pensé depuis longtemps.

— Si elle est au courant pour le cartel et la carte de visite de Roman, elle va se demander ce que ça signifie qu'il lui envoie cette photo. Elle le contactera soit par voie électronique, soit elle essaiera de rejoindre leur prochain point de rendez-vous.

— D'accord. Continue.

— Si elle est au courant de la carte de visite, mais qu'elle n'a rien à voir avec sa famille, cela l'incitera peut-être à la contacter et à découvrir pourquoi Roman l'envoie. Et si elle n'est pas au courant du tout, elle prendra simplement ça pour un truc très bizarre qu'on lui a envoyé, et elle l'ignorera. Quelle que soit sa réaction, je serai là pour gérer les retombées.

Callum murmura son approbation.

— Au moins, ça nous montrera ce qu'elle sait, même si ce n'est qu'inconsciemment.

Andrew attendit en silence que Callum intègre ce qu'il suggérait.

— Le seul inconvénient que j'y vois, c'est qu'une fois que nous aurons mis ça en route, nous ne pourrons plus l'arrêter.

Nous devrons soit expliquer que tu fais partie des forces de l'ordre, soit nous préparer à bouger en même temps qu'elle.

— D'accord. Mais c'est toujours mieux que de rester assis à attendre que Roman tue à nouveau.

— Oh, que oui !

— Mon instinct me dit qu'elle est innocente, Callum, dit Andrew. Plus je la côtoie, plus je pense que c'est vrai.

— Nous travaillons tous les deux depuis assez longtemps pour savoir qu'un joli visage n'implique pas nécessairement qu'elle est innocente, mon pote.

— Oui, je sais. Et, si j'ai tort, tant pis. Mais je ne pense pas que ce soit le cas.

— D'accord, dit Callum. Je fais confiance à ton instinct. Quoi qu'il en soit, nous en saurons plus dans quelques heures. Je vais demander à Jenna de planifier la vidéo de la carte de visite et nous l'enverrons au chat lié à Roman que Tasha visite régulièrement.

Andrew se frotta les yeux.

— C'est là que le bât blesse, n'est-ce pas ? Pourquoi se rendrait-elle sur ce forum de discussion si elle ne fait pas partie du cartel ?

— C'est alarmant, mais il pourrait y avoir des facteurs que nous ignorons. Assure-toi de surveiller tes arrières. Si nous tendons ce piège et que tu fais erreur sur son innocence, elle pourrait réagir de la même manière que Roman : tirer d'abord, trier les corps ensuite.

— Ça n'ira pas jusque-là, répondit Andrew, priant pour avoir raison, mais sachant qu'il ne pouvait en être certain.

Ils réglèrent le reste des détails, puis Andrew rentra tranquillement dans la maison. Il regarda le canapé où Tasha et lui s'étaient embrassés si longtemps ce soir-là. Qui aurait cru qu'à l'âge de trente-cinq ans, il serait toujours aussi excité par le fait d'embrasser une femme entièrement vêtue ?

Mais il l'avait été. Il avait été enchanté par ces baisers

doux et tendres. Enchanté par les baisers plus profonds, plus passionnés. Les petits gémissements qu'elle avait laissés échapper lorsqu'il l'avait embrassée dans le cou avaient été en quelque sorte plus intimes que le sexe le mois précédent.

Bon sang, il avait tellement envie de se rattraper auprès d'elle ! Il avait eu envie de le faire ce soir, mourant d'envie de la déshabiller lentement, puis de lui faire comprendre à quel point cela pouvait être bon entre eux deux.

Mais il ne pouvait pas, sachant qu'ils avaient mis la maison sur écoute, et qu'il y avait des caméras dans le salon et dans la chambre. Même s'il était sûr que son collègue n'avait rien d'un pervers, il ne pouvait pas abuser de la confiance de Tasha de cette manière.

Il se passa une main dans les cheveux, les ébouriffant davantage. Ses priorités étaient en vrac. Innocente ou coupable, les sentiments de Tasha n'auraient pas dû avoir d'importance.

Il avait besoin de se remettre les idées en place, mais quelque chose chez cette femme l'émouvait profondément.

L'émouvait d'une façon telle qu'il n'était pas certain de s'en remettre un jour.

Il entra dans la chambre et la regarda dormir. L'envie de la toucher le tenaillait à nouveau. Il n'était pas certain de pouvoir s'empêcher de la toucher s'il retournait au lit avec elle. Mieux valait sans doute qu'il ne s'y remette pas.

Mais, ensuite, elle roula son petit corps en boule et s'entoura de ses bras, visiblement frigorifiée. La couverture qui l'enveloppait était mince et n'offrait pas beaucoup de chaleur contre les souffles d'air froid qui s'infiltraient par les vieilles fenêtres. La chaudière menait une bataille perdue d'avance pour garder la maison à une température agréable.

Andrew ne pouvait pas la laisser comme ça. Il sortit son téléphone de sa poche et envoya un message à Isaac.

Je vais éteindre la caméra dans sa chambre :

quelque chose clignote qui va la rendre voyante si nous ne faisons pas attention.

Bien reçu. Je la remplacerai la prochaine fois qu'elle sortira de la maison.

Callum va te contacter avec de nouveaux plans. Demain, nous aurons plus d'informations, alors tiens-toi prêt.

Je suis toujours prêt !

Andrew leva les yeux au ciel, puis reposa son téléphone et se déshabilla, ne gardant que son boxer. Il détestait mentir à Isaac, mais s'il cédait à son désir de faire plus que tenir Tasha dans ses bras au matin, il ne voulait pas avoir de public.

Il devait au moins cela à la jeune femme.

Dès qu'il retourna dans le lit, elle se blottit contre lui, comme s'ils dormaient ensemble depuis des années.

Il ne pouvait nier que son corps semblait tout à fait à sa place contre le sien.

La question était de savoir s'il c'était à l'égard d'une terroriste qu'il ressentait une telle chose ?

Chapitre 15

Tasha se réveilla en essayant de comprendre pourquoi elle n'était pas gelée. L'isolation de cette maison n'était pas terrible, et elle avait eu froid tous les matins en se levant cet hiver-là. Il lui fallut une seconde pour comprendre.

Andrew était là.

Cette fois, il était resté. Un vertige qu'elle n'avait pas ressenti depuis des années la submergea. Elle ne se souvenait pas de la dernière fois qu'elle avait dormi toute la nuit avec un homme. Elle se blottit contre lui : elle aurait voulu que ce moment ne se termine jamais.

Un doux gémissement échappa à Andrew, et il remua dans le lit, décrochant son bras de sa taille.

Elle avait envie de la remettre en place, mais, maintenant qu'elle était réveillée, elle avait envie d'aller aux toilettes. Elle savait que cela ne servait à rien de ne pas bouger en espérant que cette sensation irritante partirait. Mieux valait se lever et en finir. Ensuite, elle pourrait se remettre au lit avec Andrew et peut-être même le réveiller. Pour voir où le reste de la nuit pourrait les mener.

En silence, elle sortit du lit et attrapa son peignoir blanc miteux. Ses jambes nues se couvrirent de chair de poule, maintenant qu'elle n'avait plus son chauffage personnel à côté d'elle. Elle ignora la morsure du froid qui remontait de ses pieds. Elle aurait aimé avoir l'argent nécessaire pour s'acheter des tapis, et se dirigea vers la salle de bains sur la pointe des pieds pour y faire ce qu'elle avait à y faire.

Avant de retourner dans sa chambre, elle fit un détour par la cuisine pour prendre un verre d'eau, regardant par la fenêtre. Les premières lueurs de l'aube commençaient à poindre, atténuées par la neige qui tombait encore.

Cela lui donnait encore plus envie de retourner au lit. Peut-être qu'Andrew et elle se retrouveraient bloqués par la neige. Cette pensée la fit sourire.

Que trouveraient-ils à faire ?

Elle se retourna vers le salon, sur le point de foncer au lit, lorsqu'elle vit son ordinateur portable. Il était posé sur sa table basse, le motif de l'économiseur d'écran flottant sur l'écran.

Dans le coin supérieur droit, une icône de cupcake rouge clignotait. Elle savait ce que cela signifiait. Elle avait un message sur la liste de diffusion dont elle se servait uniquement pour essayer de surveiller les allées et venues et les agissements de Roman, et pour garder une longueur d'avance sur lui.

En apparence, le site donnait des conseils de pâtisserie, mais elle avait vu Roman le consulter sur son ordinateur et elle savait que c'était bien plus glauque que des astuces pour rendre ses cupcakes plus chocolatés. Il servait à transmettre des informations au sein du cartel Volkov et d'autres.

Pour être honnête, elle ignorait totalement comment cela fonctionnait, et elle n'y avait pas compris grand-chose. C'était la première fois qu'elle recevait directement un message. Il s'agissait probablement d'une erreur.

Mais elle ralentit malgré tout le pas en arrivant devant

son clavier, parcourue d'un frisson. Elle appuya sur le bouton pour ouvrir son compte.

Il s'agissait d'un fichier vidéo.

Son souffle se bloqua dans sa gorge. Elle appuya lentement sur *play*, ne se détendant que lorsque la vidéo démarra et montra une bougie vacillant à côté de quelques pâtisseries.

Elle laissa échapper un petit rire. Bon, d'accord, elle avait laissé son imagination s'emballer sur ce coup-là. Quelqu'un avait manifestement pris cette liste pour un véritable site de pâtisserie.

Elle s'apprêtait à fermer la page lorsque l'angle de la caméra s'élargit, s'éloignant des biscuits. Elle fit un zoom arrière, dévoilant davantage la pièce. Le premier objet qui apparut fut un shot de vodka posé sur le sol.

Ensuite vint le cadavre.

Elle vit les X sur les yeux, et comprit aussitôt que c'était Roman. La peur la saisit à la gorge, étouffant le cri qui tentait de se libérer. Elle plaqua une main tremblante sur sa bouche et trébucha en arrière, incapable de détourner le regard des images.

Roman lui avait envoyé ça.

Elle avait le vertige, prise de panique. Qu'est-ce que ça voulait dire ? Qu'il venait la chercher ? Pouvait-il traquer son ordinateur ?

Il fallait qu'elle s'en aille d'ici, tout de suite !

Elle allait devoir emporter l'ordinateur avec elle. Elle s'en débarrasserait en chemin. Il était hors de question qu'elle le laisse ici avec Andrew dans la maison si Roman s'en servait pour la pister.

Elle se rua dans la cuisine et récupéra son téléphone dans le tiroir, puis se précipita vers le placard et attrapa le sac de survie. Elle glissa le téléphone dans la poche et déposa près de la porte d'entrée.

Ses paumes étaient moites et son cœur s'emballait, mais elle ne pouvait pas ralentir. Le temps était primordial. Chaque seconde comptait.

Elle se hâta de retourner dans la chambre, en silence. Le bruit de la respiration lourde d'Andrew l'arrêta dans l'embrasure de la porte. Il était étendu sur le dos, sa poitrine se soulevait et s'abaissait, et son avant-bras était posé sur ses yeux.

Le regret lui tordit le ventre. Elle aurait donné n'importe quoi pour oublier ce qu'elle venait de voir et pouvoir retourner dans le lit avec Andrew, se blottir contre sa chaleur.

Mais ce n'était pas sa vie.

Elle s'était laissée aller à oublier ce qu'était vraiment son existence au milieu des baisers de la nuit précédente ; mais elle ne pouvait plus le faire maintenant.

Elle se débarrassa mentalement de toutes ses émotions. Les vœux pieux ne l'aideraient pas maintenant. Elle attrapa son pantalon de yoga sur le sol, enfila une paire de chaussettes, puis des baskets, et se dirigea vers la table de nuit. Elle ouvrit le tiroir, grimaçant à chaque bruit et craquement, jusqu'à ce qu'elle puisse en sortir son Glock. Le poids lourd dans sa main diminua légèrement la pression dans sa poitrine.

Mais une seule arme ne suffirait pas si Roman venait la chercher. Si elle voulait protéger les gens auxquels elle tenait, Andrew et tous ses amis en ville, elle devait s'en aller *maintenant.*

S'éloigner d'eux le plus possible.

Elle jeta à Andrew un dernier regard nostalgique, puis se dirigea sans bruit vers la porte d'entrée. Après avoir enfilé son manteau, elle ramassa son ordinateur portable et son sac, rangeant l'arme dans la poche à côté de son téléphone, puis hésita un bref instant. Elle jeta un dernier regard sur son salon miteux.

Elle avait mal au cœur.

Cette maison qu'elle louait n'était pas très luxueuse, mais c'était chez elle. Ces murs lui apportaient réconfort, chaleur et protection. Ils lui avaient donné un refuge et lui avaient permis de se sentir suffisamment en sécurité pour faire partie de la communauté qu'elle répugnait à présent à laisser derrière elle. Son regard fut attiré par ses plantes en pot, et elle se précipita pour attraper le plus proche. Un seul objet, pour toujours se rappeler cet endroit.

Comme si elle pouvait l'oublier, ou Andrew.

Elle sortit puis se retourna et referma la porte, battue par la pluie verglaçante et la neige pendant tout ce temps. Elle haleta, le froid soudain lui brûlant les poumons. La combinaison du vent glacial et de la montée d'adrénaline lui fit claquer des dents. Le sol était couvert d'une couche de blanc.

Sa portière était scellée par de la glace et des centimètres de neige poudreuse recouvraient le pare-brise de sa voiture. Serrant les dents, elle tira jusqu'à ce qu'elle s'ouvre. Elle la démarra, reconnaissante lorsque le moteur s'éveilla. Elle poussa le chauffage à fond, espérant que les bouches d'aération diffuseraient bientôt de l'air chaud ; elle le laissa tourner pendant qu'elle ressortait et se servait de son avant-bras pour enlever la neige de son pare-brise. Comme il restait une fine couche de glace, elle trouva une vieille carte de crédit dans son portefeuille et gratta la glace jusqu'à ce qu'elle puisse dégager une minuscule zone de visibilité.

Cela suffirait.

Elle grimpa dans la voiture, referma la portière, et mit les essuie-glaces en route pour retirer la glace restante tandis qu'elle passait la marche arrière et filait sur la route. Ses pneus patinèrent sur la chaussée glissante, mais elle n'osait pas ralentir.

Elle agrippa le volant et jeta un regard nerveux dans son rétroviseur. Il n'y avait ni phare à sa poursuite ni voitures au ralenti qui patientaient dans l'ombre pour la suivre.

À quelle distance se trouvait Roman ?

Elle ne pouvait pas y penser à cet instant. Elle ne pouvait pas laisser la tristesse qui menaçait de la submerger l'envahir. Elle ne pouvait pas penser à tout ce qu'elle laissait derrière elle.

Il fallait qu'elle quitte la ville. Vite.

Sa vie ici était terminée.

Elle ne pouvait que prier pour que ce ne soit pas la fin de sa vie tout entière.

<h1 style="text-align:center">Chapitre 16</h1>

— *P-Pas moi. F-Faites-les sortir. Laissez… laissez-moi…*

La fumée brûlait le fond de la gorge d'Andrew, lui enflammant les poumons. Il n'arrivait pas à se débarrasser de ce goût, ce poids âcre sur sa langue laissé par les flammes qui léchaient les murs et brûlaient les coussins et le tapis bleu sous lui.

Du feu. Du feu partout. Il ne voyait rien dans le brouillard de fumée, mais il sentait la chaleur qui attaquait ses bras et ses jambes. Une femme arriva au-dessus de lui, le visage déformé par la fumée et les flammes. Il la voyait à peine.

— Kylie ?

Sa voix était rauque et cassée, il la reconnaissait à peine.

Non, pas Kylie. Il savait déjà que ce n'était pas elle. Le toucher de cette femme qui flottait à quelques centimètres de lui ne ressemblait pas à celui de son épouse. Elle lui agrippa les épaules et le secoua, et il entendit le faible son d'une voix se frayer un chemin à travers les flammes. Il cligna des yeux, tentant de dégager suffisamment sa vision et son esprit pour pouvoir se concentrer sur autre chose que la souffrance qui l'accablait.

Il ne pouvait pas bouger.

Il devait bouger.

Cette femme qui n'était pas Kylie apparut, et les larmes se reflétèrent dans ses grands yeux pendant qu'elle disait quelque chose.

Tasha. C'était Tasha.

Non, ce n'était pas possible.

Cette femme, qui n'était pas Tasha, le secoua plus fort, et son visage était la seule chose qui apparaissait clairement dans son champ de vision. Ses yeux s'écarquillèrent sous le coup de la peur tandis que ses lèvres s'écartaient : elle lui criait quelque chose.

Mais il n'y avait rien d'autre que le rugissement des flammes et le crépitement des braises. Il n'entendait même plus le sang qui affluait dans ses oreilles.

Des larmes roulèrent sur les joues de la femme, et, pendant un instant, elle leva les yeux vers la fenêtre de l'autre côté de la pièce. Son profil était maculé de poussière et de suie, et ses cheveux sombres, qui retombaient sur ses épaules, étaient pleins de cendres. Elle tourna vers lui des yeux suppliants ; elle lui disait quelque chose qu'il ne pouvait pas entendre.

— Ma femme. Kylie…

Il essaya de se lever, mais il ne parvenait pas à faire fonctionner son corps. C'est alors qu'il sentit quelque chose de lourd sur ses jambes et une déchirure dans le bas de son dos.

La douleur était suffisante pour engourdir ses sens, sa vision était trouble et sombre.

— Attendez… les f-filles… Où sont-elles ?

Le plafond n'était plus que de la fumée. Tout le premier étage brûlait au-dessus de lui. Les yeux d'Andrew papillonnèrent lorsque la femme qui le tenait et protégeait son corps des jets de braises tressaillit, et à travers les flammes, il l'entendit crier désespérément.

Le sang lui monta alors à la tête, sonnant dans ses oreilles.

La douleur. Il ne ressentait que de la douleur. Son dos le piquait alors qu'on le traînait sur le sol. Ses poumons le brûlaient à chacune de ses respirations laborieuses.

— Restez avec moi, murmura-t-elle, et il n'était pas sûr de l'avoir vraiment entendue. Restez avec moi.

Il essaya de se débattre.

— Les filles. Je vous en prie, les filles.

Il ne comptait pas. Les filles comptaient. Kylie comptait.

— Elles sont déjà dehors, l'informa la femme qui n'était pas Tasha.

Vraiment ? Oui. Exact. Les filles étaient dehors. Elles étaient sorties. Mais comment avaient-elles pu sortir ? Il n'avait pas pu le faire. Il pouvait à peine bouger.

— Pourquoi es-tu là ? demanda-t-il à Tasha.

Pourquoi Tasha était-elle dans son cauchemar ? Elle n'aurait pas dû être là du tout.

Elle ne répondit pas. Elle les tirait tous les deux, un centimètre douloureux après l'autre, du bâtiment en feu. La réalité lui échappait et se brouillait par instants.

La douleur. La chaleur. Tasha qui sanglotait pendant qu'ils progressaient. Andrew ne pouvait rien faire pour l'aider. Le seul son plus fort que ses sanglots était le bruit sourd et incessant qui lui faisait mal aux oreilles et lui donnait des frissons d'adrénaline.

Encore et encore. C'était quoi, ça ?

Andrew se redressa dans le lit, le cœur palpitant, lorsque trois coups retentirent dans la chambre de Tasha. Quelqu'un criait son nom.

Son cauchemar s'estompa alors qu'il clignait des yeux dans la pièce faiblement éclairée, essayant de se repérer. Pourquoi avait-il vu Tasha dans son cauchemar récurrent cette fois-ci ?

Il se passa une main sur le visage, les poils de ses bras se hérissèrent ; il tendit la main vers elle à travers le matelas, mais trouva son côté du lit vide et froid. Où était-elle ?

Trois autres coups furent frappés à la porte.

— Tasha ? appela-t-il tout fort, balançant les pieds hors du lit.

Où était-elle ?

— Andrew ! s'écria une voix grave, qui n'était assurément pas celle de Tasha.

— Isaac ?

Andrew attrapa un t-shirt qu'il enfila en se précipitant vers la porte d'entrée, et il tâtonna les nombreuses serrures avant de l'ouvrir. Le froid le saisit, lui faisant prendre conscience du fait qu'il ne portait que ce t-shirt et son boxer. La neige volait en tous sens tandis qu'Isaac lui lança un regard noir, puis retira de sa tête un bonnet recouvert de neige avant d'entrer en trombe.

— Bon sang, mais qu'est-ce qui se passe ? J'ai cru que tu étais mort, *merde* ! Qu'est-ce qui s'est passé ?

Andrew cilla pour chasser les dernières traces de son cauchemar, cherchant Tasha du regard. Où était-elle ? Certainement pas ici. Cet endroit était trop petit pour qu'elle puisse se cacher.

— De quoi est-ce que tu parles ? Où est Tasha ?

— Ça fait quarante-cinq minutes que je t'appelle. Tu as déconnecté les caméras hier soir. Je ne savais pas ce qui se passait.

Merde. Exact.

— Je vais bien.

Isaac leva les yeux au ciel.

— Oui, j'ai bien compris, vu que tu es intact, si l'on excepte ta tronche affreuse de type qui sort du lit.

— Où est Tasha ?

— C'est pour ça que j'appelais… ensuite, j'ai conduit à travers ce foutu blizzard pour arriver ici. Elle est partie il y a cinquante-et-une minutes.

— *Quoi ?*

— Juste après l'envoi de la carte de visite. Elle l'a vue à 6 h 03 exactement.

Andrew jeta un coup d'œil à sa montre et se maudit. Il ne s'attendait pas à ce que Callum l'envoie aussi rapidement. Tasha avait dû la voir, et s'était aussitôt enfuie. Jetant un nouveau coup d'œil dans le placard, il constata que son sac n'était plus là. Tout comme son ordinateur portable.

Il réprima un juron et posa ses mains sur la table, se penchant pour regarder l'écran d'Isaac.

— Le traceur fait son boulot, dit Isaac.

Il affiche le radar, où un petit point clignotant montrait que quelque chose se déplaçait vers l'ouest de la ville.

— Au moins, nous savons où elle est.

— Quelque chose sur son téléphone ? Est-ce qu'elle a contacté quelqu'un ?

— Pas d'appels ou de messages entrants ou sortants.

— Mais elle est en cavale.

Andrew se redressa de toute sa hauteur et respira. Il alla près du chevet dont il ouvrit le tiroir. Rien du tout. Vide.

Ce n'était pas ainsi qu'il avait envisagé que le plan se déroulerait.

— Tu as passé la nuit ici avec elle. Est-ce qu'elle ne t'aurait pas réveillé ou dit quelque chose si elle avait peur ?

— De toute évidence, elle ne l'a pas fait, répondit-il alors que la vérité le frappait comme un coup dans le ventre. Combien d'yeux sont braqués sur elle en ce moment ?

— Juste l'électronique.

Andrew tourna le regard vers les verrous de la porte d'entrée. Il avait dû les ouvrir avant de pouvoir laisser entrer Isaac. Elle avait pris le temps de les fermer un par un avant de s'en aller sans un mot. L'avait-elle enfermé pour le protéger de la menace qui, croyait-elle, la guettait, ou l'avait-elle fait pour se donner plus de temps pour s'enfuir ?

Il fallait qu'il retrouve Tasha.

— Je vais la chercher. Préviens Jenna pour qu'elle me donne des informations en temps réel.

— Je vais venir aussi…

— Non.

Andrew retourna dans la chambre de Tasha et finit de s'habiller, puis il revint pour prendre son manteau sur le dossier d'une des chaises branlantes de la salle à manger. Il enfila ses bottes.

— Il faut que l'on continue de surveiller cette maison au cas où elle abandonnerait sa voiture et essaierait de revenir, ou dans le cas où quelqu'un d'autre se pointerait.

Isaac remua, tapotant son ordinateur portable du bout des doigts.

— Elle n'ira pas bien loin dans cette tempête. Regarde la lenteur avec laquelle elle avance. Es-tu sûr de vouloir la poursuivre ?

— Elle se précipite vers son frère et, à cause de la carte de visite, elle pense qu'il s'agit d'une urgence.

Ces mots ne lui paraissaient pas justes dans sa bouche. Il déglutit avec difficulté.

— Ou bien elle panique, et elle essaie de trouver un endroit où se cacher. De toute façon, c'est une mission suicide par ce temps.

Isaac acquiesça.

— D'accord, mais fais attention. Attends que je te mette en contact avec Jenna.

Andrew s'avança pour regarder dehors, où la neige s'accumulait sur le porche et contre les fenêtres givrées, et laissa échapper un juron. La voiture de Tasha, avec ses pneus usés, était déjà un piège mortel. Et maintenant ? Au moins, ils avaient placé un traceur sur sa voiture après sa dernière disparition pour se rendre sur la tombe de sa mère. Cette fois-ci, ils seraient en mesure de la retrouver. Du moins, il l'espérait.

— Bon, Jenna est prête, dit Isaac qui s'approcha et lui tendit une oreillette.

Andrew la mit en place.

— Jenna, je suis connecté. Terminé.

— Tu es en ligne, Gémeaux, dit la voix de Jenna à travers les parasites dans l'oreillette.

— Pourquoi j'ai autant de mal à t'entendre ?

— Il y a des coupures d'électricité dans votre région à cause de la tempête, mais je vais faire de mon mieux.

La jeune femme semblait un peu inquiète, et un simple coup d'œil vers Isaac lui confirma que personne n'était très enthousiaste à ce sujet. En tout cas, Andrew ne l'était pas. Soit il se rendait directement dans le repaire de Roman, soit il partait en mission de sauvetage.

Il ignorait ce qui était le mieux. Tasha travaillant pour son frère, c'était simple et net, ce à quoi il s'attendait quand il avait accepté de venir ici et de faire ce travail. De se frayer un chemin dans sa vie.

Mais c'était avant. Maintenant, il ne pensait plus qu'à son corps pressé contre lui la nuit passée et aux doux gémissements qui montaient de ses lèvres lorsqu'il déposait des baisers brûlants dans son cou.

Pourquoi n'était-elle pas venue le voir quand elle avait reçu la vidéo de la carte de visite ? Cela signifiait forcément qu'elle était coupable, non ?

Mais si elle était innocente, elle serait partie précipitamment, effrayée et désespérée. Et elle ne lui avait pas demandé d'aide.

Cette idée le dérangeait presque plus que celle de travailler pour un frère terroriste.

— Si quelque chose apparaît sur le site, fais-le-moi savoir immédiatement, dit-il en terminant de s'habiller.

— Compris, répondit Isaac qui ouvrit à nouveau son ordinateur. Où se trouve le thermostat dans cette maison ? On se gèle, ici !

— Il est cassé, l'informa Andrew en grimaçant, serrant les dents. Ça va aller.

Tasha avait vécu assez longtemps avec cette panne.

Il n'attendit pas qu'Isaac dise quoi que ce soit d'autre avant d'ouvrir la porte d'entrée et de s'engouffrer dans la tempête, courant vers son camion.

UNE NEIGE épaisse et mouillée recouvrait tout. C'était le genre de neige qui s'accrochait à toutes les surfaces en grosses mottes collantes dès qu'elle touchait le sol. Dans le ciel, le vent se déchaînait dans toutes les directions, projetant des plaques blanches sur un paysage nu et argenté.

Andrew n'arrivait pas à distinguer le haut du bas alors qu'il progressait sur la route. Jenna lui indiqua de quitter l'autoroute après environ une heure de conduite à travers un blizzard comme il n'en avait jamais connu.

Il serrait le volant si fort que ses jointures étaient blanches, et pas seulement parce qu'il essayait de rester sur la route. Tout ce qu'il voyait, c'était Tasha, ses grands yeux, et son sourire éclatant. Tout ce qu'il savait, c'était qu'elle était là, quelque part, à se geler en essayant soit de rejoindre son frère, soit de le fuir.

Andrew étouffa le pincement de regret qui le frappa en pleine poitrine à cette pensée. Cette mission aurait dû être simple, facile, rien de plus que d'assembler quelques pièces de puzzle et de mettre le téléphone d'une femme sur écoute pour obtenir des informations sur son frère.

C'était devenu bien plus que cela.

— Gémeaux, le véhicule de Tasha s'est arrêté.

La voix de Jenna résonna sur le haut-parleur de son camion. La tempête avait rendu la communication de plus en plus difficile.

— Où ça ?

— À peu près à un kilomètre au nord de ton empl… actuel.

Les paroles de la jeune femme lui parvenaient hachées.

La question était : Tasha rencontrait-elle quelqu'un ? Roman ?

Andrew plissa les yeux dans la tempête, ralentissant un peu pour essayer d'apercevoir des bâtiments proches, mais il n'y avait rien d'autre qu'une mer de blanc.

— Qu'est-ce qu'il y a d'autre ici ?

— Les images satellite ont permis de repérer quelques bâtiments. Des entrepôts. Il y a une ferme à environ cinq kilomètres au nord…

La liaison avec Jenna grésilla, se chargea de parasites, puis se rétablit.

— Tu m'entends ?

— Jenna ? Terminé. Je t'écoute, Jenna.

Rien ne vint.

Le vent fouettait son camion, le secouant violemment. Il avait l'impression que la neige essayait d'aspirer le véhicule dans le remblai à sa gauche. Il jeta un coup d'œil par la vitre du passager et remarqua une pente abrupte. Mais la distance jusqu'au bas du talus était un mystère qu'il n'avait pas envie d'élucider.

Merde. Si la voiture de Tasha avait perdu son élan et avait été aspirée dans le fossé profond, elle serait coincée, et non pas en train de se garer dans une planque appartenant au cartel comme il se l'était imaginé.

Il avait presque espéré qu'elle était en train de rejoindre son frère, car cela aurait signifié qu'elle était à l'abri de la tempête. Mais, maintenant, cela lui semblait improbable puisqu'il n'y avait rien ici, dans la limite de son champ de vision. Il n'y avait rien que de la neige.

Ma famille est la chose la plus épuisante de ma vie.

Ces mots qu'elle avait prononcés lui revinrent à l'esprit. Elle n'allait pas retrouver Roman. Pas ici.

Quelque chose de métallique scintilla au milieu du peu de lumière du jour qui parvenait à traverser le nuage de colère du temps amer, attirant son attention. Il tourna la tête et repéra un entrepôt situé à environ trois cents mètres du bord de la route.

—Je passe devant un entrepôt.

Jenna ne répondit pas.

—Jenna ?

Rien du tout. Pas même de parasites.

— Jenna, tu me reçois ? J'ai besoin d'une mise à jour sur la localisation de Tasha.

Et sur la sienne, en fait. Il avait perdu la notion de direction à la seconde où il avait quitté l'autoroute, ce qui signifiait qu'il avait conduit à l'aveuglette pendant près de vingt minutes.

Un silence assourdissant envahit l'habitacle du camion. Il accéléra, tâchant de ne pas rester coincé alors que la neige s'accrochait à ses pneus, le rapprochant du bord du talus.

— Gémeaux… Peux… entendre… ?

— Répète ! Cria-t-il alors que la voix de Jenna était toujours aussi hachée.

On aurait dit qu'elle était sous l'eau et qu'elle essayait de lui parler.

—Jenna, je ne t'entends pas ! Répète, terminé.

La neige s'accumulait sur son pare-brise ; les essuie-glaces étaient à présent coincés sous une dizaine de centimètres de neige fondante. Il ne pouvait pas s'arrêter maintenant. S'il le faisait, il ne pourrait pas repartir, même avec ses autres roues motrices.

Que ferait-il maintenant s'il trouvait Tasha ? Est-ce qu'il laisserait la tempête les enterrer vivants et il resterait assis dans son camion avec la sœur de Roman Volkov jusqu'à ce qu'on vienne les secourir ?

— Tu… passé… elle est derrière…

Les parasites envahirent le haut-parleur et la connexion s'interrompit.

Mais Andrew avait compris. Il s'arrêta, enclencha la marche arrière et recula dans la neige, jurant fort alors que le camion faisait un tête-à-queue, et que l'un des pneus arrière glissait sur le bord du remblai. Il redressa sa trajectoire, fit tourner le volant complètement sur le côté et obligea le camion à sortir du fossé, le pied au plancher.

Une vague de neige se répandit sur la route dans son sillage, mais il faisait maintenant face à la direction par laquelle il était venu ; du moins il le pensait.

Une pause dans la neige lui permit de mieux voir la route devant lui pendant une fraction de seconde, et il n'en fallut pas plus. Il aperçut la voiture de Tasha sur le côté.

Elle était à l'envers au bas du talus.

Chapitre 17

Andrew mit ses clés dans sa poche et sortit son arme dans la boîte à gants avant de s'élancer dans la tempête. La neige s'accrocha aussitôt à ses bottes tandis qu'il se précipitait vers la voiture de Tasha.

— *Merde.*

Il dévala la pente raide, repérant les traces de son véhicule sur la neige. Il voyait où elle avait tenté de surcorriger sa trajectoire, et l'endroit où elle avait pris de la vitesse avant de faire un tonneau et d'atterrir à l'envers.

Il pria pour ne pas découvrir le pire en se ruant vers la porte côté conducteur.

— Tasha ! s'écria-t-il, s'agenouillant pour jeter un œil à l'intérieur.

Il laissa échapper un sifflement de soulagement en voyant que la voiture était vide et que son sac avait également disparu. Mais son soulagement fut de courte durée. Il ignorait depuis combien de temps elle était dehors dans ce froid et où elle se trouvait. Même s'il parvenait à rétablir la liaison avec Jenna, ça ne l'aiderait pas maintenant.

Il se releva et plissa les yeux dans le blizzard ; le froid lui mordait les joues et lui brûlait les yeux. Des touffes de neige mouillée pendaient à ses cils.

À travers la brume blanche qui l'étourdissait, il distinguait à peine les traces de pas qui s'éloignaient de la voiture. Il ne les repérait que pour une seule raison, et son cœur se serra.

Du sang. Tasha était blessée.

Il suivit les gouttes aussi vite que possible, sans savoir vraiment où il allait. Il était évident qu'elle était tombée plusieurs fois, et les traces de pas commençaient à s'entrecroiser, comme si elle avait lutté pour rester sur une ligne droite. Des taches cramoisies laissaient une piste, la seule, à travers un champ de néant d'un blanc immaculé.

— Tasha ! hurla-t-il, mais son nom fut emporté par le vent.

Il se protégea le visage d'un souffle de neige gelée, ses doigts fourmillant sous l'effet du froid glacial. Il trébucha sur une pente qu'il n'avait pas vue avant qu'il ne soit trop tard. Il était entouré d'arbres dont les branches étaient recouvertes de neige.

— Bon sang ! Grommela-t-il, brossant la neige sur ses vêtements, clignant des yeux dans les ombres plus calmes.

La canopée était suffisamment épaisse pour abriter le sol de la forêt de la tempête, mais elle rendait presque impossible de voir où Tasha était allée.

Ce n'était pas ce qu'il avait prévu quand il avait demandé à l'équipe de lui envoyer la carte de visite de Roman. Il n'aurait jamais imaginé qu'elle irait se balader dans ce foutu blizzard, blessée. Tout ça parce qu'il avait décidé de la pousser à agir, à faire quelque chose.

L'attention d'Andrew fut attirée par quelque chose au sol contre un arbre. Son sac, dont le contenu se répandait dans la neige.

— Tasha ? appela-t-il.

Il remarqua l'empreinte de main ensanglantée sur l'arbre et commença à regarder tout autour, mais elle avait quitté les lieux.

— Tasha !

Il passa son sac à dos sur ses épaules, ajustant les bretelles à sa propre taille. Cela lui rappela à quel point elle était menue, presque frêle. Le seul manteau qu'il lui avait jamais vu porter n'était pas conçu pour ce genre de temps, pas plus que les baskets qu'elle portait toujours.

Il hurla à nouveau son nom ; il supportait difficilement l'idée de chercher du sang pour suivre sa trace.

— Allez, ma chérie ! Où es-tu ?

Il avança plus vite, suivant les traces de pas qui s'estompaient et les taches de sang qui se faisaient plus rares. Ce qui était à la fois une bonne et une mauvaise nouvelle.

La bonne, c'était qu'elle ne se vidait pas de son sang, pour autant qu'il pouvait en juger.

La mauvaise, c'était qu'il commençait à manquer de moyens pour la localiser, et que la tempête assombrissait bien trop les environs.

Le vent s'engouffrait dans les arbres, projetant des flocons de neige au-dessus de sa tête, tandis qu'il continuait à avancer, ignorant le froid mordant. Il serra les dents lorsqu'il vit du sang près d'un petit ruisseau et il le traversa.

Si les vêtements de Tasha n'avaient pas été mouillés jusque-là, ils l'étaient maintenant. *Merde.* La situation venait de passer de moche à carrément critique.

Il sprinta jusqu'à une petite colline qui lui permettrait d'avoir une vue d'ensemble de la zone. De là, il distinguait la silhouette sombre d'un entrepôt à environ huit cents mètres. Peut-être s'y rendait-elle.

Il tourna sur lui-même, observant le terrain autant qu'il le pouvait. Son cœur manqua un battement lorsqu'il repéra ce qui ressemblait à une masse sombre juste après le ruisseau.

Ce devait être Tasha.

Il courut à toute vitesse vers elle, atterrissant à genoux derrière son corps inerte, le visage dans la neige. Il la retourna aussitôt. C'était risqué, car elle pouvait être blessée, mais pour l'instant, cela passait après l'hypothermie. Elle avait les lèvres bleues, la peau pâle et froide au toucher.

Une entaille barrait son front ; le sang avait séché, mais les ecchymoses commençaient à s'installer. Là encore, ce n'était que secondaire.

Il la souleva et blottit son corps trempé et presque gelé dans ses bras. Elle marmonna quelque chose, sa poitrine se souleva tandis qu'elle reprenait son souffle.

— Andrew ?

Dieu merci.

— Accroche-toi, ma jolie. Je vais nous sortir de là, la rassura-t-il.

Il la serra contre sa poitrine et commença à se diriger vers l'entrepôt qu'il avait aperçu depuis la colline.

— Reste avec moi.

Il ne se préoccupa pas une seconde de son poids et les fit progresser rapidement dans la neige. S'il avait fait quelques degrés de moins, la neige aurait été une poudreuse fine et sèche. Actuellement, elle rendait tout triste et mouillé.

C'était l'humidité, le problème.

— Tasha, parle-moi.

— F-froid.

— Je le sais bien. Mais on va te réchauffer, d'accord ?

À chaque pas, le ciel semblait se dégrader, ne formant plus qu'un tourbillon de gris et de blanc. Il pria pour ne pas passer à côté de l'entrepôt et pour qu'ils puissent trouver un moyen d'y pénétrer. Il ne pourrait pas la ramener à son camion et la réchauffer à temps.

Elle avait cessé de trembler violemment, ce qui était mauvais signe : son corps ne cherchait plus à produire de la chaleur. Il devait la réchauffer rapidement.

— Tiens bon, mon ange. Je m'occupe de toi, lui dit-il d'une voix très basse, progressant plus vite.

Les bras d'Andrew le brûlaient déjà lorsqu'il atteignit le sommet de la colline et poussa un soupir de soulagement, son souffle se dispersant en une bouffée de brume emportée par le vent. L'entrepôt était dans sa ligne de mire : le bâtiment métallique, neutre et sombre, se dressait devant lui, des congères s'accrochant à ses flancs et des stalactites traînant le long du bord du toit.

Andrew s'en contenterait. Tout valait mieux que d'être exposés aux éléments comme ils l'étaient.

Il força sur ses jambes pour aller plus vite et se dirigea vers ce qui semblait être la porte. Fermée à clé, mais fragile.

— Désolé, murmura-t-il à l'intention du propriétaire du bâtiment.

Il donna un coup de pied dans la porte au niveau des gonds, d'un seul geste brutal qui envoya une gerbe de stalactites en cascade sur le sol.

Quelques instants plus tard, il portait Tasha à l'intérieur. Il devait faire froid aussi à l'intérieur, mais comparé à l'extérieur, en plein vent, il faisait carrément bon.

— Bonjour ! s'écria-t-il.

Rien.

Il ne lui fallut pas longtemps pour s'habituer à la pénombre de l'intérieur et repérer les machines et les caisses qui jalonnaient les murs. Ils étaient à l'abri du pire des intempéries, mais pas encore hors de danger. Tasha était bien trop immobile, et il fallait qu'il lui retire ses vêtements mouillés.

— Tasha, écoute, murmura-t-il en la secouant légèrement.

Elle ne bougea pas, ne fit pas le moindre bruit.

Merde !

La seule chose qui lui permettait de ne pas céder à la panique, c'était qu'il pouvait encore sentir sa respiration. Mais cela ne signifiait pas que la situation n'était pas critique.

Il repéra des escaliers qui semblaient mener à une sorte de bureau. Cet espace restreint serait plus chaud, même s'il n'était pas chauffé.

Il leur fit gravir les marches et ouvrit la porte. L'endroit était sale et sentait la poussière et l'huile, mais c'était une mine d'or.

Un bureau était installé face à la vitre qui donnait sur l'entrepôt, et un radiateur d'appoint était posé sur le sol à côté. Contre le mur adjacent se trouvait un canapé sur lequel avaient été jetées au hasard de multiples couvertures. À l'évidence, le manager de l'entrepôt était un adepte de la sieste.

Tasha et lui pourraient passer la nuit ici sans problème, plus longtemps si nécessaire.

— Nous avons des couvertures, Tasha.

Il la secoua légèrement dans ses bras, espérant la réveiller, mais elle ne remua pas. Il se retourna pour essayer de trouver où la poser afin de pouvoir lui retirer ses vêtements mouillés, lorsqu'il aperçut une porte dans le coin le plus éloigné.

C'était une salle de bain avec une douche minuscule. Il marmonna une prière de remerciement en lui faisant franchir la porte et démarra d'une main l'eau chaude à plein régime. La douche était petite et sale, mais cela n'avait pas d'importance.

— Ça va aller, murmura-t-il en commençant à la déshabiller.

Elle ne répondit pas, mais ses yeux clignèrent dans sa

direction et ses dents se mirent à claquer tandis que l'air chaud et embué frôlait sa peau.

— Tu vas bien. On va bien. On va te réchauffer.

Elle ne dit rien pendant qu'il la déposait lentement et délicatement dans le coin de la douche.

— Est-ce que tu peux te lever ?

En guise de réponse, elle commença à glisser vers le sol. Il l'aida à descendre, puis se déshabilla et entra avec elle à l'intérieur.

Il baissa la température de l'eau pour qu'elle ne lui brûle pas la peau, puis il s'assit à côté d'elle, la tirant sur ses genoux. La tête de Tasha bascula contre son torse, son corps rigide commençant à se relâcher tandis que des vagues de vapeur chaude leur piquaient la peau. Andrew n'avait pas voulu admettre à quel point il avait froid, mais maintenant il avait l'impression d'être en feu à cause de millions de piqûres d'épingle sur son épiderme qui dégelait.

Et c'était encore pire pour elle. Elle ne s'en serait pas sortie s'il ne l'avait pas retrouvée : elle aurait connu une mort lente et douloureuse due à l'exposition aux éléments.

Il ferma les yeux et réprima le regret qui enflait dans sa poitrine. C'était lui qui avait fait ça à Tasha. Il avait demandé à Callum d'envoyer la vidéo de la carte de visite pour la forcer à réagir sur la base de leurs soupçons.

Mais, au lieu de courir vers Roman, elle avait fui pour sauver sa vie.

Lorsque la peau de Tasha fut chaude au toucher et qu'elle eut perdu cette teinte bleutée, il la porta hors de la douche et l'enveloppa dans une serviette épaisse. Elle ne parlait toujours pas, mais au moins elle respirait plus réguliè-rement. Le simple fait de survivre avait épuisé toutes ses réserves d'énergie.

Il l'allongea sur le canapé et s'empressa de l'envelopper dans la couverture la plus épaisse qu'il put trouver avant de tirer le chauffage d'appoint devant elle et de le pousser à fond.

Elle ne remuait toujours pas, alors il remit son boxer et retourna dans la salle de bain pour étendre leurs vêtements du mieux qu'il pouvait pour les faire sécher.

Il consulta son téléphone et constata que le froid mordant avait réduit presque à néant la durée de vie de sa batterie. Il n'avait toujours pas de réseau, et aucun moyen de contacter qui que ce soit chez Zodiac Tactical.

Ils enverraient quelqu'un pour localiser son camion. Il jeta un coup d'œil au canapé où Tasha dormait profondément et il se demanda si le traceur de sa voiture émettait encore un signal après l'accident.

— Andrew ?

Il leva le nez de son téléphone et vit les yeux de la jeune femme s'ouvrir. Il alla vers elle, s'assit sur le canapé, attendant qu'elle dise quelque chose, mais elle se contenta de poser sur lui ses grands yeux bleus.

Sa blessure à la tête avait l'air nettement moins grave maintenant qu'elle avait été lavée. Il ne pensait pas qu'elle ait subi une commotion cérébrale, mais l'hématome avait l'air douloureux.

— Où sommes-nous ? murmura-t-elle.

— Tout va bien. Tout ira bien.

Il l'attira contre lui, plaçant la couverture sur eux deux. Il s'allongea sur le flanc et la plaqua contre sa poitrine.

— Repose-toi, murmura-t-il dans ses cheveux.

Il sentit les cils de la jeune femme battre sur son torse nu.

Elle s'endormit alors que la tempête faisait rage à l'extérieur.

Celle qui bouillonnait en lui n'était pas moins violente.

Chapitre 18

Tasha avait... *chaud.* C'était une chaleur bienfaisante et douillette. Elle ronronna en se blottissant plus étroitement contre le radiateur qui la réchauffait.

Attendez... non, ce n'était pas un radiateur, mais un torse.

Le torse d'*Andrew*. Il était encore là, dans le lit, avec elle, après toutes ces heures passées à s'embrasser.

Un doux soupir s'échappa de ses lèvres. Avec lui dans le lit, toute cette histoire de thermostat cassé ne semblait plus avoir d'importance. Elle ne se souvenait pas d'avoir eu aussi chaud, et elle aimait ça. Elle pourrait certainement s'y habituer.

Elle inspira profondément par le nez et se figea. Ça sentait... les voitures, la poussière et les vieilles cigarettes. Ce n'était pas sa maison. Et même si c'était bien Andrew qui était allongé à côté d'elle, ce n'était pas son lit.

Tout ce qui s'était passé lui revint en mémoire.

Roman qui l'avait retrouvée et lui avait envoyé cette vidéo. Elle qui s'enfuyait de chez elle. L'accident dans la neige. D'une façon ou d'une autre, elle était arrivée dans ce… *bureau*, conclut-elle après avoir jeté un œil dans la pièce.

Et elle était nue à l'exception de la couverture qui l'enveloppait et de la chaleur du corps d'Andrew. Elle se souvenait vaguement d'une douche, aussi.

Les dents serrées, elle se détacha lentement de lui.

Andrew l'avait trouvée. D'une manière ou d'une autre. Elle ignorait comment. Mais il lui avait sauvé la vie.

Elle pressa avec précaution ses doigts contre son front, grimaçant sous le coup de la douleur. La voiture s'était retournée en dévalant le talus. Elle se souvenait de la terreur éprouvée alors qu'elle était restée assise là pendant de longues minutes glaciales. Finalement, elle avait compris qu'elle devait bouger, sinon elle mourrait.

Ce qui avait quand même failli arriver.

Elle avait toujours pensé que Roman la tuerait, mais elle s'était dit que ce serait de sa propre main plutôt qu'indirectement dans une tempête de neige.

Mais Andrew l'avait trouvée, et elle était ici.

Elle déglutit avec difficulté, et passa doucement ses articulations sur sa joue, les larmes aux yeux. Elle devait partir. Roman l'avait retrouvée, ce qui signifiait qu'Andrew courait un immense danger en étant ici avec elle. Le plus beau cadeau qu'elle pouvait lui faire, c'était de s'éloigner le plus possible de lui.

Elle n'avait même pas quitté le canapé qu'il ouvrit ses yeux bruns.

— Où vas-tu ? Il se redressa quand elle s'éloigna, et elle fut surprise de le voir bouger aussi vite.

Il n'était pas endormi.

— Je dois y aller.

La voix de Tasha trembla sur les mots alors qu'elle se levait, tirant la couverture pour en envelopper son corps nu.

Andrew s'assit sur le canapé, vêtu uniquement de son boxer, totalement imperturbable.

— Il faut qu'on parle.

Elle déglutit pour déloger la boule qui lui obstruait la gorge.

— Tu as failli mourir là dehors, lui dit-il, levant les yeux vers elle. À quoi pensais-tu en prenant le volant dans une tempête comme ça ?

— À quoi je pensais ? répéta-t-elle, la voix à nouveau tremblante.

Elle ne pouvait pas vraiment lui dire à quoi elle avait pensé, qu'elle avait tenté de les protéger tous les deux. Roman avait déjà tant pris à Andrew. Elle ne pouvait pas le laisser lui en prendre davantage.

Elle tâcha de reprendre une voix normale.

— Il était temps pour moi de partir, c'est tout. J'avais fini.

Il haussa un sourcil si haut qu'elle eut l'impression qu'il pourrait rester attaché à la racine de ses cheveux.

— *À ce moment-là ?* En plein blizzard, alors que nous venions de passer des heures à nous embrasser ?

Merde. C'est vrai, cela n'avait aucun sens. Mais elle devait continuer.

— Oui, s'obligea-t-elle à répondre. Je savais qu'il était temps.

Il plissa les yeux.

— Je ne te crois pas.

— Peu importe ce que tu crois ! Il faut que je parte, et tu dois me laisser tranquille !

Elle était de nouveau hystérique, mais elle était incapable de s'arrêter.

— Tasha…

— Non ! Tu dois juste me laisser partir, Andrew ! On

s'est bien amusés, mais maintenant, c'est terminé. Profite de ta vie, et je profiterai de la mienne.

Elle s'éloigna davantage lorsqu'il se leva. Il leva les mains devant lui, presque comme s'il essayait de lui montrer qu'elle n'avait pas à avoir peur.

Bon sang ! Si seulement il avait su ! Elle avait *toutes les raisons* d'avoir peur.

— Je ne vais pas te faire de mal, ma belle, dit-il d'une voix douce. Si dois partir, très bien. Mais tu dois d'abord réfléchir. C'est toujours la tempête dehors. Tes vêtements sont encore un peu humides. Ta voiture est renversée dans un fossé, même si tu pouvais l'atteindre.

Il avait raison, mais cela ne faisait qu'augmenter sa panique.

— Ça n'a pas d'importance, je dois y aller.

— Pourquoi, Tasha ? Qu'est-ce qui peut être important au point que tu risques ta vie ? Tu as tant envie que ça de t'éloigner de moi ?

— Non. Non. Je… commença-t-elle, puis elle se frotta les yeux. Je ne peux pas t'expliquer.

Andrew enroula délicatement ses doigts autour de son bras, à travers la couverture.

— Essaie. S'il te plaît.

— Il y a des choses que tu ignores à mon sujet.

Elle gardait ses mains plaquées contre son visage, pour ne pas avoir à le regarder.

— C'est toujours valable pour tout le monde, n'est-ce pas ?

— Pas comme ça.

— Tasha, s'il te plaît, dis-moi ce qui se passe.

Elle était si fatiguée. Fatiguée de fuir. Fatiguée de se cacher. Fatiguée de mettre ses besoins de côté. Elle en avait assez que tout dans sa vie soit un secret pour tout le monde.

— Je ne suis pas celle que tu crois.

Les mots lui avaient échappé sans qu'elle puisse les retenir.

— Dis-moi ce que tu entends par là. Tu n'es pas Tasha Bowers ?

— Non.

Elle laissa retomber ses mains de son visage. Elle devait lui faire face en le lui disant.

— Mon nom de famille n'est pas Bowers. C'est… Volkov. Tasha Volkov.

Il se figea, plissant les yeux.

— Volkov ? Ce n'est pas un nom courant. J'ai… connu quelqu'un avec ce nom de famille.

Elle avait su qu'il ferait aussitôt le lien.

— Roman Volkov, poursuivit Andrew. J'ai découvert plus tard qu'il s'agissait d'un criminel.

— Oui. Roman est mon demi-frère.

Elle s'obligea à prononcer les mots malgré sa gorge sèche. Andrew secoua la tête comme s'il n'y croyait pas.

— Ce n'était pas seulement un criminel. Volkov était un *terroriste*, d'après ce que j'ai découvert, dit-il, et il se mit à faire les cent pas devant elle. Est-ce que tu es une criminelle toi aussi, Tasha ? C'est pour ça que tu t'es enfuie ?

Elle avait du mal à respirer tant ses yeux étaient froids. Elle ne voulait pas lui dire que Roman voulait sa mort, mais elle pouvait au moins répondre honnêtement.

— Non, je n'en suis pas une.

— Mais ton frère, oui.

— Mon demi-frère.

Comme si cela faisait une différence. À en croire son rire amer, Andrew était manifestement du même avis.

— Bien. *Demi.*

— Andrew, je…

Elle tendit la main vers lui, mais il recula. Elle s'y attendait, mais c'était quand même douloureux.

— J'étais l'un des banquiers de Volkov il y a trois ans. Tu le savais ? Je lui donnais des conseils sur la manière la plus efficace d'ouvrir des comptes offshore. C'était à l'époque où je ne savais pas que c'était un terroriste.

Elle acquiesça, ne sachant que dire.

— Savais-tu que je travaillais pour ton frère ? Savais-tu qui j'étais quand je suis venu à Pine Valley ?

Elle ne voulait pas lui mentir.

— Oui. Je savais que tu travaillais pour lui il y a trois ans. Je ne connaissais pas les détails.

— Bien, dit-il, d'un ton sec et amer.

— J'ai découvert que Roman Volkov était un criminel à l'époque de l'accident de Kylie. J'aurais sans doute dû faire part de mes soupçons aux forces de l'ordre, mais j'avais d'autres choses en tête.

Accident. Elle se frotta la poitrine. Elle devait lui dire la vérité.

— La mort de ta femme n'était pas un accident. Roman l'a fait tuer.

— Quoi ? rugit Andrew.

Tasha fit un pas en arrière. Elle ne voulait pas lui raconter tous les détails, mais elle devait lui dire quelque chose.

— Il y a environ trois ans, Roman a découvert que son business avait été infiltré par les forces de l'ordre. En gros, il a mis un contrat sur tous ceux dont il n'était pas sûr à cent pour cent.

— Y compris sur ma femme ?

— Non, sur *toi*. Ta femme était un dommage collatéral. Il a fait tuer une douzaine de personnes cette nuit-là.

Ces mots la rendaient malade alors que les souvenirs la

submergeaient. C'était la nuit où Tasha avait découvert la vérité sur son frère et sur ce que sa famille était vraiment : *le mal incarné.* Cette nuit-là avait tout changé. Lorsqu'elle était tombée sur le document qui se trouvait sur le bureau de Roman et qui contenait les détails du plan visant à exécuter une douzaine de personnes, elle avait essayé de les arrêter. D'arrêter *n'importe lequel* d'entre eux. Elle avait foncé d'un endroit à l'autre, mais elle était arrivée trop tard.

Même avec Andrew, elle était arrivée trop tard pour sauver sa femme.

Il recula, comme s'il voulait être le plus loin possible de Tasha.

— J'ai besoin de temps.

Il se dirigea vers une porte qu'il ouvrit en grand, dévoilant une salle de bain. Une lumière ambrée, chargée de poussière, scintillait à l'intérieur, le plongeant dans l'ombre. Elle avait le vague souvenir de la chaleur d'une douche à l'intérieur.

Il posa une main sur le cadre de la porte et laissa échapper un lourd soupir.

— Savais-tu que Roman était un terroriste ?

— Un peu plus tôt, j'avais découvert que c'était un criminel. Mais j'ignorais à quel point c'était grave, jusqu'à cette nuit-là. J'aurais fait tout ce que j'aurais pu pour l'arrêter.

Elle avait même passé des appels anonymes à la police… mais elle ne disposait pas d'assez de détails pour paraître crédible. Mais cela n'allait pas ramener Kylie, n'est-ce pas ? Les filles d'Andrew ne connaîtraient jamais leur mère.

Il ne dit rien de plus et ferma la porte de la salle de bains derrière lui, puis il la verrouilla.

Elle ne pouvait pas partir maintenant, même si elle le voulait. Ses vêtements et ses chaussures étaient à l'intérieur avec lui. Ses jambes flageolèrent lorsqu'elle retourna au canapé et se laissa tomber sur les coussins. Ses larmes se mirent à couler, et elle n'essaya même pas de les arrêter.

Elle venait de perdre Andrew pour toujours… même s'il n'avait jamais été vraiment à elle.

Chapitre 19

Andrew laissa l'eau chaude ruisseler sur lui, espérant qu'elle le débarrasserait du poids qu'il ressentait d'avoir dû paraître surpris et en colère quand Tasha lui avait dit que Roman était responsable de la mort de Kylie.

Tous les jours depuis trois ans, il avait dû vivre en sachant cela. Et manifestement, Tasha aussi. Elle ne mentait pas. Il le savait au fond de lui. Son instinct qui lui avait dit qu'elle était innocente, et le fait que les forces de l'ordre n'avaient appris son existence qu'un mois plus tôt ne faisaient que le confirmer.

L'eau coulait sur lui, l'enveloppant de vapeur. Parler de la mort de Kylie n'était toujours pas facile, et ne le serait jamais.

Mais le fait de savoir que Tasha n'avait rien à voir avec ça soulageait Andrew d'une certaine manière. Cela changeait tout entre eux. Cela annulait toutes les raisons pour lesquelles il s'était retenu par rapport à elle.

Il devait faire un rapport à Callum Webb et à Zodiac pour les informer de ce qu'il avait découvert : Tasha n'était pas leur ennemie. Son demi-frère et elle se détestaient cordialement. Mais, malheureusement, cela signifiait aussi qu'elle ne pourrait pas les mener à Roman.

Andrew coupa l'eau. Il ne pouvait pas encore lui avouer qu'il travaillait pour les forces de l'ordre. Pas avant que l'équipe et lui n'aient un plan. Une fois qu'elle saurait exactement ce qu'il était, et ce qu'ils essayaient de faire, il n'y aurait pas de retour en arrière. Et il finirait par le lui dire ; il avait simplement besoin de plus de temps.

Il sortit de la douche, se sécha et enfila ses vêtements. Il devait décider de ce qu'il pouvait dire à Tasha. Même s'il ne pouvait pas admettre qu'il travaillait avec les forces de l'ordre pour faire tomber son frère, il devait au moins lui faire savoir que ce n'était pas parce qu'elle était apparentée à Roman qu'Andrew lui vouait un quelconque mépris.

Il n'y avait plus de raison de garder une telle distance avec elle, et, de toute façon, il n'avait pas vraiment réussi à le faire. Il ouvrit la porte en silence et retourna dans le bureau. Tasha était aussi loin de lui que possible, assise dans le coin du canapé, dos à lui. Elle avait la tête penchée, les bras posés sur ses genoux, et il sut qu'elle ne l'avait pas entendu.

Parce qu'elle pleurait.

Le cœur d'Andrew se brisa. Il s'était montré trop dur lorsqu'il avait fait semblant d'apprendre que Roman avait tué Kylie. À cause de lui, Tasha se sentait trop coupable. Cela reviendrait le hanter lorsqu'elle apprendrait la vérité, à savoir qu'Andrew savait tout depuis le début. Mais quoi qu'il en soit, il ne pouvait pas la laisser comme ça. Il s'avança, prêt à la prendre dans ses bras.

Il s'arrêta lorsqu'il fut assez proche pour voir clairement sa peau. La couverture était tombée de ses épaules, lui dévoilant son dos nu.

Sa bouche s'assécha à mesure qu'il assimilait ce qu'il voyait exactement. Le dos et les épaules de Tasha étaient couverts de cicatrices : le genre qui rendait sa peau douce et lisse, rugueuse, inégale et tachetée par endroits. Il savait exactement ce qu'étaient ces cicatrices. Il en avait lui aussi.

Des cicatrices de brûlures.

Andrew plissa les yeux, se demandant si la faible lumière du plafond ne lui jouait pas des tours. Mais un pas de plus lui confirma qu'il n'en était rien.

— Tasha…

Elle tourna la tête, et ses cheveux cachèrent partiellement son profil, tandis que ses yeux larmoyants croisaient les siens. Quelque chose dans ce mouvement, dans la façon dont ses cheveux se déplacèrent sur son visage et ses épaules, fit remonter à la surface de son esprit un vague souvenir.

Son rêve de ce matin-là n'était pas faux. C'était Tasha chez lui la nuit où Kylie était morte.

— Tu étais là cette nuit-là, murmura-t-il d'une voix rauque, soutenant son regard.

Tasha lui fit un bref signe de tête, et des larmes roulèrent de ses cils lorsqu'elle cligna des yeux. Elle ne le quitta pas du regard pendant que son monde se brisait et s'écroulait autour de lui.

Tasha était son ange.

Il se laissa tomber sur le canapé à côté d'elle, laissant planer une main juste au-dessus de son dos, comme si cela les liait d'une certaine manière. Peut-être que cela les avait effectivement unis, un lien invisible qui s'était mis en place la nuit où Tasha lui avait sauvé la vie et celle de ses filles en bas âge.

— C'était toi, poursuivit-il dans un murmure à peine audible. Tu m'as sorti. Tu as sorti les filles…

—J'ai essayé d'arrêter ça, dit-elle, et il la vit déglutir. Je te le jure. Tout ce que j'avais, c'était une liste d'adresses où les contrats que Roman avait lancés devaient être exécutés. Je suis arrivée trop trad.

— Pourquoi ne m'as-tu pas dit que tu étais là ?

— Qu'est-ce que j'étais censée dire ? demanda Tasha avec un petit rire triste. Salut, c'est moi… la femme qui t'a sorti de chez toi après que mon frère a essayé de te tuer.

Elle secoua la tête, s'enroulant plus étroitement dans la couverture.

— Mais tu m'as sauvé. Tu as sauvé les filles.

— Mais je n'ai pas pu sauver Kylie. Tu m'as supplié de le faire, mais je ne pouvais pas.

Tasha se tourna vers lui et son expression brisa son cœur en morceaux.

— Je n'ai pas réussi à la trouver, murmura-t-elle. J'ai essayé, Andrew. Vraiment. J'ai entendu les filles pleurer à l'étage et j'ai su… j'ai su que je devais les faire sortir. Elles étaient si petites.

Elle baissa les yeux sur ses bras sous la couverture, comme si elle pouvait encore voir les petites.

— Je les ai fait sortir et la maison… s'est enflammée. Je t'ai entendu hurler le nom de ta femme.

Tasha leva le nez au plafond et cligna plusieurs fois des yeux, comme si elle essayait de sécher ses larmes avant de continuer.

— J'ai laissé les filles dans l'herbe et j'ai couru à l'intérieur parce que je ne pouvais pas… je ne pouvais pas laisser Roman leur voler leurs deux parents, quitte à mourir en essayant d'y arriver. Tu étais dans le salon quand le plafond s'est effondré. Tu n'arrêtais pas d'essayer de revenir vers Kylie. Tu luttais contre moi sans cesse. Mon t-shirt a pris feu quand je t'ai sorti de sous les décombres et que je t'ai traîné dehors.

Andrew s'en souvenait. Il se souvenait aussi d'avoir vu le ciel nocturne se déplacer au-dessus de sa tête alors qu'il était traîné dehors par ce qu'il croyait être un ange.

C'était Tasha, depuis le début.

— J'ai essayé de la retrouver, mais la maison s'est effondrée sur elle-même avant que je puisse y retourner une troisième fois. Et mes brûlures me faisaient tellement mal… dit-elle avant de secouer la tête, tandis que sa voix s'éteignait. J'ai vu une voiture s'arrêter et j'ai eu peur que ce soit Roman ou l'un de ses hommes. Quand j'ai entendu des sirènes, je me suis enfuie.

— Que s'est-il passé ensuite ?

La main d'Andrew planait toujours à quelques centimètres de son dos. C'était comme s'il ne pouvait pas l'éloigner ou la rapprocher.

— Je ne m'en souviens pas vraiment, répondit Tasha en fronçant les sourcils. Je me suis réveillée dans un hôpital. Ils m'ont demandé qui j'étais, mais je leur ai donné un faux nom et je me suis enfuie à la première occasion. Je savais que Roman allait me rechercher, qu'il voudrait me tuer pour m'être opposée à lui. Je suis partie en Californie où j'ai trouvé un emploi de femme de ménage. J'ai déniché quelqu'un qui pouvait me faire de fausses pièces d'identité et falsifier des documents pour que je puisse obtenir un appartement et essayer de passer à autre chose, mais…

Elle inspira brusquement, et secoua la tête.

— L'un des hommes de Roman m'a trouvée un jour, et il m'a suivie jusque chez moi. Je suis sortie par la fenêtre pour lui échapper, et je me suis enfuie. J'ai acheté un ticket de bus et depuis, je cours.

C'était tellement pire que ce qu'Andrew avait cru. Non seulement elle n'était pas impliquée dans les affaires de sa famille, mais elle les fuyait carrément pour sauver sa vie.

Il avait envie de lui dire tant de choses. Que lui et ses collègues de Zodiac Tactical la protégeraient, qu'elle n'était plus seule maintenant. Mais il ne pouvait pas le faire. Tasha était encore la meilleure chance qu'ils avaient de trouver Roman.

Il regarda son dos. Comment avait-il pu passer à côté de ces cicatrices ?

Parce que la nuit où ils avaient fait l'amour, elle avait insisté pour aller dans la chambre plongée dans l'obscurité. Et que, dans la douche, quelques heures plus tôt, il avait été trop concentré sur le fait de s'assurer qu'elle respirait toujours.

Mais, quand même… il aurait dû le remarquer. Elle se les était faites en lui sauvant la vie. La sienne, et celle des filles.

— Tasha, murmura-t-il. Merci. Je te dois bien plus que je ne pourrai jamais te rendre. Sans toi…

— Je suis arrivée trop tard pour sauver ta femme, et j'y pense chaque jour, gémit Tasha, dont le corps tremblait.

Andrew l'entoura de ses bras et l'attira contre son torse. Elle ne protesta pas. Elle se fondit contre lui, sa chaleur pénétrant sa peau. L'esprit d'Andrew était en proie à des émotions contradictoires tandis qu'il la tenait dans ses bras.

— Tu aurais dû me le dire tout de suite. Tu aurais dû me dire quelque chose au mariage…

— Cela n'aurait rien changé. Tu es en danger rien qu'en étant ici avec moi. Je dois m'en aller, Andrew. Lorsque la tempête sera terminée, il faudra que je quitte Pine Valley. Ça ira pour moi. J'ai un peu d'argent de côté. Je sais comment repartir à zéro.

— Tasha…

— Je sais que tu me détestes pour ce qui s'est passé et je suis désolée. Je suis tellement, tellement désolée…

Il abandonna la lutte et l'embrassa avant qu'elle puisse prononcer un mot de plus.

Chapitre 20

Le baiser surprit Andrew. Il ne l'avait pas prévu. Mais quand ses lèvres se posèrent sur celles de Tasha, il fut incapable de s'arrêter.

Il y avait encore tant de choses entre eux qui devaient être dites, expliquées, révélées… mais pour le moment, la seule chose qu'Andrew pouvait faire, c'était de se noyer dans le désir qu'il éprouvait pour cette femme.

Pas seulement parce qu'elle était son ange. Pas parce qu'elle lui a sauvé la vie et celle de ses filles. Mais parce qu'elle était *Tasha*. Parce que tout ce qu'il avait appris sur elle, même lorsqu'il la prenait pour une criminelle, l'avait séduit.

Elle était gentille, drôle et forte.

Se détourner d'elle ne semblait donc pas possible. Et se rapprocher d'elle semblait inévitable.

— Andrew…

Bon sang ! Qu'il aimait entendre son prénom sortir de ses lèvres. Il la souleva et l'installa à califourchon sur ses cuisses. Son gémissement lorsqu'il l'abaissa brutalement contre lui était le plus beau qu'il avait jamais entendu.

— Andrew, je…

Il fit glisser ses lèvres contre sa bouche.

— Je sais, ma jolie. Demain, nous aurons des choses à régler. Mais pour l'instant, il n'y a que toi et moi ici. Et je ne voudrais pas qu'il en soit autrement.

Il n'avait jamais prononcé de mots plus vrais. Demain devrait se faire tout seul, car ce soir, il n'y avait qu'eux. Rien que Tasha. Et elle était tellement belle à le fixer avec ces yeux bleus…

— Rien que toi, dit-il en déposant un baiser dans son cou. Rien que moi.

Il l'embrassa encore.

— Rien que nous.

Il mordilla doucement son cou et elle laissa retomber sa tête sur le côté avec un soupir. Glissant les mains dans ses cheveux, il ramena les lèvres de Tasha vers les siennes. Il aurait pu se noyer en elle sans le moindre regret.

— Accroche-toi à moi, ma jolie, murmura-t-il contre ses lèvres.

Dès qu'elle entoura son cou de ses bras, il glissa un bras sous ses jambes et se leva, la soulevant sans effort avec lui.

— La dernière fois qu'on a fait ça…

Elle secoua la tête.

— Ne t'inquiète pas pour la dernière fois.

Hors de question !

— J'aimerais beaucoup pouvoir changer ce qui s'est passé, mais je ne peux pas. Tout ce que je peux faire, c'est t'offrir de nouveaux souvenirs pour remplacer ceux-là.

Et prier pour que cela suffise. La couverture était drapée sur le bras d'Andrew, prise entre leurs corps. Il tourna et installa Tasha dessus, puis s'agenouilla entre ses jambes.

— Andrew. Tu n'es pas obligé de…

— Il n'est pas question d'être *obligé*, ma belle. Il n'est question que d'en *avoir envie*.

Il embrassa l'intérieur de son genou, puis remonta lentement le long de sa cuisse, passant d'une jambe à l'autre.

— Tu n'as pas idée du nombre de fois où j'ai eu envie de faire ça. D'être juste ici. De te montrer à quel point tu es belle et incroyable.

Elle laissa échapper un doux soupir tandis qu'il poursuivait son chemin vers le haut de sa cuisse, embrassant sa peau douce presque avec révérence. Parce qu'elle méritait ce genre d'attention, attention qu'il ne lui avait pas prodiguée la dernière fois.

Il laissa les soupirs de Tasha le guider, ses gémissements conduire ses gestes. Il découvrait ce qu'elle aimait en même temps qu'il découvrait son goût unique… il prenait autant de plaisir à donner qu'elle semblait en recevoir.

Chaque tremblement. Chaque tortillement. Chaque changement dans sa respiration… Il les savourait tous. Il ne s'arrêta que lorsqu'elle cria son nom, ses mains agrippant ses cheveux pour le maintenir contre elle.

Comme s'il avait l'intention d'aller ailleurs…

Il sut à la seconde près quand elle descendit de son euphorie… il sentit qu'elle le relâchait et qu'elle essayait de s'éloigner, gênée. Il n'était pas question qu'il la laisse faire.

Sans un mot, il se leva et la souleva, les fit tourner, puis il l'allongea sur la couverture du canapé.

—Je…

Elle ne termina pas sa phrase et détourna les yeux. Andrew posa la main sur sa joue jusqu'à ce qu'elle le regarde.

— J'espère vraiment que tu n'es pas sur le point de t'excuser. Tu es magnifique. Tu es passionnée. Tu es généreuse. Et je ne peux pas me passer de toi.

Il vit qu'elle commençait à le croire, et elle afficha un sourire séducteur. *Bon sang, cette femme !*

—Je veux te sentir en moi, chuchota-t-elle.

Tout le corps d'Andrew se tendit à ces mots.

— Il n'y a rien que j'aimerais plus.

Il sortit un préservatif de son portefeuille posé sur le bureau, ignorant la petite voix dans son esprit qui lui murmurait pourquoi il était là, et se déshabilla. Non, il n'avait plus besoin de coucher avec Tasha pour obtenir des informations. Il le faisait uniquement parce qu'il en avait envie.

Tasha avait toujours ce sourire lorsqu'il revint vers elle. Il tendit la main et saisit ses genoux, écartant les doigts pour couvrir le plus de peau possible. Glissant vers le bas, il lui écarta les cuisses et s'installa entre elles. Elle garda les yeux rivés sur les siens tandis qu'il la pénétrait doucement.

Le sourire de Tasha se mua en halètement, et Andrew posa la tête contre la sienne. C'était ainsi que cela aurait dû être entre eux la première fois, c'était ainsi qu'il voulait que ce soit à chaque fois.

Il commença à remuer les hanches, cherchant avec chaque coup de reins délibéré à lui montrer à quel point elle était incroyable. À quel point elle était spéciale. Il ne pouvait pas se servir de mots, mais il pouvait utiliser son corps.

Leurs respirations suivaient leur rythme. Elle s'agrippa à son dos comme si elle avait peur d'être emportée par ce qui se passait entre eux. Andrew ne comprenait que trop bien ce sentiment.

Il tendit la main pour remonter la jambe de Tasha sur sa hanche, changeant l'angle de sa pénétration de sorte de faire remonter la pression en elle. Il s'obligea à bouger lentement, faisant rouler ses hanches dans un mouvement délibéré, jusqu'à ce que les gémissements de la jeune femme emplissent à nouveau la pièce.

Ensuite, il se déchaîna.

Elle enroula ses jambes autour de sa taille alors qu'il la

pénétrait plus vite et plus fort. Il lui agrippa la cuisse et il n'entendit plus que ses propres gémissements.

Il ne sentait plus que Tasha.

La passion grandit en eux jusqu'à ce qu'elle ne puisse plus que s'effondrer et se briser. Andrew cria son nom quand il sentit les ongles de la jeune femme s'enfoncer dans son dos.

Ensuite, il n'y eut plus que de la chaleur. Plus que de la passion.

Plus qu'eux.

Chapitre 21

Vingt-quatre heures plus tard, la neige avait cessé de tomber. Et elle avait même commencé à fondre. C'était comme si Mère Nature avait totalement oublié qu'elle avait essayé de tuer Tasha la veille.

Cette dernière sentit la main d'Andrew sur son coude alors qu'ils franchissaient les derniers pas dans la neige fondue jusqu'à son camion. Elle aimait sentir ce geste protecteur de sa part. Comme elle aimait sentir ses mains sur elle.

Elle était épuisée, mais d'une manière agréable. Andrew n'avait pas pu s'empêcher de la toucher depuis qu'il était sorti de la douche après avoir appris que Roman était son frère.

Lorsqu'ils avaient épuisé tous les préservatifs qu'Andrew avait avec lui, ils avaient fait l'amour de toutes les autres façons possibles. Des façons que Tasha n'avait même jamais envisagées.

Il avait plus que largement compensé leur première fois ensemble.

Elle n'aurait jamais imaginé qu'il réagirait ainsi face à la vérité. C'était plus que ce qu'elle méritait.

Elle lui offrit un petit sourire lorsqu'il lui ouvrit la portière de son camion, et l'installa à l'intérieur. Sa voiture était toujours renversée dans le ravin. Elle n'avait aucune idée de la façon dont elle allait l'en sortir : elle n'avait pas d'argent pour une dépanneuse.

Et peu importait à quel point Andrew était tendre avec elle maintenant, ou à quel point les dernières vingt-quatre heures avaient été fantastiques, Tasha savait qu'elle ne pouvait pas rester. Elle ne pouvait pas mettre Andrew en danger comme ça. Savoir que Roman était un criminel faisait déjà de lui une cible. La meilleure chose qu'elle pouvait faire pour lui, c'était de rester aussi loin que possible de lui.

Mais aussi, maintenant qu'elle avait eu le temps de se calmer et d'y réfléchir, elle savait qu'il y avait quelque chose d'étrange au sujet de la carte de visite de Roman.

Pourquoi l'avait-il envoyée par voie électronique ? Cela ne ressemblait pas à une chose qu'il ferait s'il voulait tuer Tasha pour les avoir trahis, la famille et lui. Son style, c'était plutôt de se présenter à son bungalow et de lui coller une balle dans la tête, pas d'envoyer un fichier vidéo.

S'il avait su où elle était, il se serait déjà présenté pour la tuer. Il avait dû se servir de la carte de visite pour la pousser à se trahir. À faire quelque chose de stupide.

Un truc aussi stupide que de renverser sa voiture au fond d'un ravin.

Elle devait rester calme, trouver un plan pour pouvoir quitter discrètement Pine Valley et se réinstaller ailleurs. La panique poussait à commettre des erreurs.

— Tu vas bien ? lui demanda Andrew en s'installant du côté conducteur.

Elle le regarda, mais resta silencieuse.

Elle avait très envie de lui dire que Roman jouait avec elle, mais que pourrait faire Andrew ? Il était banquier. Pas flic. Même lui demander de l'accompagner pour raconter à la police qui elle était et ce qu'elle savait le mettrait en danger.

Il avait deux jeunes filles. Elle ne pouvait pas prendre le risque de rendre Caroline et Olivia orphelines.

Le meilleur service qu'elle pourrait rendre à Andrew, c'était de sortir de sa vie.

Elle se força à sourire, et tendit la main pour prendre la sienne.

— Oui, je vais bien. Je suis juste un peu inquiète pour ma voiture.

Oui, elle devait sortir de sa vie, mais pas tout de suite. Elle enroula ses doigts autour de ceux d'Andrew ; elle ne supportait pas l'idée de partir maintenant. De toute façon, il fallait qu'elle règle la question de son véhicule, alors elle s'accorderait un peu plus de temps avec lui avant de s'éloigner pour toujours.

Il se pencha pour l'embrasser sur le front.

— Je vais demander aux gars de Crossroads de venir ici et ils vont la remorquer jusqu'en ville. D'ici quelques jours, elle sera de nouveau en état de marche.

Quelques jours. Ce serait sa date limite.

Quelques jours avant qu'elle doive le quitter, lui, ainsi que tous ses amis de Pine Valley. Elle ne pourrait même pas dire au revoir à qui que ce soit. Peut-être leur enverrait-elle des mots pour leur expliquer qu'elle était passée à autre chose. Aucun d'entre eux ne s'en préoccuperait vraiment.

Son cœur se serra à cette pensée.

Il ne fallut pas longtemps pour que le camion d'Andrew se réchauffe, maintenant que le temps s'était amélioré. Bientôt, ils se mirent en route vers la ville. Lorsqu'il posa la main sur la cuisse de Tasha, elle laissa échapper un petit soupir, et posa la sienne par-dessus. Elle aimait qu'il la touche ainsi. Autant en profiter tant qu'elle le pouvait.

Aucun des deux ne parla pendant qu'il conduisait, tous les deux perdus dans leurs pensées.

Le téléphone d'Andrew sonna. La chaleur de sa main lui manqua lorsqu'il la lâcha pour répondre. Des rires jaillirent de son téléphone et il grimaça, l'éloignant un instant de son oreille.

— Papa ! s'écrièrent deux voix chantantes à travers l'appareil.

Les jumelles d'Andrew.

— Hé, voilà mes filles ! dit-il en souriant, et son expression s'adoucit. Vous vous amusez bien ?

Leurs exclamations au sujet de leur voyage à Disney avec ce qui devait être le frère et la belle-sœur d'Andrew étaient entrecoupées de cris frénétiques.

— On s'amuse tellement, tellement, tellement, tellement ! dit Olivia, et chaque mot ressemblait à un couinement.

— On dirait que vous avez abusé du sucre, constata Andrew avec un rire.

Une petite dispute s'ensuivit, où il était question de ne pas supplier leur oncle et leur tante de leur donner des bonbons avant le petit déjeuner.

Tasha ne put s'empêcher de sourire en voyant Andrew parler à ses filles. Chaque fois que leurs petites voix résonnaient au téléphone, ses yeux se plissaient de plaisir et un large sourire se dessinait sur ses lèvres.

Cela avait dû être difficile de les élever seul.

Tasha n'avait jamais envisagé d'avoir des enfants. Ce n'était pas son destin.

Se cacher seule était déjà compliqué. Mais amener un enfant innocent dans son cauchemar ? Elle grimaça à cette idée, et fit comme si elle n'écoutait pas l'appel d'Andrew.

— Qu'est-ce que tu fais, papa ? demanda Caroline, qui semblait avoir la bouche pleine de nourriture.

—Je suis allé camper avec mon amie Tasha, affirma-t-il.

Les yeux d'Andrew croisèrent les siens, et elle sentit une chaleur se répandre dans sa poitrine tandis qu'il détournait lentement le regard vers la route.

— On s'est carrément fait enneiger !

— De la neige ? Il fait chaud ici ! cria Olivia.

— J'aime bien les batailles de boules de neige, intervint Caroline, avant que les filles ne commencent à se chamailler sur qui pouvait tenir le téléphone.

— D'accord, d'accord, dit Andrew en riant. Je dois y aller, mais je vous appellerai ce soir, d'accord ? Je vous aime.

Après quelques secondes de *je t'aime*, de baisers, et quelques minutes supplémentaires de conversation avec son frère et sa belle-sœur, Andrew raccrocha.

— Elles ont l'air tellement heureuses ! constata Tasha alors qu'il posait son téléphone sur la console centrale et branchait le chargeur.

— Comment pourraient-elles ne pas l'être ? Elles se trouvent dans l'endroit le plus magique au monde, avec deux personnes qui satisfont leurs moindres caprices.

Il ricana.

—Je suis désolée que tu doives les élever seul.

Désolée que ce soit de sa faute. Tasha ravala la boule qu'il avait dans la gorge, et refusa de croiser le regarde d'Andrew. Elle sentait qu'il la regardait et regrettait que ses paroles aient effacé son sourire. Elle regrettait d'avoir parlé.

— Et je suis désolé que tu aies dû fuir pendant trois ans, toute seule, parce que tu as essayé d'aider ma famille, dit-il enfin. Mes filles sont toute ma vie. Pendant longtemps, elles ont été la seule chose qui me permettait de tenir. Je devais être fort pour elles, faire ce qui était le mieux pour elles. Si elles n'avaient pas été là, je ne crois pas que je…

Il s'interrompit.

— Elles sont bien dans leur peau et heureuses.

— Merci. J'avais de la famille et des amis pour m'aider. Cela a fait la différence.

Elle jeta un coup d'œil par la fenêtre. Le seul soutien qu'elle avait trouvé, c'était à Pine Valley. Et maintenant, il fallait qu'elle parte.

— Tasha, je…

Elle attendit qu'il finisse, mais il se tut à nouveau.

— Écoute, poursuivit-il enfin. Je veux que tu saches que tu n'es plus seule. Je te le promets.

Le désespoir, se refusant de la lâcher, saisit le cœur de Tasha. Elle aspira sa lèvre inférieure entre ses dents et lui serra la main sans le regarder. Ça craignait vraiment qu'elle doive lui mentir encore plus qu'elle ne l'avait déjà fait.

Lui dire la vérité sur son frère lui donnait l'impression qu'on lui avait retiré un poids des épaules, mais c'était tout ce qu'elle pouvait partager. Elle ne pouvait pas lui dire que Roman jouait avec elle, qu'il essayait de la mettre à cran.

Ils ne tardèrent pas à retourner à Pine Valley. Elle n'était pas allée bien loin dans la tempête. S'enfuir ainsi avait été une énorme erreur tactique. Il fallait qu'elle se montre plus intelligente.

Andrew la ramenait chez elle. Cela ne lui posait aucun problème maintenant qu'elle était convaincue que Roman ne connaissait pas vraiment son lieu de résidence.

Lorsqu'ils se garèrent dans son allée, il contourna le camion en trottinant pour lui ouvrir la portière, et il l'aida à sortir. Une fois à l'intérieur, il la fit délicatement asseoir sur le canapé, puis il déplaça ses cheveux pour regarder à nouveau la coupure sur son front.

— C'est bon, murmura-t-elle, car il l'avait déjà examinée une dizaine de fois pendant qu'ils étaient à l'entrepôt. C'est juste un peu sensible.

— Tu devrais y aller doucement, juste au cas où.

Elle hocha la tête.

— Mais si elle a pu résister à nos frasques des dernières vingt-quatre heures, je suis sûr que ça ira.

Andrew sourit, mais elle voyait que quelque chose lui pesait. Il balaya la maison du regard, puis posa à nouveau les yeux sur elle.

— Quoi ? murmura-t-elle.

Il secoua la tête.

— Rien. Je… je veux juste m'assurer que tu vas bien. Je dois m'occuper de deux ou trois choses, mais je serai de retour bientôt.

— Ça ira.

Elle avait aussi besoin d'un peu d'intimité pour faire certaines choses. Il s'accroupit devant elle et tendit la main pour repousser une mèche de cheveux derrière son oreille.

— Je reviens bientôt, d'accord ? Il y a des choses dont nous devons parler.

Pas autant qu'il le pensait si elle quittait la ville pour de bon d'ici quelques jours. Mais elle ne voulait pas y songer maintenant. Elle ne supportait pas cette idée.

— Oui, d'accord. On se voit tout à l'heure.

∽

ANDREW APPELA ISAAC à la minute où il monta dans son camion.

— Mec, ça va ? Jenna a vu que tu t'étais arrêté, mais nous n'étions pas sûrs…

— Nous devons ajouter Callum à cette conversation, l'interrompit Andrew. J'ai trouvé Tasha, mais il faut qu'on parle.

— Où étais-tu ? Où l'as-tu trouvée ? Qu'est-ce qui s'est passé ?

— Callum d'abord. Ensuite je vous expliquerai.

Il sortit de l'allée de Tasha et rejoignit le camping-car où se trouvait le centre de commandement mobile.

Quelques instants plus tard, il avait les deux hommes en ligne.

— Je suis ravi que tu sois en vie, Zimmerman, dit Callum. Cela aurait pu devenir moche de bien des façons. Nous ne savions pas ce qui se passait.

— La tempête a interrompu le réseau. La voiture de Tasha s'est retournée, et elle a failli mourir de froid avant que je ne la trouve.

— As-tu pu obtenir des informations de sa part en te basant sur sa réaction à la carte de visite ?

— Oui. Elle n'a pas eu de contact avec Roman depuis trois ans. Depuis la nuit où Kylie a été tuée.

— Quoi ? s'écria Isaac. Tu es sûr ?

— Tasha est innocente.

Andrew en était totalement convaincu. Il y eut un moment de silence avant que Callum ne prenne la parole.

— Tu en es certain ?

— Absolument. C'est elle qui m'a sorti de chez moi cette nuit-là, et qui a sauvé mes filles. Elle a des cicatrices de brûlures.

Il leur parla de la liste qu'elle avait trouvée sur l'ordinateur de Roman et de la façon dont elle avait essayé d'aider. Il ne mentionna aucun détail personnel entre eux, mais il n'aurait pas été surpris que ses amis aient déjà fait le rapprochement.

Pour l'instant, il voulait que tout cela soit derrière lui

pour qu'il puisse raconter la vérité à Tasha et recommencer avec elle depuis le début, sans le moindre secret cette fois. Lui faire la cour comme elle le méritait.

— Roman la traque, dit Andrew. Elle va avoir besoin de notre protection.

— Est-elle au courant que tu travailles pour les forces de l'ordre ? demanda Callum.

— Non, pas encore.

Son ami poussa un soupir.

— Il serait sans doute préférable de ne pas lui dire. Ça pourrait l'effrayer. Mieux vaut que tu restes proche et que tu maintiennes le statu quo.

Andrew serra les dents. Il comprenait le point de vue de Callum, mais il ne voulait pas entretenir de mensonges entre Tasha et lui.

— D'accord.

— Et qu'en est-il de la carte de visite ? Est-ce qu'elle en a parlé ? demanda Callum.

— Non. Elle croit sans doute que c'était Roman qui essayait de la narguer. Elle ne soupçonne absolument pas que c'est nous qui l'avons envoyée.

— Essaie de voir si tu peux tomber dessus par hasard et demander plus d'informations. C'est sans doute notre meilleure chance de recueillir des renseignements.

Andrew était d'accord avec l'évaluation de Callum.

— Bien reçu.

— Nous avons besoin qu'elle parle, Andrew. Sinon, nous ne pourrons pas l'aider et Roman se déchaînera.

—Je sais, répondit-il.

Andrew détestait se servir de Tasha, mais la vérité n'avait pas changé : elle restait leur meilleure chance de retrouver Roman et d'anéantir le cartel pour de bon.

— Elle ne veut peut-être rien avoir à faire avec Roman,

mais ça ne signifie pas qu'elle ne sait rien sur lui qui pourrait s'avérer utile.

Andrew devait croire que Tasha voulait aider. Plus il apprenait à la connaître, plus il était persuadé qu'elle voudrait faire ce qu'il fallait.

La vraie question, c'était de savoir si elle serait capable de pardonner à Andrew une fois qu'elle connaîtrait la vérité.

Chapitre 22

Tasha sourit en regardant son téléphone : elle avait commencé à le porter sur elle après les récents événements. Andrew était chez elle, et il lui avait annoncé qu'il avait apporté une pizza et une bouteille de vin. Elle revenait de la ville à pied, car sa voiture était toujours en panne. Elle aurait dû rentrer en voiture avec son amie, mais Laura avait appelé pour dire qu'elle était en retard, et elle ne voulait pas attendre.

Elle avait hâte de passer une soirée tranquille et agréable blottie contre Andrew sur le canapé.

Tasha savait qu'elle était bien partie pour un chagrin d'amour, mais elle ne pouvait pas s'en empêcher. Il lui était presque impossible de ne pas penser à Andrew et de se concentrer sur la tâche à accomplir, à savoir se préparer à reprendre la fuite. Mais elle faisait de son mieux.

Elle avait pris un service l'après-midi au Chill N'Grill. Elle avait besoin du moindre centime qu'elle pourrait gagner. Au moins, le pansement sur sa tête avait rendu les clients du grill plus que sympathiques à son égard. Elle n'avait jamais gagné autant en pourboires. Elle s'en serait réjouie si cela n'avait pas signifié qu'elle approchait du départ.

— Tasha, ma chérie, pourquoi est-ce que vous marchez ?

Une habituée du grill, la vieille Mme Marceen, gara sa voiture à côté de l'endroit où Tasha se trouvait sur le trottoir. Son mari et elle déjeunaient deux fois par semaine au Chill N'Grill.

— Je n'ai pas de voiture, lui expliqua Tasha en haussant les épaules. Je suis tombée dans un fossé hier pendant la tempête. Ma voiture est remorquée à Crossroads.

— Eh bien, montez ! Doux Jésus ! Vous devez être gelée !

— Ça ne me dérange pas de marcher, madame Marceen. Je surveille ma ligne.

Tasha agita les sourcils en regardant la vieille femme, et elle lui adresse un regard maternel désapprobateur.

— Vous, les jeunes ! Je ne comprendrai jamais. Eh bien, si vous êtes sûre. Au revoir !

— On se voit jeudi !

Tasha fit un signe de la main et s'esclaffa tandis que Mme Marceen s'éloignait. Elle n'était pas la première personne à s'arrêter et à demander pourquoi elle traversait la ville à pied. Les gens connaissaient Tasha maintenant, ils s'attendaient à la voir au grill et à donner des cours de yoga.

Ce qui rendait son départ encore plus difficile.

Elle donna un coup de pied à une pierre tout en poursuivant son chemin sur le trajet, refoulant ses larmes. Elle ne pouvait pas rester. Rester mettrait toutes ces personnes en danger autant qu'Andrew. Roman n'hésiterait pas à blesser ou à tuer quelqu'un à Pine Valley juste pour se venger de Tasha.

Pourtant, l'idée de s'en aller lui laissait un trou béant dans la poitrine.

Elle s'accordait deux jours de plus pour se ressaisir. Avec

un peu de chance, sa voiture serait également prête à ce moment-là. Elle ne pouvait pas se permettre d'attendre plus longtemps. Ensuite, elle passerait à la ville suivante, à un nouveau nom, une nouvelle couleur de cheveux…

— Hé !

Tasha trébucha, sa respiration se bloqua dans sa gorge lorsqu'une main se posa sur sa bouche et étouffa le cri qui sortait de ses lèvres.

— Roman te cherche, espèce de petite garce ! lui dit une voix sinistre à l'oreille.

Le souffle de l'homme lui chatouilla la joue. Elle se débattait dans son étau, mais c'était un homme énorme. L'arrière de sa tête était appuyé contre son torse tandis qu'il l'entraînait dans une ruelle sombre, à l'écart des réverbères qui commençaient à peine à s'allumer.

La peur menaçait de l'engloutir, de la paralyser. Elle ne pouvait pas laisser une telle chose arriver. Si ce type l'emmenait plus loin dans la ruelle, elle ne pourrait pas s'enfuir du tout.

— Aïe ! hurla le type lorsque ses dents s'enfoncèrent dans la paume de sa main.

Elle ne le lâcha pas avant de sentir le goût du sang, et que son emprise sur son corps se soit relâchée. Elle bondit hors de sa portée et se mit à courir, mais il était rapide et il l'attrapa par le poignet.

Les cours d'autodéfense qu'elle avait pris au cours des trois dernières années prirent le relais. Tasha pivota, fermant le poing pour le planter à l'intérieur de son coude. Il tituba en avant, déséquilibré par le coup. Son genou heurta son aine avec un craquement.

Elle n'attendit pas d'apercevoir son visage pour lui balancer son poing dans le nez. Son cri emplit la ruelle, et une lumière s'alluma à une fenêtre au-dessus d'eux, projetant une lueur dorée sur lui. Elle s'élança, ses bottes projetant de l'eau alors qu'elle courait dans les flaques d'eau glacée. Elle continua à courir, sautant sur les trottoirs se faufilant entre les bâtiments.

Elle connaissait cette ville. Elle la connaissait mieux que l'homme qui la poursuivait dans ses rues. C'était pour cette raison qu'elle avait mémorisé chaque route, chaque allée et chaque sentier.

— Reviens ici, espèce de stupide garce !

Elle le distançait, et elle ne se tourna qu'une seule fois pour regarder par-dessus son épaule avant de prendre un virage serré entre deux bâtiments et de gravir une échelle de secours.

Elle s'accroupit et retint son souffle lorsqu'il passa en courant. Deux minutes s'écoulèrent. Puis cinq. Pourtant, elle attendit encore.

Enfin, elle redescendit l'échelle et se laissa tomber au sol. Elle se faufila discrètement dans la ruelle et traversa deux arrière-cours, s'assurant soigneusement qu'elle n'était pas suivie. Elle ne cessait de regarder par-dessus son épaule à mesure qu'elle approchait de la limite de la ville, et de sa maison.

Personne. Puis elle comprit : et si Roman était d'abord allé chez elle ? Là où se trouvait Andrew ? La panique lui donnait l'impression d'avoir la poitrine dans un étau alors qu'elle cherchait son téléphone dans son sac à main.

— S'il vous plaît, s'il vous plaît, s'il vous plaît…

— Hé, où es-tu ? Je croyais… répondit Andrew.

— Oh, Dieu merci ! dit Tasha, se pliant en deux, luttant pour reprendre son souffle, les larmes aux yeux. Est-ce que tu vas bien ?

— Je vais bien… qu'est-ce qui se passe ? demanda-t-il, changeant brusquement de ton. Tasha, où es-tu ?

Un bruit de craquement tout proche la fit bouger instinctivement. Elle se plaqua dos à un mur alors qu'une voiture passait. Elle souffla dans le téléphone, les yeux écarquillés alors qu'elle s'enfonçait plus loin dans l'ombre du bâtiment.

— Tasha…

Elle mit fin à l'appel, et courut le reste du chemin jusque chez elle. Elle se fichait de qui pouvait la voir. Si les hommes de Roman étaient en ville, Andrew était en danger. Elle devait le faire partir. Ils devaient partir tous les deux.

Elle atteignit la porte de sa maison juste au moment où elle s'ouvrait sur Andrew qui en occupait tout l'encadrement. Elle s'arrêta brusquement.

— Nous devons partir.

Elle avait du mal à parler tant elle respirait fort.

— Pourquoi ? Que s'est-il passé ?

— Je t'en prie, nous devons partir tout de suite. Nous devons y aller.

— Tasha. Respire, et dis-moi ce qui s'est passé. Comment se fait-il que tu rentres à pied ?

— Je suis vraiment désolée. J'ai été attaqué en ville. C'était l'un des hommes de Roman, expliqua-t-elle, puis elle courut à la fenêtre pour pouvoir regarder à l'extérieur. Laura a appelé pour me dire qu'elle ne pourrait pas venir, et je n'ai pas voulu m'imposer à quelqu'un d'autre. Je suis vraiment désolée, Andrew. Je t'ai mis en danger. Les hommes de Roman sont ici pour me tuer, mais ils n'hésiteront pas à te tuer aussi. Nous devons sortir d'ici tout de suite.

Elle s'attendait à ce qu'il lui demande plus de détails ou à ce qu'il se mette à paniquer, mais il avait l'air plus calme que jamais.

— Prends ton sac, lui dit-il tout en envoyant un message.

Pourquoi était-il si calme et posé ?

Elle prit son sac dans le placard, le remerciant silencieusement de l'avoir retrouvé alors qu'elle s'était perdue dans la tempête, puis elle revint à ses côtés au moment où il ouvrait la porte d'entrée. Après avoir rangé son téléphone, il lui serra l'épaule, puis la conduisit à l'extérieur vers son camion. Il ouvrit la portière passager et la fit monter avant de se précipiter et de grimper à son tour dans le véhicule.

Elle poussa un cri de surprise lorsqu'il quitta son allée en trombe avant même qu'elle ait eu le temps de boucler sa ceinture de sécurité.

— Andrew…

— Combien étaient-ils ?

— Je ne sais pas. Un type m'a attrapé, mais…

— Il n'y en a jamais qu'un seul, murmura Andrew qui sortit à nouveau son téléphone.

Jamais qu'un seul ? L'esprit de Tasha tournait à plein régime tandis qu'elle le regardait. Il était toujours calme, froid et posé.

Il porta le téléphone à son oreille, les yeux rivés sur la route tandis qu'il filait à toute allure vers la sortie de la ville.

— Isaac. Nous nous dirigeons vers le poste de commandement. Les hommes de Roman viennent d'être repérés en ville.

Tasha s'étrangla. *Le poste de commandement ?* Qu'est-ce que ça pouvait bien vouloir dire ? Et pourquoi Andrew appellerait-il quelqu'un à propos des hommes de Roman ? Qui était Isaac ?

La panique enfla au creux de son ventre alors qu'elle s'enfonçait dans son siège, sans détourner le regard du visage d'Andrew.

— Qui es-tu ? murmura-t-elle, sans être sûre qu'il l'avait entendue.

Il croisa son regard, plein de regrets, avant de se tourner à nouveau vers la route.

— Je serai là dans cinq minutes. Oui, j'ai Tasha avec moi, dit-il à Isaac.

Andrew mit fin à l'appel et posa le téléphone, puis serra le volant.

— Je suis désolé…

— Qu'est-ce qui est en train de se passer ?

— Je vais tout t'expliquer. Mais d'abord, on va te mettre à l'abri.

Elle essayait encore de comprendre ce qui se passait lorsqu'ils s'arrêtèrent brusquement devant un camping-car.

— Je… je ne comprends pas ce qui se passe.

— Entre, et je répondrai à tes questions.

Andrew garda ses distances pendant qu'ils marchaient vers le camping-car.

Les mains de Tasha tremblaient. Tout son corps tremblait. Elle ignorait si c'était dû à l'adrénaline de la tentative d'enlèvement, ou si c'était dû à ce qu'elle était sur le point de voir. Elle avait l'impression que c'était les deux.

Andrew ouvrit la porte et Tasha entra. Elle ignorait à quoi s'attendre en pénétrant dans le camping-car, mais ce n'était certainement pas à ça.

Des écrans étaient installés partout à l'intérieur de l'espace. Ils montraient des images de toute la ville : le Chill N'Grill, le lodge, sa salle de yoga.

Elle se figea en les regardant. Les images de l'écran principal provenaient de…

— Oh, mon Dieu ! C'est ma maison !

Andrew tendit la main et appuya sur un interrupteur qui éteignit la plupart des images, mais le mal était déjà fait. Le cœur de Tasha battait trop fort et trop vite. Son corps était envahi par la tension.

Les larmes lui montèrent aux yeux.

— Qu'est-ce que c'est ? demanda-t-elle alors que la réalité froide et amère s'abattait sur elle. Andrew ? Bon sang ! C'est quoi, ça ?

— Je ne suis pas banquier.

— Quoi ?

— Je n'ai jamais travaillé dans la finance internationale. C'était le rôle que je jouais lorsque je travaillais sous couverture pour ton frère.

— Alors, alors… qu'est-ce que tu fais ?

— Je travaille pour une organisation appelée Zodiac Tactical. Nous travaillons en coopération avec les forces de l'ordre pour tenter de mettre fin aux agissements du cartel Volkov.

Tasha prit place sur la chaise au milieu du camping-car.

— Je ne comprends pas.

— J'étais sous couverture lorsque Kylie a été tuée, mais je me suis retiré des missions actives à cause des filles. Quand Zodiac Tactical a découvert que Roman Volkov avait une sœur…

Elle. Il était en train de parler d'elle. Mais ses mots la survolaient alors que son cerveau s'efforçait de les assimiler.

— … le meilleur moyen de faire tomber Roman pour de bon. Nous ignorions totalement que tu fuyais Roman.

— Roman m'a trouvée, finit-elle par dire. Je ne te l'ai pas raconté, mais il a une carte de visite tordue lorsqu'il tue quelqu'un… il taillade des X sur ses yeux et met un shot de vodka à côté de sa tête.

Andrew acquiesça lentement.

— Oui, nous sommes au courant. C'est l'une des raisons pour lesquelles nous voulons le faire tomber. C'est un pervers, et il doit être arrêté. La carte de visite le prouve.

— Tu ne comprends pas. L'autre jour, il m'a envoyé une vidéo de sa carte de visite. Et maintenant, ce type en ville…

Andrew secoua la tête.

— Non, ce n'était pas Roman. C'était nous. J'ai demandé à notre équipe de t'envoyer une carte de visite afin de t'inciter à faire quelque chose. J'ignorais si tu étais ou non impliquée dans tout ça avec ton frère.

Ses paroles pénétrèrent enfin son cerveau. Roman ne l'avait pas trouvée. La carte de visite n'était pas de lui. Andrew et son ami l'avaient piégée. Et elle avait failli mourir dans cette tempête à cause de ça.

— Tasha, je suis désolé…

Elle se raidit, puis s'éloigna lorsqu'Andrew lui toucha les bras. Elle ne supportait pas l'idée d'être touchée à cet instant. Elle avait l'impression que son cœur se fendait en deux.

Rien ne serait plus jamais comme avant.

Chapitre 23

Tasha était assise à l'extrémité d'une longue table de réunion à Crossroads Retreat, le visage dénué d'expression et les yeux totalement vides.

Elle avait été comme ça toute la journée, depuis qu'elle avait découvert la vérité.

Andrew détestait que ce soit de sa faute. Plus que tout, il aurait voulu pouvoir annuler la façon dont elle avait découvert la vérité sur lui et Zodiac Tactical. Il avait vu son regard dévasté lorsqu'elle avait compris que sa maison avait été entièrement mise sur écoute.

Elle n'avait pas dit un mot. Elle n'avait pas pleuré. Elle ne s'était pas battu. Elle ne l'avait pas giflé comme il le méritait. Elle était juste restée… sans vie. Il avait essayé d'interagir avec elle, mais rien de ce qu'il disait ne parvenait à la faire réagir.

La fureur rongeait Andrew. Contre lui, contre Roman, contre la situation, contre le fait qu'ils n'avaient pas attrapé l'homme qui avait essayé d'enlever Tasha en ville un peu plus tôt.

Isaac avait foncé en ville pour tenter de l'appréhender,

tandis qu'Andrew avait géré les retombées pour Tasha. Mais il n'avait pas pu se rendre sur place à temps. Et Andrew savait que ce type n'avait pas travaillé seul. Des caméras de sécurité avaient filmé deux hommes traversant la ville en courant et montant dans une voiture, qui avait ensuite été abandonnée dans une station-service à quelques kilomètres de là. Ils avaient changé de véhicule, mais même Jenna ne parvenait pas à trouver d'images de la voiture dans laquelle ils étaient montés avant de fuir la ville.

Callum et Ian étaient arrivés quelques heures plus tôt. L'aube pointait au-dessus de l'horizon des Smokeys et tout le monde était conscient que la fenêtre pour attraper Roman se refermait de minute en minute.

Andrew n'avait ni dormi ni mangé, et il savait que Tasha avait refusé de monter dans une chambre pour se reposer ou se nourrir. Cela faisait des heures qu'elle était assise dans la salle de réunion, seule.

Rien de ce qu'il pourrait dire ou faire n'arrangerait les choses. Et, à cet instant, il n'essayait même pas. Sa seule priorité était désormais de la garder en vie, même si elle le détestait à jamais.

Tasha ne croisa pas son regard lorsqu'il prit place à la table. Il ne s'installa pas à côté d'elle. Il voulait pouvoir voir clairement son visage sans que les autres ne s'aperçoivent qu'il l'observait. Isaac fit circuler quelques dossiers, marquant un temps d'arrêt avant d'en glisser un devant Tasha. Elle ne le regarda même pas. Elle s'emmitoufla dans la couverture bleue que quelqu'un lui avait donnée pendant la nuit et regarda fixement la télévision à écran plat sur le mur le plus éloigné.

Callum entra dans la pièce, suivi de Ian ; les deux hommes avaient l'air sinistre. Ils adressèrent un signe de tête à Andrew avant de s'approcher de Tasha.

— Ian DeRose, se présenta-t-il en lui tendant la main.

Tasha leva les yeux vers lui, ses yeux bleus brillant sous les lumières fluorescentes impitoyables. Elle se dégagea de la couverture et lui serra doucement la main, mais ne dit rien.

Callum se présenta également de manière formelle, et elle répondit de la même manière. C'était déjà plus que ce qu'elle accordait à Andrew, mais il s'en fichait. Du moment qu'elle répondait à quelqu'un.

Le visage de Jenna Franklin apparut sur le grand écran de télévision lorsqu'elle appela de chez elle. Le gourou de l'informatique ne quittait jamais sa maison, pour des raisons qui lui appartenaient. Elle était tellement douée pour son travail que tout le monde se moquait de savoir d'où elle le faisait.

Callum démarra la réunion.

—Jenna, mets-nous au parfum.

L'écran devant eux afficha des images de deux hommes côte à côte.

— Voici William Murphy et Victor Saunders. Tous deux sont des membres connus du cartel Volkov. Ils étaient présents à Pine Valley il y a quelques heures. Saunders a maintenant le nez cassé, grâce à Tasha.

Andrew lui jeta un coup d'œil. Elle regarda l'écran, plus tendue qu'elle ne l'était quelques instants auparavant. Il ignorait si c'était mieux ou pire que le regard vide et mort.

Il n'avait qu'une envie, la tirer sur ses genoux et la serrer contre sa poitrine. La mettre à l'abri. L'apaiser à chaque tressaillement, chaque pensée effrayante. S'il avait pensé qu'elle le laisserait faire, il l'aurait déjà fait, sans se soucier de ce que penseraient ses collègues.

Il voulait juste prendre Tasha dans ses bras. La rassurer, lui dire qu'ils s'en sortiraient. Elle tourna les yeux vers lui juste une seconde, avant de détourner rapidement le regard. S'approcher d'elle à cet instant n'était vraiment pas une bonne idée.

— Nous pensons que le Cartel Volkov a remonté la piste de la vidéo de la fausse carte de visite que nous avons envoyée à l'adresse de Tasha sur le forum. Manifestement, ils avaient déjà des soupçons sur le compte puisqu'ils le surveillaient, mais pas au point d'agir en conséquence, expliqua Jenna, qui se tourna vers Tasha. Nous aurions dû être plus vigilants quant à une éventuelle recherche inversée. C'est de ma faute, alors je m'en excuse.

Tasha lui adressa un petit signe de tête, signifiant qu'elle ne lui en voulait pas. C'était un progrès. Un progrès minuscule, mais c'était mieux que le regard vide.

— Puisqu'ils surveillaient ce forum, poursuivit Jenna, la carte de visite envoyée par Zodiac leur a fait comprendre sans ambiguïté que quelque chose clochait. Ils ont remonté la trace de l'ordinateur de Tasha jusqu'à l'endroit où elle l'a jeté à l'extérieur de la ville pendant le blizzard.

— Donc ils ne savaient pas où se trouvait ma maison ? demanda cette dernière d'une voix douce.

À l'écran, Jenna secoua la tête.

— Non. Ils étudiaient déjà cette adresse, mais n'avaient pas de raison d'agir. Ils auraient sans doute fini par la trouver, de toute façon.

Et Tasha aurait sans doute été complètement prise au dépourvu. Elle n'aurait pas su que les hommes de Roman arrivaient avant qu'il ne soit trop tard. Un simple coup d'œil à son visage indiqua à Andrew qu'elle l'avait également compris. Cela ne changeait rien à la situation actuelle, mais c'était un facteur important.

— Tasha, dit Callum avec un calme froid. Nous sommes désolés de la façon dont cela s'est déroulé. Nous ignorions où allait ta loyauté. Nous n'avions pas l'intention d'amener le cartel à ta porte.

— Vous ne faisiez que votre travail.

Elle ne regarda pas Andrew en disant cela, mais il savait

qu'elle remettait en question tout ce qui s'était passé entre eux. Il serra les poings sous la table. Il aurait aimé pouvoir porter Tasha hors d'ici maintenant et lui prouver exactement à quel point le temps qu'ils avaient passé ensemble ne faisait *pas* partie de son travail.

Les photos de Murphy et Saunders réapparurent sur l'écran.

— Tasha, es-tu sûre que ton frère veut te tuer ? demanda Jenna.

La jeune femme se redressa, et le froid glacial de ses yeux fondit davantage.

— Oui. Je l'ai trahi. Ce n'est pas une chose que Roman pardonnera ou oubliera. Il veut ma mort.

— Je vais vous montrer pourquoi je pose la question, dit Jenna, affichant une vidéo granuleuse qu'elle mit en route. Pardonnez-moi la mauvaise qualité. Les images proviennent d'un mélange de caméras de circulation, de vidéos de sécurité et de clichés pris en ville cet après-midi. Ce n'est pas mon meilleur travail, mais cela vous donnera une idée de ce qui s'est passé.

Andrew vit Saunders attraper Tasha et l'entraîner dans une ruelle de la ville. Malgré le grain des images, il percevait la panique sur son visage derrière la main de l'homme.

Il repéra aussi le moment où elle s'était souvenue comment se défendre. Elle mordit Saunders et se dégagea de son emprise. Tous les hommes dans la salle grimacèrent lorsqu'elle lui balança un coup de genou dans l'aine.

— Bien fait pour toi ! murmura Ian.

Des sifflets et des rires appréciateurs emplirent la pièce une seconde plus tard lorsqu'elle abattit son poing sur le nez de Saunders. Définitivement cassé.

— Je pense que je parle au nom de tout le monde quand je dis, *putain, bien joué*, ma belle ! s'exclama Jenna, dont le visage revint momentanément sur l'écran. Tu as géré comme une championne.

Tasha haussa les épaules, mais Andrew perçut un léger soupçon de sourire sur ses lèvres. Tant mieux. Elle pouvait être fière de la manière dont elle avait géré cette situation.

— Mais c'est ça que tu dois voir.

Jenna afficha d'autres images sur l'écran. Il s'agissait manifestement d'un angle différent. Tasha s'enfuyait au loin à l'arrière-plan, Saunders était au premier plan.

Et il était manifestement en colère. Andrew se crispa lorsqu'il sortit une arme qu'il pointa vers le dos de Tasha qui s'enfuyait. S'il n'avait pas déjà su qu'elle s'en était sortie saine et sauve, il aurait craint qu'ils soient sur le point d'assister à sa mort.

Mais avant que Saunders puisse tirer, le deuxième homme, Murphy, se précipita et l'attrapa. L'angle de la vidéo changea à nouveau, Jenna faisant un gros plan sur celui-ci. Il disait quelque chose à Saunders.

— Nous n'avons pas d'audio, expliqua-t-elle. Mais j'ai des experts en lecture labiale pour confirmer…

— *Non. Le boss a besoin d'elle pour…* dit Andrew à voix haute, car il avait compris ce que Murphy disait avant que Jenna termine.

Jenna hocha la tête.

— Oui, exactement. Murphy a continué à parler, mais il a tourné la tête, et nous n'avons pas pu lire la suite sur ses lèvres.

Callum s'adossa à sa chaise.

— Donc ils avaient ordre de ne pas tuer Tasha. D'après ce Murphy, on dirait bien que Roman a besoin de quelque chose de sa part.

Ian se tourna vers Tasha.

— As-tu une idée de ce que ça pourrait être ?

Tasha se frotta le front.

— La dernière fois que j'ai vu Roman, il y a trois ans, c'était dans mon rétroviseur alors que ses hommes tiraient sur ma voiture. Pas dans les pneus, dans le pare-brise. Il voulait ma mort à ce moment-là, c'est sûr. Si quelque chose a changé, je n'ai aucune idée de ce que c'est.

— Et tu n'as eu aucun contact avec Roman ou quiconque du cartel depuis trois ans ? demanda Callum.

— Non, répondit Tasha, haussant les épaules avec lassitude. Je me suis contentée de les fuir.

Une fois encore, Andrew fut submergé par le besoin de la prendre dans ses bras, ne serait-ce que pour lui rappeler qu'elle n'était plus seule dans cette épreuve. Même si elle refusait de le croire. Quelqu'un frappa doucement à la porte, et Laura Metcalf passa la tête dans la pièce. Andrew se leva aussitôt et se tourna vers Ian et Callum.

— Voici Laura, l'amie de Tasha. Je l'ai appelée.

Car, si Tasha avait besoin d'une chose en ce moment, c'était d'une amie. Quelqu'un en qui elle pouvait avoir confiance. Il avait donc appelé Laura quelques heures plus tôt, et l'avait réveillée. Il n'avait pas pu lui donner beaucoup de détails, mais il lui avait demandé de venir pour Tasha.

Ce qu'elle avait immédiatement accepté.

Pour la première fois depuis qu'elle avait appris la vérité, Andrew voyait de la vie en Tasha, qui se précipitait vers son amie, toujours enveloppée de la couverture. Laura la prit dans ses bras, et plissa les yeux vers lui.

— Merci d'être venue, se contenta-t-il de dire.

— Je vais l'emmener dans la cuisine.

Laura ne posait pas la question, elle ne demandait pas la permission de prendre soin de son amie.

Andrew hocha la tête, mais il savait qu'il devait en dire plus.

— Elizabeth et Tucker nous ont dit de prendre tout ce dont nous avons besoin. Je suis sûr que la cuisine en fait partie. Mais, pour la sécurité de Tasha, et au cas où nous aurions d'autres questions, il ne faut pas qu'elle quitte la maison.

Tasha se raidit dans les bras de Laura, mais aucune des deux femmes ne dit quoi que ce soit lorsqu'elles sortirent. Andrew se retourna et vit que tout le monde le regardait. Il haussa les épaules en se rasseyant. Il n'allait pas s'excuser.

— Tasha a besoin d'une minute avec une amie pour encaisser tout ce qui lui arrive. Découvrir la vérité, c'était… beaucoup.

Personne ne contesta. Sans doute parce qu'ils avaient tous vécu des tragédies, et qu'ils savaient ce que c'était que d'avoir besoin d'un moment. Et pour certains d'entre eux… de ne jamais l'obtenir.

— Nous avons besoin d'elle, tu le sais, n'est-ce pas ? dit doucement Callum. D'une manière différente d'avant.

Oui, il l'avait su dès qu'il avait découvert que Roman était après elle, et il l'avait définitivement compris lorsqu'ils avaient entendu l'ordre de ne pas la tuer.

Ils allaient utiliser Tasha comme appât.

— Nous avons besoin d'elle si nous voulons faire tomber Roman, affirma Ian en s'adossant à sa chaise, les bras croisés. Crois-moi, je n'aime pas l'idée de me servir de ta femme pour attirer Roman, pas plus que je n'aimerais l'idée d'utiliser Wavy. Mais, s'il la veut vivante, nous pouvons jouer là-dessus.

Andrew ne sourcilla même pas quand Ian appela Tasha *sa femme*. Ce n'était que la vérité, même si elle ne le voyait pas ainsi.

— Tu crois pouvoir la convaincre de nous aider ? demanda Callum. Si elle coopère, ce sera bien plus facile.

Ils pourraient le faire même si elle refusait, mais ce serait bien plus dangereux pour toutes les personnes impliquées. Il se passa une main dans les cheveux.

— Je vais lui parler. Lui expliquer. J'espère qu'elle sera disposée à m'écouter.

Mais, à vrai dire, il ne pourrait pas lui en vouloir si elle ne lui parlait plus jamais.

— D'accord, approuva Callum en se redressant sur sa chaise. Alors, réfléchissons à notre plan.

Chapitre 24

— … et depuis, je n'ai pas cessé de fuir pour sauver ma peau.

Tasha regarda Laura alors qu'elle finissait de raconter l'histoire. *Toute l'histoire*, dans les moindres détails.

Sur sa famille, et le moment où elle avait découvert que c'était un cartel. L'incendie qui avait tué Kylie. Sa cavale. Sa seconde rencontre avec Andrew, dans des circonstances qu'elle croyait très différentes. Les hommes de Rowan qui l'avaient retrouvée.

Absolument tout.

Laura aurait pu être en colère que Tasha se soit montrée aussi malhonnête, mais il n'en était rien. Cela faisait deux heures qu'elle était restée assise là à l'écouter. À l'écouter, et à lui donner presque tout ce qu'il y avait à manger dans la cuisine de Crossroads : des encas, du café… elle lui avait même fait cuire un œuf !

C'était tellement bon de pouvoir partager tout cela. De laisser la pression retomber un instant.

— Et voilà, termina Tasha avec un haussement d'épaules. Tu sais tout ce qu'il y a à savoir sur moi.

Laura esquissa un sourire peu impressionné.

— C'est tout ce que tu as ?

— Et je ne suis pas une vraie blonde.

— Oh ! Alors c'est terminé entre nous. Je peux faire abstraction de ta famille psychotique, mais mentir sur la couleur de tes cheveux ? dit Laura dans un éclat de rire, puis elle passa un bras autour d'elle. Je ne sais pas si je pourrai jamais te le pardonner !

Tasha se laissa aller contre elle.

— Merci d'être une aussi bonne amie. De m'avoir écoutée.

Tasha ne s'était pas rendu compte à quel point elle avait besoin de ça : quelqu'un avec qui partager son fardeau, et qui ne la jugerait pas.

— Vraiment, tout ça ne t'effraie pas ?

Laura prit son verre d'eau.

— Je suis surtout désolée que tu aies eu à traverser tout ça toute seule. Ça a dû être tellement difficile !

Tasha haussa les épaules.

— Je ne voulais mettre personne en danger inutilement. Il y a des choses que l'on ne peut tout simplement pas raconter aux autres.

Laura détourna le regard.

— Je connais ce sentiment. Crois-le ou non, j'ai aussi quelques secrets.

Tasha sourit doucement.

— Oh… ce n'est pas non plus ta couleur naturelle ?

Laura toucha ses boucles blondes.

— J'ai bien peur que si !

— Tu sais que tu peux me raconter ce que tu veux, d'autant plus que tu en sais plus sur moi que n'importe qui d'autre sur la planète.

Tasha ne voulait pas insister, mais elle voulait que Laura sache qu'elle pouvait aussi parler de tout ce qui se passait.

Au début, elle crut que son amie n'allait pas poursuivre, mais elle bredouilla finalement la nouvelle.

— Je suis enceinte.

Tasha se redressa, plaquant une main sur sa bouche, les yeux écarquillés.

— Quoi ? Je ne savais même pas que tu sortais avec quelqu'un !

— Ce n'est pas le cas.

Il fallut une seconde à Tasha pour se rendre compte que son amie était toujours assise, les traits tirés.

— Oh, dit Tasha, s'asseyant à nouveau. Je suis désolée.

— Je l'ai caché à tout le monde. Mais j'en suis bientôt à six mois, et ça commence à se voir. Le père, c'est mon ex-petit ami. Je suis heureuse de cette grossesse, parce qu'elle m'a fait comprendre que je ne pouvais pas rester avec lui.

— Est-ce que tu vas garder le bébé ?

Laura passa une main sur son ventre.

— Oui. Oui, je le garde. Je vais devenir maman.

Tasha prit son amie dans ses bras.

— Tu vas être la meilleure des mamans.

— Merci. Et, même si je suis ravie de te l'avoir dit, je n'ai pas vraiment envie de raconter d'autres détails pour l'instant, si ça te va. J'essaie encore d'absorber tout ça.

Tasha acquiesça et lui prit la main. Elle s'assit avec son amie, et elles restèrent là à fixer la table de la cuisine, toutes deux perdues dans leurs pensées.

— Quelle journée, hein ? murmura enfin Tasha.

— Tu m'étonnes. Parmi tout ce que tu m'as raconté, tu sais ce qui m'énerve le plus ? Qu'Andrew t'ait utilisée comme ça.

— Je sais, mais il a tant perdu par la faute de Roman… sa femme, et il a failli perdre aussi ses filles. C'est normal qu'il soit prêt à tout faire pour qu'il tombe.

Tasha se frotta les yeux. Elle avait envie de pleurer, mais

elle craignait que ses larmes ne s'arrêtent jamais si elle les laissait couler.

— C'est juste…

— C'est juste que tu avais de vrais sentiments pour lui, continua Laura pour elle.

— Andrew m'a permis de me sentir en sécurité pour la première fois de ma vie, pour être honnête. Et maintenant… Maintenant je sais que tout ça était faux. Qu'il me drague, qu'il se montre gentil et protecteur. Je n'étais qu'un pion dans un jeu bien plus grand, et sa façon de me traiter n'a rien à voir avec des sentiments qu'il éprouverait pour moi.

— Ça, tu ne peux pas en être sûre.

Oh, si, elle en était certaine.

— Je ne suis qu'une idiote d'être tombée amoureuse de lui, surtout maintenant que je sais que rien de tout ça n'était réel de son côté. Mais ce que Roman a fait…

Une fois encore, Tasha se rendait compte qu'elle ne pouvait pas en vouloir à Andrew. Elle avait l'impression que son cœur allait se briser dans sa poitrine, mais elle comprenait quand même pourquoi il s'était rapproché d'elle.

Laura lui serra la main.

— Tu n'es pas ton frère, et tu n'es pas responsable des choix des autres. J'ai dû l'apprendre à la dure, alors j'espère que tu me croiras sur parole.

— Tu as raison. Je ne suis pas responsable de Roman, ou de quoi que ce soit qu'il ait fait, affirma Tasha. Et, à bien des égards, je suis heureuse que Zodiac Tactical et les forces de l'ordre soient désormais impliqués. Au moins, ça signifie que je ne suis plus seule dans cette histoire.

— Oui, se sentir complètement seul… c'est un peu effrayant.

— Hé, dit Tasha, se tournant pour regarder Laura droit dans les yeux. Tu n'es pas seule non plus. Il y a bien trop de gens ici à Crossroads qui tiennent à toi pour que tu puisses penser que tu es vraiment seule.

Laura poussa un petit soupir.

— J'en suis déjà à six mois de grossesse. Je l'ai caché à tout le monde.

— Pourquoi ?

— Mon père était violent lorsque j'étais petite. À quel point fallait-il que je sois stupide pour être sortie avec quelqu'un qui reproduisait les mêmes comportements ? Au début, mon ex s'est montré psychologiquement abusif, puis il est passé à la violence physique.

Les mains de Tasha se resserrèrent autour de sa tasse à café.

— Je continuais à penser que ça irait mieux, mais je me trompais. Je n'arrivais pas à rompre pour moi, mais j'ai su que je devais le faire pour le bébé.

Tasha prit la main de son amie et la serra.

— Je te soutiens, Laura.

Un coup frappé au chambranle de la porte située à l'autre bout de la cuisine attira leur attention.

— Puis-je vous interrompre, mesdames ?

Andrew. Tasha eut l'impression que tout l'air avait été aspiré de la pièce. Il entra, les traits creusés, les yeux dévastés en la regardant.

Pourquoi faisait-il encore comme s'il tenait à elle ? Ce n'était plus nécessaire.

Laura se leva et lui jeta un regard noir.

— Tu as du culot de lui parler.

Il acquiesça solennellement ,et Tasha sut qu'il avait compris qu'elle avait tout dit à Laura.

— Je peux comprendre pourquoi tu penses ça, mais, quoi qu'il en soit, Tasha, je dois te parler.

Laura serra la main de son amie.

— Je dors dans l'une des chambres à l'étage. Tu peux

rester avec moi si tu veux. Nous pourrons parler encore, ou dormir, ou je te regarderai pendant que tu bois…

Tasha la prit dans ses bras.

— Merci pour ce soir. Je t'aime.

— Je t'aime aussi, ma belle.

Elle se tourna vers l'homme qui lui avait brisé le cœur. Le fait qu'il ait l'air aussi à vif qu'elle l'aidait un peu.

— Je ne le mérite pas, commença-t-il en faisant un pas vers elle, une main levée en signe de reddition. Mais je veux pouvoir m'expliquer auprès de toi. Je suis désolé, Tasha.

Elle ne dit rien lorsqu'il laissa retomber son bras et fourra les mains dans ses poches, le visage dévasté.

— Mais je n'ai pas le temps de tout te dire maintenant, dit-il, les épaules raidies. Nous ne disposons que d'une fenêtre très étroite pour tirer parti du fait que les hommes de Roman savent que tu es à Pine Valley, mais ignorent que nous sommes là.

— Et tu as besoin de moi pour ça ?

— Oui, j'ai besoin de toi, répondit-il, croisant son regard en faisant quelques pas hésitants vers elle. Je veux dire, nous avons besoin de toi. Les forces de l'ordre et Zodiac Tactical ont besoin de toi. Je sais que tu es en colère, et tu as tous les droits de l'être. Je…

Elle lui coupa la parole.

— Je vais le faire.

— Quoi ? Je ne suis pas certain que tu comprennes exactement ce que nous te demandons.

— Je suis quasiment sûre que si.

Elle secoua la tête et le dépassa pour sortir de la cuisine et aller dans le couloir. Il était inutile de repousser l'inévitable.

— Vous devez capturer mon frère, et le meilleur moyen de le faire, c'est de m'utiliser comme appât.

Chapitre 25

C'était complètement inconcevable.

Les paroles d'acceptation de Tasha alors qu'elle passait près de lui étaient exactement ce qu'ils avaient espéré. Elle comprenait que se servir d'elle comme appât était le meilleur moyen de capturer Roman, et elle était prête à aider. Il avait passé les deux dernières heures avec Ian, Jenna et Callum, à chercher comment faire.

Mais à l'instant où il l'entendit approuver cette idée, il sut qu'il ne le permettrait pas. Ils allaient devoir trouver un autre moyen.

— Hors de question ! marmonna-t-il, saisissant le coude de Tasha.

Il ouvrit la porte la plus proche et l'attira à l'intérieur.

L'odeur familière du vin lui parvint, et il comprit qu'il avait choisi la porte de la cave. Il entraîna Tasha plus loin dans la pièce et referma la porte derrière eux. Il lui tenait toujours le bras. Il la guida dans les escaliers faiblement éclairés jusqu'à la pièce en dessous.

— Qu'est-ce que tu fais ?

Il ne s'arrêta pas avant d'être au bas des marches.

— Tu ne peux pas faire ça, Tasha.

— Faire quoi ?

— Tu ne vas pas t'offrir comme appât ! gronda-t-il, se passant une main dans les cheveux.

— C'est la meilleure option. C'est la *seule* option, insista Tasha en haussant les épaules.

Elle paraissait bien trop minuscule ici dans l'ombre.

— Avec les hommes de Roman en ville… vous n'avez jamais été aussi proches de lui, n'est-ce pas ?

Certes, mais cela n'avait pas d'importance.

— Je m'en fiche. Nous devrons trouver un autre moyen. Je ne veux pas que tu sois en danger.

Elle leva les mains en l'air.

— Ton boulot d'infiltration est terminé, Andrew. Tu n'as pas besoin de continuer à faire semblant de te soucier de moi. Tu as obtenu ce que tu voulais.

Il résista à l'envie de balancer un coup de poing dans le mur.

— Ce n'était pas comme ça. Oui, nous espérions que tu nous mènerais à Roman, mais ce que j'ai ressenti pour toi…

Elle secoua la tête.

— Écoute, je comprends. D'accord ? Ton travail est important. Roman est un terroriste et un meurtrier. Sans parler du fait que tu as une raison très personnelle d'utiliser tous les moyens nécessaires pour faire le faire tomber. Y compris coucher avec moi.

Il ne savait pas comment lui faire comprendre la vérité.

— Oui, faire tomber Roman était un travail important, le plus important. Mais tu es aussi importante pour moi. Quand on a fait l'amour à l'entrepôt, c'était réel.

Ce qu'il ressentait pour elle était foutrement réel.

Elle soupira.

— Tu n'es pas obligé de continuer à dire des choses comme ça.

— Je ne le dis pas parce que j'y suis obligé.

Ses mains se crispèrent sur ses flancs. Ses doigts le démangeaient de la toucher, de la prendre dans ses bras.

— Je le dis parce que c'est vrai. Je le dis parce que j'espère que tu me donneras une chance à un moment ou à un autre. Que je pourrai m'asseoir avec toi, répondre à toutes tes questions, et t'expliquer tous les détails de cette opération.

C'était plus que ce qu'il méritait, mais il priait pour qu'elle lui accorde cette chance, et qu'ils puissent peut-être recommencer à partir de là. Parce qu'en la regardant maintenant dans la faible lumière de la pièce, il ne pouvait pas nier que quelque part, au milieu de toute cette folie, il était tombé amoureux de cette femme.

Ce n'était pas ce à quoi il s'attendait quand il était venu à Pine Valley, mais il n'allait pas nier ses sentiments. En tout cas, il ne se mentirait pas à lui-même.

Bien sûr, en parler à Tasha maintenant serait tout simplement stupide et cruel. Elle penserait qu'il essayait de la manipuler davantage. Et il ne pourrait pas lui en vouloir. L'amour n'était qu'un mot s'il n'était pas accompagné d'actes, et il allait devoir faire ses preuves avec elle.

Et même si cela devait lui prendre le reste de sa vie, *il le ferait.*

Cependant, il ne pensait qu'à une chose : s'assurer qu'elle ne se porte pas volontaire pour servir d'appât, même si c'était l'ordre qu'il avait reçu. D'une certaine manière, faire tomber Roman était secondaire par rapport à la sécurité de Tasha.

Elle secoua la tête en le regardant.

— Je ne sais pas si je veux connaître tous les détails. Cette première nuit où nous avons couché ensemble après le mariage… C'est là où tu as mis ma maison sur écoute ?

Il grimaça, mais il n'allait pas mentir.

— Non, pas cette nuit-là. Mais j'ai mis un mouchard sur ton téléphone.

— Que croyais-tu que je pouvais faire ? Appeler Roman ? Lui demander de venir me voir ?

— À ce moment-là, je me fichais de ce que tu pouvais faire, ou pourquoi, ou de savoir si oui ou non tu étais en contact avec lui. Je voulais… je veux me venger. Je veux me venger de ce qu'il a fait à ma famille. Bon sang ! Je veux me venger pour ce qu'il t'a fait.

Tasha ne dit rien quand Andrew s'approcha d'elle.

— J'ai pensé à ce que ça me ferait de le coincer, de le voir se rendre. J'y ai pensé tous les jours pendant trois ans. Mais je ne le ferai pas en te livrant à lui.

— Je vous rends service.

— Tu te mets en grand danger, et je ne peux pas te laisser faire.

— Pourquoi ? siffla-t-elle. C'est l'homme qui a tué ta femme !

— Et je vis avec ça depuis trois ans. Je ne peux plus me laisser dévorer par ça. Les enjeux sont bien plus importants aujourd'hui.

— Je ne comprends pas…

— Toi. C'est toi qui as tout changé pour moi. Ce qui s'est passé entre nous dans l'entrepôt, Tasha ? C'était réel.

Elle déglutit et fixa son regard sur le torse d'Andrew.

— J'ai cru que tu étais morte quand je t'ai vu le visage dans la neige dans cette clairière, et je… ça aurait été ma faute. Je ne veux pas te mettre davantage en danger maintenant.

— C'est ma décision. Je ne serai jamais libérée de lui à moins de faire quelque chose.

— Nous ne savons pas ce qu'il te veut…

— Alors nous nous servirons de moi pour le découvrir. Il

sait que je suis toujours en vie, et je suis fatiguée d'être pourchassée, dit-elle.

Elle ferma les yeux, enroulant ses bras autour de sa taille comme pour se protéger d'un coup.

— Je suis lasse d'être utilisée.

Andrew eut l'impression de prendre un coup de pied dans le ventre à ces mots. C'était *lui* qui lui avait fait ça.

— Tasha, je suis vraiment désolé.

Il n'était même pas sûr de le lui avoir déjà dit. Mais il était certain que ce ne serait pas la dernière fois.

— Je sais. C'était ton travail, mais…

Ce fut plus fort que lui. Il la prit dans ses bras et l'attira contre son torse.

— Tu n'es pas un boulot. Pas pour moi.

Il s'attendait à ce qu'elle s'éloigne, mais elle n'en fit rien. Andrew ne savait pas combien de temps cela durerait, mais il considérerait chaque seconde comme un trésor.

— Ce que je t'ai fait est inexcusable, murmura-t-il contre ses cheveux. Mais sache que je n'ai jamais voulu te faire de mal. Je croyais avoir plus de temps pour te dire qui j'étais vraiment et pourquoi on m'avait envoyé auprès de toi, mais je me suis trompé. Je vais trouver un autre moyen de l'atteindre sans avoir besoin de toi pour l'attirer.

— Il n'y a pas d'autre moyen, Andrew, protesta-t-elle en levant les yeux vers lui.

— Je trouverai un moyen. Je m'en fiche…

Ils étaient si proches maintenant que ses mots effleurèrent ses lèvres. Il ne put finir sa phrase à cause de l'odeur de son shampoing et le parfum doux et propre de sa peau qui flottaient dans l'air entre eux.

Andrew posa ses lèvres sur celles de Tasha sans pouvoir s'arrêter. Une fois encore, elle ne s'éloigna pas, et il remercia les puissances supérieures auxquelles il croyait pour cette bénédiction. Il n'était pas certain qu'elle se reproduirait un jour.

Et il ne se faisait pas d'illusions : il n'était pas pardonné.

— Yo, Andrew, tu es là ?

Ils se séparèrent lorsque la voix d'Isaac retentit en haut des escaliers.

— Oui, Isaac, je suis là. Nous allons remonter. J'avais juste besoin de parler à Tasha une seconde.

Il y eut un instant de silence.

— Oui, pas de problème. Nous sommes prêts dans la salle de réunion. Je crois que nous avons un plan.

Isaac partit sans un mot de plus, laissant la porte grande ouverte. Tasha s'avançait déjà vers les escaliers, et Andrew lui saisit le coude pour la ralentir.

— Tu n'as pas à faire ça.

— Nous n'avons pas d'autres options.

— Il y a toujours un autre moyen. Je le trouverai.

Elle croisa son regard. Andrew savait qu'une fois qu'ils auraient mis le pied dans la salle de réunion, ils n'auraient plus l'occasion d'avoir cette conversation.

Il mourait d'envie de l'embrasser à nouveau, de la sentir dans ses bras. Il avait cet horrible sentiment que c'était peut-être la dernière fois.

— Je suis désolée, murmura-t-elle en s'écartant de lui.

— Tasha…

Il voulait lui expliquer ce qu'il ressentait. La convaincre de le croire. De lui faire comprendre à quel point tout ceci était réel pour lui, mais elle disparut dans un éclair blond, et il se retrouva seul dans la cave à vin. Il ne pouvait rien faire pour l'arrêter.

Ou pour ne plus avoir ce sentiment qu'il était sur le point de la perdre pour de bon.

Chapitre 26

Quinze heures plus tard, Andrew regardait les écrans des deux ordinateurs portables devant lui, chacun divisé en quatre différents points de vue des endroits que Tasha fréquentait à Pine Valley. Il n'y avait pas de neige, mais il faisait de nouveau froid dehors, et il était plutôt pénible de rester assis dans un van en stationnement pour assurer une surveillance.

Mais Andrew était ravi de se geler les fesses ici puisque Tasha était en sécurité et au chaud dans un chalet à l'autre bout de la propriété de Crossroads, aussi loin que possible de ce danger. Isaac montait la garde.

Andrew avait voulu rester avec elle, mais les choses étaient trop tendues entre eux en ce moment. De plus, il avait vraiment besoin de voir Roman tomber. Tout le monde le savait.

Et aujourd'hui, ce n'était plus seulement pour obtenir justice pour la mort de Kylie. Pas même pour mettre un terme définitif au cartel Volkov. Mais parce que Tasha ne pourrait jamais vivre la vie qu'elle méritait si Roman n'était pas hors-jeu. Et parce que, qu'il en fasse partie ou non, Andrew allait s'assurer qu'elle ait cette vie.

Il regarda à nouveau les écrans devant lui. Le Chill N'Grill était le plus actif, et par le biais de la caméra, il vit une fine femme blonde se pencher sur le bar, un tablier noir noué autour de la taille.

Tasha, mais *pas* Tasha. Sarah Hayes, membre de l'équipe de Zodiac Tactical, la plus proche en poids et en corpulence de Tasha, l'avait remplacée pour son service. Elle ne résisterait pas à un examen approfondi, mais, avec un peu de chance, cela suffirait à pousser les hommes de Roman à agir. Le patron de Tasha, Wade McKenzie, était dans le coup, tout comme un certain nombre d'autres personnes attachées à Crossroads Retreat. Lorsqu'ils avaient appris la vérité sur Tasha, ils avaient voulu aider.

Wade hocha la tête quand Sarah s'écarta du bar pour détacher son tablier, se préparant à quitter le travail. C'était le moment. C'était là que Roman s'en prendrait à Tasha s'il voulait passer à l'offensive. Sarah veilla à garder la tête baissée jusqu'à ce qu'elle atteigne le vestiaire des employés, hors de vue de la caméra. Andrew balaya du regard les clients du grill, les comparant d'un coup d'œil aux photos d'identité sur la tablette qu'il tenait sur ses genoux.

— Quelque chose de nouveau ? Demanda Callum depuis le siège avant, les yeux rivés sur son téléphone.

— Non, pas encore. Sarah vient de quitter son poste.

Ian hocha la tête à côté de Callum. Il y avait trois autres véhicules dispersés dans la ville, prêts à intervenir en cas de besoin : tous avec des membres de l'équipe de Zodiac Tactical ou de Crossroads Retreat.

La voix de Jenna leur parvint sur un haut-parleur dans le van.

— Sarah quitte le bar.

Une caméra placée dans le parking derrière le bar saisit

les mouvements de Sarah alors qu'elle se rendait à sa voiture, qui était de la même marque, du même modèle et de la même couleur que la voiture que Tasha avait presque détruite, et qui était encore en cours de réparation. Cela devrait suffire à tromper les hommes de Roman.

Andrew leva le bras au-dessus de sa tête et appuya sur un bouton de la radio avant de répondre :

— Qu'elle conduise jusqu'à la maison de Tasha, lentement. Nous devons voir si quelqu'un sort du bar et la suit.

Ils faisaient ça depuis des heures maintenant : ils observaient et attendaient. Sarah avait la même corpulence que Tasha, affinée par le yoga, le Pilate et les arts martiaux. Elle portait une perruque blonde, mais elle faisait l'affaire. Honnêtement, c'était étrange de voir cette femme agir comme Tasha, parce que de loin, les deux étaient exactement identiques. Sarah avait étudié la façon dont elle se déplaçait d'une table à l'autre. Elle s'était familiarisée avec la grâce prudente de Tasha et l'avait perfectionnée jusque dans les moindres détails, comme la façon dont celle-ci inclinait légèrement la tête lorsqu'elle enfilait une veste ou la façon dont elle rabattait ses cheveux derrière ses oreilles lorsqu'elle parlait aux clients.

Andrew n'avait pas pris conscience du nombre de petites choses qu'il avait remarquées chez elle et enfouies dans son subconscient jusqu'à ce qu'il regarde l'agent se faire passer pour elle.

— Jenna, tu peux nous mettre en contact avec Sarah ? demanda Callum depuis le siège avant.

Andrew s'adossa à sa chaise et observa les écrans au-dessus de sa tête pendant que Sarah démarrait la voiture et sortait du parking. Avec quelques mouvements rapides de ses doigts, il fit apparaître plusieurs angles de caméras différents autour de la ville.

Personne ne la suivit jusqu'à la maison de Tasha.

— Sarah, quitte la ville et prends l'autoroute. Nous aurons des drones derrière toi.

La voix de Sarah jaillit du haut-parleur lorsqu'elle acquiesça à l'ordre de Callum. Andrew se leva et s'étira du mieux qu'il pouvait dans l'espace restreint du van.

— Bon, je vais dans l'autre véhicule avec Chet et Tucker. Espérons que cela fonctionne.

Il adressa un signe de tête à Callum en quittant la camionnette, et parcourut une centaine de mètres sur une route de gravier enneigée jusqu'à la voiture dans laquelle Chet et Tucker attendaient. Ils se trouvaient à une quinzaine de kilomètres de Pine Valley, et si, comme ils l'espéraient, Sarah était suivie, ils formeraient une barricade dans la direction opposée.

— Comment ça se passe là-dedans ? demanda Chet alors qu'Andrew grimpait sur la banquette arrière et fermait la portière pour les protéger du froid.

— Le piège est tendu, et maintenant nous attendons.

Il sortit une tablette de la poche intérieure de sa veste et afficha les images du drone, qui montraient Sarah en train de sortir de la ville. Une fois qu'elle serait à un kilomètre, ils la suivraient tous discrètement.

Ils avaient laissé autant d'indices que possible que « Tasha » partait ce soir. Ils étaient presque certains que les hommes de Roman surveillaient la ville, alors ils faisaient croire que c'était leur dernière chance de l'attraper. Sarah avait annoncé à Wade qu'elle devait démissionner, qu'elle partait, et qu'elle avait tout emballé dans sa maison.

Il paraissait logique que le cartel passe à l'action une fois qu'il croirait Tasha hors de la ville, sur une route relativement isolée.

Tucker démarra la voiture et jeta un coup d'œil à Andrew par-dessus son épaule.

— Tout est en place ?

— Oui. Espérons qu'ils mordront à l'hameçon.

— S'ils le font, ils tomberont, constata Chet. Ils n'auraient pas dû s'en prendre à l'une des nôtres.

Car Tasha, en dépit de ce qu'elle pensait, s'était fait un nom dans cette ville. Elle ignorait combien de gens étaient en train de l'aider en ce moment. Wade, son patron au grill, s'était montré plus que disposé à jouer le jeu avec Sarah afin de rendre tout cela crédible. Quant à ses amis de Crossroads, ils étaient chargés d'un nombre impressionnant d'armes et de munitions.

Grâce à son oreillette, Andrew entendit Callum demander à Sarah de prendre la prochaine sortie et de se diriger vers l'ouest.

— D'accord, dit-il à Tucker. Allons-y. Sarah est en train de quitter la ville. Vous portez tous les deux des gilets, n'est-ce pas ? Le cartel Volkov est du genre à tirer d'abord, trier les corps ensuite.

— Bien sûr que oui ! répondit Chet. Nos femmes nous écorcheraient vifs si nous ne le faisions pas.

— Ça va devenir sérieux. J'ai besoin que vous gardiez tous les deux la tête froide.

— Ça va le faire, boss, dit Chet en frappant le poing de Tucker.

Au moins, ils s'amusaient. Il y avait eu un moment, pendant les premières années d'Andrew chez Zodiac, où les missions le plongeaient dans une excitation primitive qui le faisait vibrer sous l'effet de l'adrénaline pendant les jours qui précédaient et suivaient.

À cet instant, il voulait simplement que ce soit terminé. Il voulait que Tasha soit en sécurité.

— Une voiture m'a suivie à la sortie. Citadine noire, dit la voix de Sarah dans l'oreillette.

— Nous avons un visuel sur toi grâce aux drones. Il y a

deux véhicules derrière toi, et un devant, indiqua la voix de Ian.

Leur plus grand avantage, c'était que Roman et le cartel pensaient que Tasha était toute seule. Ils croyaient qu'elle s'enfuyait seule. Ils étaient sur le point d'être détrompés.

— Une autre citadine vient de se placer derrière moi. Ils essaient de me coincer, ils vont bientôt passer à l'action.

Malgré le stress de la situation, la voix de Sarah était calme et posée.

— Andrew, on y va, dit Callum d'un ton sec.

— Go ! lança Andrew, et Chet sortit du champ enneigé pour s'engager sur la route déserte, prêt à intercepter Sarah et les voitures qui la suivaient.

C'était le gros avantage d'avoir Chet et Tucker avec eux : ils connaissaient les environs mieux que quiconque. Tout se passait comme prévu. Ils avaient passé tout l'après-midi à semer des indices sur un départ de Tasha dans la soirée. Sarah avait fait le tour de la ville pour acheter le nécessaire pour un voyage en voiture : des encas, de l'essence, de l'eau. Ils lui avaient demandé de remplir une valise et de la mettre dans la voiture avant de se rendre au travail, en se garant près de la caméra dans le parking, à un angle tel qu'on pouvait la voir sur la banquette arrière. Les rideaux du bungalow étaient restés ouverts, de sorte que quiconque passait devant pouvait voir l'intérieur : vide, à l'exception des meubles.

Apparemment, le cartel avait cru à cette histoire.

Malgré la présence des véhicules suiveurs, Sarah maintint une vitesse normale dans cette zone rurale et discrète, située à la sortie de la ville. Il n'y avait pas de lampadaires, rien qu'une route dégagée. Les gens qui la suivaient ignoraient qu'ils allaient tomber dans un piège.

Tout le monde conduisit en silence pendant quelques minutes tendues, puis deux autres véhicules Zodiac se rangèrent derrière Sarah et ses poursuivants. Entre ces voitures et l'équipe d'Andrew, les membres du cartel étaient sur le point d'être coincés.

— Je vous vois, dit Sarah quelques instants plus tard.

Andrew distinguait ses phares au loin.

— Continue à avancer, ordonna Ian. Nous leur couperons la route dès que tu seras passée.

À la seconde où le véhicule de Sarah les dépassa à côté d'eux, Tucker stoppa net. Callum fit de même avec le van, créant une barricade. Tous bondirent dehors, armes au poing.

Les deux voitures qui suivaient Sarah furent obligées de s'arrêter, incapables d'aller plus loin avec Andrew et les autres agents qui leur barraient la route. Les pneus crissèrent lorsque les deux SUV ennemis firent demi-tour et filèrent dans la direction d'où ils étaient venus.

Il ne leur fallut pas longtemps pour se rendre compte qu'ils étaient cernés.

C'est alors que l'enfer se déchaîna.

Les coups de feu se mirent à pleuvoir sur la voiture de Chet alors que plusieurs membres du cartel sortaient des citadines et se mettaient à tirer. Andrew et son équipe ripostèrent, descendant rapidement deux membres du cartel qui s'écroulèrent au sol.

L'un des tireurs remonta en voiture et commença à s'éloigner en coupant à travers un champ.

Chet et Tucker ne perdirent pas de temps. Ils remontèrent dans leur véhicule et se lancèrent à sa poursuite en projetant de la neige au passage. Andrew savait qu'ils l'arrêteraient.

Il se tourna vers Callum et Ian qui ripostaient. Ce dernier fit un signe vers la voiture à sa droite puis effectua un autre mouvement de main. Andrew savait exactement ce que disait son patron. Ils allaient couvrir Andrew pour qu'il puisse rejoindre l'autre véhicule et avoir un meilleur point de vue.

Ian donna le signal du compte à rebours et Andrew se mit en place. Callum et Ian firent en sorte qu'il puisse courir vers l'autre voiture. Maintenant, ils avaient cerné et piégé l'ennemi.

Il ne fallut pas longtemps aux membres du cartel pour s'en rendre compte. Quatre de leurs hommes étaient déjà morts. Et même s'il y avait quelques blessures également du côté de Zodiac, le vainqueur de cet affrontement ne faisait aucun doute.

— Baissez vos armes ! cria Callum, toujours protégé par l'une des voitures, lorsque les tirs se calmèrent. Il n'y a pas d'issue.

Les membres restants du cartel discutèrent brièvement avant que l'un d'entre eux ne réponde qu'ils allaient se rendre.

Ian fit un nouveau signe de la main. *Prépare-toi à faire feu.* Il ne leur faisait pas confiance. Andrew non plus.

— Lâchez vos armes et mettez vos mains en l'air de façon à ce que nous puissions les voir, poursuivit Callum. Je sors à trois. Trois. D…

Ian et Andrew bondirent de leurs positions, armes au poing. Évidemment, les trois membres restants du cartel pointaient leurs armes dans la direction où Callum se serait tenu un instant plus tard. Andrew n'hésita pas à tirer, pas plus que Ian. Deux des trois hommes tombèrent. L'autre lâcha son arme et courut en direction des bois.

Aucun d'entre eux ne tirerait dans le dos d'un homme qui s'enfuyait. Ian leva les yeux au ciel.

— Partant pour faire la course ?

— Oui, je m'occupe de lui.

Andrew partit en courant avant de terminer sa phrase. L'adrénaline aidant, la course se révéla être un véritable plaisir. Andrew plaqua l'homme au sol, esquivant ses coups de poing alors qu'ils tombaient sur le sol. Il réussit finalement à le mettre à plat ventre et à le maîtriser suffisamment longtemps pour lui attacher les poignets dans le dos et le traîner vers les véhicules.

Les forces de l'ordre locales arrivaient maintenant, conformément à la demande de Callum, officier fédéral, qu'elles restent en retrait jusqu'à la fin de la mission ou jusqu'à ce qu'on ait besoin d'elles. Les agents menottèrent et emmenèrent les membres du cartel indemnes pendant que les ambulanciers s'occupaient des blessés.

— Roman n'est pas là, dit Callum en s'approchant d'Andrew.

— *Merde !* s'exclama Andrew, se passant une main dans les cheveux. Ce n'est pas totalement surprenant. Nous savions qu'il y avait de grandes chances qu'il ne vienne pas lui-même.

Mais Andrew l'avait espéré.

Ian les rejoignit, observant la frénésie qui les entourait. Chet et Tucker étaient revenus : ils avaient aussi arrêté leur méchant.

— Pas de Roman, marmonna Andrew. Vous pensez qu'il savait que c'était un piège ?

Ian secoua la tête.

— Pas nécessairement. Je pense qu'il a des sous-fifres pour faire ce genre de travail. Voilà pourquoi ça fait aussi longtemps qu'il est dans le jeu.

— Peu importe, dit Callum. Nous tenons beaucoup de ses hommes maintenant. Il suffit que l'un d'entre eux parle. Nous les montons les uns contre les autres : celui qui parle en premier obtient une sorte d'accord d'immunité. Quelqu'un va finir par donner des détails sur la manière d'atteindre Roman.

Andrew n'en doutait pas. Il avait vu Callum travailler

dans une salle d'interrogatoire. Il ferait en sorte que quelqu'un se retourne contre lui. Andrew n'avait plus qu'une chose à faire maintenant : assurer la sécurité de Tasha en attendant.

Il continua à observer le chaos qui l'entourait, et son esprit réfléchissait déjà à un plan. Les filles seraient bientôt de retour à la maison, donc il ne pouvait pas rester dans le Tennessee. Mais ramener Tasha dans le Wyoming avec lui ? C'était une option tout à fait envisageable.

Tout ce qu'il avait à faire, c'était de la convaincre. Elle ne serait pas obligée de vivre avec lui, il y avait beaucoup d'endroits sécurisés dans la petite ville d'Oak Creek, le siège de Linear Tactical. Andrew y avait de la famille, et ces gens n'hésiteraient pas s'il leur demandait de l'aide pour assurer la sécurité de Tasha.

Et cela pourrait lui permettre d'apprendre à connaître ses filles à un rythme qui conviendrait à tout le monde. Même s'il ne doutait pas qu'Olivia et Caroline aimeraient Tasha.

C'était son cas.

Ils allaient attraper Roman et le faire tomber. En attendant, Andrew se chargerait personnellement de protéger Tasha.

En la gardant près de lui le plus possible.

Chapitre 27

Tasha regardait par la fenêtre du chalet, même si elle ne voyait rien dans l'obscurité qui régnait à l'extérieur. Elle semblait constamment y revenir, sans qu'elle sache pourquoi.

Tout ce qu'elle savait, c'était qu'elle ne pouvait pas rester immobile. Elle ne pouvait pas s'empêcher de gigoter. Elle ne parvenait pas à se concentrer sur autre chose que le fait de savoir qu'Andrew était dehors, en danger, et qu'elle était là, en sécurité, de l'autre côté de la ville.

— J'ignore pourquoi tu continues à regarder par cette fenêtre alors que tu ne peux rien voir.

Isaac, assis à la table, avait tenté d'engager la conversation avec elle à plusieurs reprises.

Elle ne répondit pas, même si elle devait reconnaître que cet homme était charmant et magnifique. En temps normal, ça ne l'aurait pas dérangée de passer quelques heures avec quelqu'un d'aussi facile à vivre que lui. Ça n'aurait dérangé aucune femme.

Mais elle était épuisée et inquiète, et même si elle ne savait pas exactement où en était sa relation avec Andrew, il était quand même bien plus attirant à ses yeux que son garde du corps actuel, qui ressemblait à une star de cinéma.

— Tu as peur, dit Isaac.

Elle se détourna de la fenêtre, et ses yeux se posèrent sur l'arme qu'Andrew lui avait donnée et qui était posée sur la table.

—Je n'ai pas peur. Je m'ennuie.

— Andrew et le reste de l'équipe Zodiac Tactical sont très bons dans ce qu'ils font, poursuivit Isaac comme si elle n'avait rien dit.

— Et Roman est très doué pour tuer des gens. Andrew en a fait l'expérience.

— Mais nous avons l'avantage, car ton frère pense que tu es seule, alors que ce n'est plus le cas. Tu comprends ça, n'est-ce pas ? Pas seulement pour cette opération en particulier, mais pour tout le reste. Tu n'es plus seule face à cette situation.

Tasha se remit à faire les cent pas.

—J'apprécie ce que tout le monde fait pour assurer ma sécurité. Mais ça ne signifie pas nécessairement que je ne suis pas seule.

Isaac s'adossa à sa chaise.

— Je ne connais pas très bien Andrew, mais je sais que c'est un bon gars. Il a sauvé la vie de plusieurs personnes de l'équipe Zodiac au fil des ans.

—Je ne pense pas que ce soit un mauvais gars.

— Il n'a jamais voulu te faire de mal. En fait, il a essayé de te protéger même de nos yeux. Cette nuit-là, avant que tu ne t'en ailles dans le blizzard, il a éteint tous les équipements de surveillance de ta maison. C'est de cette manière que tu as pu partir sans que nous le sachions. Andrew voulait que vous soyez à l'abri des regards indiscrets si vous aviez des relations intimes.

Elle se sentait un peu mieux à l'idée que les baisers qu'ils avaient partagés et la nuit avec lui dans son lit n'avaient pas été enregistrés par le reste de l'équipe.

Elle haussa les épaules.

— Je le lui ai dit, et je te le dis à toi. Je comprends. Il avait un boulot à faire, un boulot important. Mais il n'y a aucune raison de prétendre que c'était plus que ça.

Elle se retourna vers Isaac. Il haussa un sourcil.

— C'est justement le truc. Je ne pense pas qu'Andrew fasse semblant du tout. En réalité, je ne suis pas sûr qu'il sache comment faire semblant. Certes, l'envie de faire tomber Roman et obtenir justice pour la mort de Kylie le dévore depuis ces dernières années. Mais ce qu'il ressent pour toi… il ne l'invente pas. S'il ne s'agissait que d'une mission et qu'elle était terminée maintenant, il se montrerait professionnel, mais distant. Andrew est tout sauf ça quand il est question de toi.

Tasha ne pouvait pas se permettre d'y croire. Cela ferait d'elle une idiote. Une fois encore. Dans tous les cas, elle espérait qu'après ce soir, elle n'aurait plus à fuir pour protéger sa vie. Sa relation avec Andrew passait ensuite.

Changer de sujet lui parut être une bonne idée.

— Est-ce que tu regrettes de ne pas être là où il y a de l'action ce soir au lieu de jouer les baby-sitters avec moi ?

Isaac écarquilla largement les yeux.

— Moi ? Bien sûr que non ! J'essaie de rester à l'écart du danger autant que possible. D'ailleurs, quand nous avons tiré à la courte paille pour savoir qui resterait avec toi, j'ai triché et je me suis assuré que les pailles des autres soient plus longues que la mienne. Je laisse Andrew esquiver les balles à ma place quand il veut. Ce n'est pas pour moi.

Tasha ne pouvait s'empêcher de sourire. De toute évidence, Isaac mentait. Et il était tout aussi évident qu'il respectait Andrew.

Ce dernier lui avait proposé de rester ici au chalet avec

elle, mais elle avait refusé. Il croyait que c'était parce qu'elle ne voulait plus qu'il l'approche, mais, à la vérité, elle aurait voulu qu'il soit là à cet instant. À la fois parce qu'elle savait qu'ainsi, il serait hors de danger, mais aussi parce qu'elle voulait qu'il la prenne dans ses bras.

Peu importait l'état de leur relation, elle accepterait le réconfort de son étreinte s'il était là pour la lui offrir. Elle ne savait pas vraiment ce que cela disait d'elle, mais c'était quand même la vérité. Il lui manquait.

Elle se tourna à nouveau vers la fenêtre. Puis, presque aussitôt, elle fit demi-tour et recommença à faire les cent pas.

— Est-ce qu'on n'aurait pas déjà dû avoir des nouvelles ? Et si Roman ne mordait pas à l'hameçon ?

Isaac ne semblait pas perturbé.

— Dans une situation comme celle-ci, pas de nouvelles, bonnes nouvelles. En cas de problème, ils nous en infor-maient immédiatement. Le fait que nous ne recevions pas d'informations de leur part signifie probablement que tout se passe comme nous l'espérions.

Tasha priait pour que ce soit vrai, mais elle ne pouvait quand même pas s'empêcher d'arpenter la pièce. Elle passa près de la table et prit sa tasse de café, tout en jetant un nouveau coup d'œil à l'arme. Elle se rappelait la sensation des bras d'Andrew autour d'elle alors qu'il lui montrait comment l'utiliser correctement.

— Tu es sûre de ne pas vouloir passer au vin ? demanda Isaac. Tu es déjà assez tendue, et la caféine ne va pas aider.

Elle secoua la tête.

— Je ne veux surtout pas avoir d'alcool dans mon orga-nisme. Mais peut-être que je vais passer à l'eau.

Elle observa Isaac plus attentivement. Il parlait d'un ton calme et charmant, mais ses yeux étaient constamment en mouvement, il scrutait tout le chalet. Il était sur les nerfs, mais il faisait de son mieux pour que rien de tout cela n'affecte Tasha.

Une alarme sonna sur la montre d'Isaac.

— Je vais faire le tour du périmètre. Je reviens dans quelques minutes.

Il le faisait toutes les trente minutes depuis qu'ils étaient arrivés. Lorsqu'il sortit, elle prit son café et versa ce qu'il en restait dans l'évier. Elle n'avait vraiment pas besoin de plus de caféine dans son organisme.

Elle prit une bouteille d'eau dans le réfrigérateur et essaya de s'asseoir à la table, mais elle se releva aussitôt. Elle n'arriverait pas à rester assise. Quelques minutes plus tard, elle entendit taper à la porte. Elle leva les yeux au ciel en allant répondre. Elle appréciait qu'Isaac essaie de la distraire, mais c'était un peu puéril.

— Vraiment Isaac ? Tu ne crois pas que…

Elle le rattrapa au moment où il s'effondrait dans ses bras.

— Isaac !

Elle se débattit sous son poids tandis qu'il tombait dans l'embrasure de la porte, à peine conscient. Les mains de Tasha étaient couvertes de sang : il avait été poignardé.

— Oh, mon Dieu, Isaac !

Elle n'avait d'autre choix que de l'abaisser au sol. Il était trop lourd pour qu'elle puisse faire autre chose.

— Cou… C…

Elle ne comprenait pas ce qu'il essayait de dire.

— Je crois que ton ami essaie de te dire de courir.

Le sang de Tasha se figea dans ses veines lorsqu'elle entendit la voix de Roman dans l'embrasure de la porte. Serrant toujours Isaac dans ses bras, elle leva les yeux vers lui.

Roman agita les doigts comme s'il était une écolière.

— Bonjour, ma sœur. Ça fait combien de temps ?

L'instinct de Tasha lui hurlait de s'enfuir, mais elle ne pouvait pas. Si elle relâchait la pression sur la blessure d'Isaac, il allait se vider de son sang. Et ce n'était pas comme si Roman allait la laisser faire, de toute façon.

L'un de ses hommes, Saunders, celui qui l'avait attrapée dans la ruelle, l'accompagnait. Il avait deux coquards et un pansement sur son nez cassé ; il regardait Tasha fixement.

Elle aurait vraiment voulu pouvoir le lui casser à nouveau.

Roman afficha un sourire qui n'avait rien d'amical.

— C'est si bon de te revoir, Tasha. Ça fait longtemps que je te cherche.

— Comment m'as-tu trouvée ?

— Nous avons pensé que quelque chose ne tournait pas rond lorsqu'il est apparu de manière évidente que tu quittais la ville ce soir. Pourquoi n'étais-tu pas partie tout de suite ? Ça aurait été plus logique.

C'était parce que Zodiac avait besoin de temps pour mettre en place le leurre. Cela lui avait mis la puce à l'oreille. Tasha aurait dû insister pour jouer elle-même l'appât.

Roman s'avança dans le chalet comme s'il était chez lui.

— Nous avons demandé à nos techniciens de remonter les fréquences de repérage, et voilà qu'elles nous ont conduits ici.

Tasha ne savait pas de quoi Roman parlait, et, au final, ça n'avait pas d'importance. Il l'avait retrouvée. Il allait la tuer. Elle était un peu surprise d'être encore en vie.

Elle retira sa veste légère et la plaqua contre le dos d'Isaac pour tenter d'arrêter le saignement. Elle ignorait la gravité de la blessure, mais il y avait bien trop de sang.

— Tiens bon, murmura-t-elle à l'oreille du jeune homme. Tu vas t'en sortir.

Sans sa veste, certaines des cicatrices de Tasha étaient visibles.

— Regarde ta peau. C'est dégoûtant, ricana Roman. Tu étais déjà une honte pour la famille, mais tu ne l'avais jamais été physiquement. Aujourd'hui, tu n'as même plus ça.

— Ces cicatrices sont de ta faute.

Elle ne quittait pas Isaac des yeux, mais elle ne put retenir ses mots.

— Tu avais raison, Saunders, dit Roman en se tournant vers l'homme qui se tenait dans l'embrasure de la porte. J'aurais dû savoir que Tasha travaillerait avec les personnes qui ont infiltré la famille il y a trois ans. Elle m'a trahi à l'époque, alors pourquoi serait-ce différent maintenant ?

Tasha noua les manches de sa veste autour du torse d'Isaac et tira fort. Il gémit de douleur, mais elle espérait que cela arrêterait l'écoulement du sang.

— Allons-y, dit Roman. Tu viens avec nous.

— Hors de question, dit-elle avec une bravoure qu'elle ne ressentait pas. Si tu veux me tuer, tu peux le faire ici et en finir.

Elle ne voulait même pas songer aux tortures qu'il lui réserverait si elle partait avec lui. Roman s'approcha d'elle et la tira par les cheveux ; la douleur aigüe la fit haleter.

— Si je voulais que tu sois morte, tu le serais déjà. J'ai besoin de toi, chère sœur. Mais, ne t'inquiète pas, tu mourras bien assez tôt.

C'en était assez, *merde !* Elle devait se montrer courageuse, prendre position. Plus question de se recroqueviller. Elle arracha sa tête de son emprise et plongea vers la table. Le pistolet qu'Andrew lui avait donné était toujours là. Elle tourna et le pointa sur Roman.

Aussitôt, Saunders dégaina sa propre arme et visa Tasha.

— Lâche ton arme.

— De toute évidence, il ne faut pas que je meure, alors je doute que tu me tues. Lâche ton pistolet avant que je ne tue ton boss.

Cela signerait son propre arrêt de mort, mais cela en vaudrait peut-être la peine. Mais, au lieu de cela, Saunders braqua son arme sur Isaac.

— Lâche ton arme ou il en prend une dans la tête.

— Non, Tasha… protesta Isaac d'une voix faible. Laisse-le faire. De toute façon, je ne m'en sortirai pas…

Mais elle ne pouvait s'y résoudre. C'était une chose d'être prête à sacrifier sa propre vie, mais c'en était une autre de faire perdre celle d'Isaac. Elle abaissa son arme.

— En voilà une bonne sœur, dit Roman d'un ton condescendant. En outre, tu ne pensais tout de même pas que nous étions venus ici sans s'être préparés, n'est-ce pas ?

Roman sortit son téléphone de sa poche et le leva devant Tasha.

— Pourquoi tu ne jetterais pas un coup d'œil à ceci ?

Il s'agissait d'une sorte d'image de caméra de sécurité. Il lui fallut une seconde pour comprendre ce qu'elle regardait. Puis son cœur s'emballa violemment dans sa poitrine lorsqu'elle reconnut la maison sur la propriété de Crossroads.

C'était celle d'Elizabeth et Tucker. Les fenêtres étaient légèrement embuées par le froid, mais la caméra offrait des images claires de l'intérieur. Elizabeth était en train de se balancer sur une chaise près de la cheminée, une petite fille endormie dans les bras. Elle posa la joue contre la tête de sa fille en lui lisant *Bonsoir lune.*

— Papa n'est pas à la maison ce soir, chuchota Roman à l'oreille de Tasha. Il est après les hommes que j'étais prêt à sacrifier si cela permettait d'arriver jusqu'à toi. Il n'y a que maman et sa fille à la maison, toutes seules.

Il se servit de son doigt pour faire un zoom arrière sur la

fenêtre. Une petite boîte noire était accrochée au volet, et une lumière rouge clignotait.

— Ces dernières années, nous sommes passés des cocktails Molotov à des choses un peu plus sophistiquées. Il suffit d'appuyer sur un bouton pour que cette beauté et sa petite fille connaissent une fin tragique.

— Non ! le supplia Tasha en gémissant. Je t'en prie. Je ferai n'importe quoi. Ne leur fais pas de mal. Elles n'ont rien à voir avec ça.

— Si tu ne viens pas avec nous maintenant, elles mourront. C'est aussi simple que ça. Donne-moi ton arme.

Vaincue, elle la lui tendit. Elle ne nourrissait aucun doute sur le fait que Roman sacrifierait Elizabeth et Audrey pour obtenir ce qu'il voulait. Elle baissa les yeux vers Isaac, qui était maintenant inconscient sur le sol, étendu dans une mare de sang. Elle pria pour que la veste qu'elle avait nouée autour de lui suffise à le maintenir en vie jusqu'à ce que quelqu'un arrive.

Et ils finiraient par revenir ici.

Mais elle savait qu'il serait trop tard pour elle. Une fois que Roman aurait obtenu ce qu'il voulait, quoi que ce soit, il ne garderait pas Tasha.

Elle grimaça lorsqu'il lui attrapa fermement le bras et la tira dehors.

—Je suis désolée, murmura-t-elle à personne en particulier, avant de fermer les yeux et de laisser les larmes couler.

Chapitre 28

Andrew regarda Callum s'en aller avec les derniers membres du cartel qui avaient été arrêtés. Il surveillait tout lui-même pour s'assurer que rien ne tournait mal.

Andrew essaya d'appeler le numéro de Tasha. Elle ne répondit pas, mais cela ne signifiait pas nécessairement quoi que ce soit. Il se pouvait qu'elle ne veuille tout simplement pas lui parler.

Plus que tout, il voulait simplement entendre sa voix à cet instant. Il voulait mettre à exécution son nouveau plan qui consistait à la ramener avec lui dans le Wyoming. Il voulait l'avoir avec lui et les filles pour non seulement pouvoir la protéger, mais aussi s'infiltrer dans sa vie.

Il n'hésiterait pas à utiliser les moyens nécessaires pour lui prouver combien elle était importante pour lui.

Il composa à nouveau son numéro, mais elle ne répondait toujours pas.

Bien. Il pouvait attendre. De toute façon, il valait mieux lui parler en face à face.

— Tu as parlé à Isaac ? lui demanda Ian en s'approchant. Je voulais le mettre au courant, mais il ne répond pas à son téléphone.

Andrew se raidit.

— Pas du tout ?

— Je savais qu'il voudrait avoir des nouvelles, alors j'ai essayé pour la première fois il y a environ vingt minutes.

Andrew croisa le regard de son ami.

— Tasha ne me répond pas non plus. Ça ne m'a pas surpris au début, mais…

Il s'interrompit et secoua la tête. Que les deux ne répondent pas ? C'était un problème.

Ian et lui se tournèrent aussitôt et coururent vers la voiture. Andrew sauta derrière le volant et son ami s'installa sur le siège passager. Tous deux prirent leurs téléphones et essayèrent d'appeler à nouveau Isaac et Tasha pendant qu'ils roulaient à toute allure vers la ville.

— Toujours rien, annonça Ian, qui baissa les yeux sur son téléphone. Je vais appeler Tucker. Je vais voir qui est à Crossroads, et qui pourrait aller voir ce qui se passe là-bas.

Quelques instants plus tard, il avait Tucker en ligne et lui expliquait la situation. Andrew n'entendit que la moitié de l'appel, mais il comprit que Tucker allait envoyer un certain Cruz Sawyer, qui était déjà sur place, vérifier ce qu'il en était.

— Ne l'envoie pas seul, demanda Ian à l'autre homme avant de raccrocher, puis il jeta un coup d'œil à Andrew. J'ai un mauvais pressentiment.

Andrew aussi. Serrant le volant et la mâchoire, il enfonça l'accélérateur.

Tous deux savaient qu'il n'y avait pas de raison valable pour qu'Isaac ne réponde pas au téléphone. Le jeune homme avait été un peu contrarié de ne pas participer à l'action. Il avait forcément gardé son portable à portée de main pour avoir des nouvelles.

Andrew et Ian tentèrent de le joindre durant tout le trajet jusqu'à la propriété de Crossroads. À chaque instant, l'effroi glacial qui tenaillait les tripes d'Andrew augmentait. Certes, il avait appris à Tasha comment utiliser l'arme qu'il lui avait laissée, mais, honnêtement, cela avait été davantage une excuse pour passer les bras autour d'elle plutôt qu'autre chose.

Il lui enseignerait comment s'en servir pour de vrai.

Ils passèrent en trombe devant la maison principale et filèrent vers le chalet à l'arrière de la propriété. Alors qu'ils approchaient, ils virent deux véhicules à l'extérieur du bâtiment et la porte grande ouverte. Ce n'était pas bon signe.

Andrew gara la voiture et bondit dehors, Ian sur les talons. Tous deux avaient l'arme au poing lorsqu'ils pénétrèrent dans le chalet.

Il ne fallut qu'une seconde à Andrew pour comprendre ce qui se passait. Isaac était par terre, inconscient, en sang. Un homme était accroupi au-dessus de lui, le téléphone à la main.

Un deuxième homme pivota et pointa son arme sur eux.

— Nous sommes du même côté, lui dit Andrew, baissant son arme en même temps que l'homme abaissait la sienne. Je suis Andrew Zimmerman. Voici Ian DeRose. Nous appartenons tous les deux à Zodiac Tactical.

— Cruz Sawyer, répondit l'homme accroupi qui mit fin à son appel, et exerça une pression sur le dos d'Isaac. Tucker m'a prévenu que vous étiez en route. Nous avons trouvé votre homme comme ça. Coup de couteau. Les services d'urgence arrivent.

— Il est toujours en vie ? demanda Ian.

Cruz hocha la tête.

— Pour l'instant.

— Où est Tasha ? demanda Andrew.

Mais il savait déjà. Ils le savaient déjà tous. Il regarda Ian.

— Je vais aller faire un tour dehors pour voir s'il y a...

Il ne savait même pas comment finir cette phrase, mais son ami hocha simplement la tête.

La première chose qu'Andrew vit fut la porte. Elle était encore sur ses gonds et n'avait été enfoncée ni forcée, d'après ce qu'il pouvait voir. Cela signifiait que quelqu'un avait ouvert la porte de l'intérieur.

— Je viens avec toi. Je m'appelle Zeke Friedman.

— Andrew.

— Oui, j'ai beaucoup entendu parler de toi.

Andrew regarda autour de lui.

— Je veux faire un tour pour m'assurer qu'il n'y a pas d'informations à glaner.

Zeke acquiesça.

— Je vais faire le tour par l'est, et on fait le point quand on se rejoint.

— Tu comprends ce que nous sommes sans doute en train de chercher ? demanda Andrew.

Le cadavre de Tasha. Il refoula tous ses sentiments en y songeant. Il ne pouvait pas se permettre de penser que Tasha était peut-être morte. Mais il était dans ce métier depuis suffisamment longtemps pour savoir que c'était le scénario le plus probable.

— Je comprends, dit Zeke en hochant la tête. Mais il pourrait y avoir d'autres indices. Espérons-le.

Et non pas le corps de Tasha avec des X taillés sur ses paupières, un shot de vodka à côté de sa tête.

Andrew prit la direction opposée à celle de Zeke, cherchant quelque chose, un signe de lutte, du sang, n'importe quoi. Lorsqu'ils se rejoignirent, aucun d'eux n'avait trouvé quoi que ce soit. Pour la première fois, Andrew ressentit une pointe d'espoir. Tasha n'était pas morte. Du moins, pas encore.

Mais Roman s'était montré plus malin qu'eux. *Une fois encore.*

Andrew prit son téléphone et appela Jenna Franklin.

— Gémeaux ! Dis-moi que tu m'appelles pour me dire que Callum a déjà réussi à retourner un membre du cartel Volkov. J'ai fait un pari avec Outlaw et…

Andrew l'interrompit.

— Roman nous a doublés. Je suis au chalet. Tasha a disparu et Isaac a été poignardé.

— *Merde !* murmura Jenna. Attends.

Andrew et Zeke repartirent vers la porte du chalet. Jenna revint au téléphone.

— Tous les traceurs ont été désactivés par un tiers. Ce qui signifie que le cartel a de nouveau utilisé notre propre équipement contre nous. *Et merde !*

— J'ai besoin de toute l'aide que tu pourras nous apporter, Jenna. Tasha a disparu. Roman l'a emmenée.

— Je m'en occupe. Je te rappelle.

Andrew coupa la communication ; il cramponna l'appareil dans sa main, frustré.

— Isaac ! Tiens bon, *putain* !

La voix tendue de Ian fendit l'obscurité. Il n'y avait pas grand-chose qui pouvait donner l'impression que le propriétaire de Zodiac Tactical était paniqué, mais Andrew l'entendait clairement dans sa voix. Cruz criait aussi sur Isaac. Andrew aperçut des gyrophares qui se dirigeaient vers eux, et il se précipita à l'intérieur.

— L'ambulance est presque là.

Ian se remit à crier sur Isaac. Andrew dut se contenter de regarder, impuissant, les ambulanciers arriver quelques minutes plus tard et commencer à œuvrer pour sauver la vie d'Isaac. Ils l'emmenèrent rapidement dans l'ambulance.

Le téléphone d'Andrew sonna dans sa main, et il baissa les yeux en espérant que c'était Jenna. Mais c'était Tucker.

— Dis-moi que tu as de bonnes nouvelles, mec, demanda-t-il en se passant une main sur le visage.

— Comment va tout le monde ?

— Isaac est en route pour l'hôpital. Il est vivant, mais tout juste. Tasha a disparu, et il n'y a aucune trace d'elle.

— Je crains bien de ne pas avoir de bonnes nouvelles non plus. Je viens de rentrer à la maison, et quand j'ai laissé Otto sortir de mon camion, il est devenu complètement dingue.

Andrew ravala sa frustration.

— J'ignore ce que ça signifie.

— Otto est un chien policier à la retraite. À l'époque, il bossait avec moi comme chien de détection d'explosifs à la brigade K9.

— Il y avait quelqu'un dans la maison ? C'est pour ça qu'il flippait ?

— Pas des gens. Mais des explosifs. J'en ai trouvé deux : assez pour faire sauter ma maison et envoyer ma femme et ma fille dans l'autre monde.

— *Merde !* Est-ce qu'elles vont bien ?

— Oui, elles sont en sécurité, et nous sommes en train de fouiller le reste de la propriété. Mais le cartel Volkov est bel et bien passé par là.

Roman s'était servi de leur leurre… comme d'un leurre. Et Andrew n'avait pas la moindre idée d'où il aurait pu emmener Tasha.

TASHA TIRA sur les liens douloureux qui lui retenaient les bras dans le dos. Il n'y avait pas le moindre jeu.

Roman lui sourit depuis le siège avant, les lumières du

tableau de bord projetant une lueur diabolique sur son visage. Non pas que cela soit nécessaire. Il était l'incarnation du mal.

— Ce ne sera plus très long, ma sœur. Je dois admettre que c'était une véritable épine dans le pied de savoir que tu étais encore en vie et que je ne pouvais pas t'atteindre. Je vais apprécier le moment où j'aurai enfin la certitude que tu ne me dérangeras plus jamais.

Tasha ne répondit rien. Rien de ce qu'elle pourrait dire n'arrangerait les choses. Supplier pour sa vie ne servirait à rien.

— Quand j'ai appris que tu avais rejoint le groupe qui avait infiltré la famille, j'ai pensé qu'il serait plus difficile de t'atteindre. De toute évidence, j'ai sous-estimé ta valeur à leurs yeux.

— Pourquoi ne m'as-tu pas déjà tuée ?

— Crois-moi, j'en ai envie, espèce de petite garce. Malheureusement, la dernière tentative de Marcus pour me contrôler m'oblige à te garder en vie.

Marcus, leur père, essayait de contrôler Roman ? Qu'est-ce que cela pouvait bien vouloir dire ?

— J'ignore totalement ce dont tu parles. Je ne sais pas pourquoi tu m'as toujours détesté à ce point.

Roman fit claquer sa langue.

— La princesse veut-elle que je me prosterne devant elle comme un bon petit garçon d'écurie ?

— Depuis quand suis-je une princesse et toi un garçon d'écurie ? Nous sommes frère et sœur.

— J'aurais dû être le seul enfant. Notre père n'aurait jamais dû coucher avec ta mère. Elle est tombée enceinte de toi, et tout d'un coup, ma mère n'était plus assez bien pour lui.

Tasha le regarda en cillant.

— Quoi ? Ta mère est morte.

— Ma mère est morte à cause d'un mélange de cachets et d'abus d'alcool. Tout ça à cause de l'infidélité de Marcus. C'est de ta faute.

— Roman, écoute-toi. Tu ne peux pas me reprocher les erreurs de nos parents. Je n'étais même pas encore née ! Et je n'étais même pas au courant de tout ça jusqu'à maintenant.

Ses paroles tombaient visiblement dans l'oreille d'un sourd, mais elle ne s'attendait pas à autre chose de la part de Roman. Il n'avait jamais été stable.

— Oh, cela va bien au-delà de nos parents. Marcus t'a toujours traitée comme si tu ne pouvais rien faire de mal. Il t'a envoyée dans les meilleures écoles et il t'a toujours donné tout ce que tu voulais.

Elle secoua la tête en essayant de le raisonner à nouveau.

— J'étais une petite fille qui n'avait pas de mère. Je pense que Marcus ne savait pas quoi faire de moi.

Roman se retourna davantage sur son siège.

— Il t'a tout donné. Et surtout, il t'a protégée de tout. Pendant ce temps-là, il me traitait toujours comme de la merde. Il n'a jamais cru que j'étais capable de diriger correctement l'entreprise familiale. Est-ce que tu peux croire qu'il a prétendu que j'étais trop violent ? demanda Roman, laissant échapper un rire moqueur. Nous dirigions un cartel, bon sang ! Comment pourrais-je être trop violent ? Trop psychotique ?

— Peut-être que c'est ta carte de visite de pervers qui fait penser aux gens que tu es un dingue, dit-elle sans pouvoir s'en empêcher. Ce n'est pas vraiment un signe de stabilité mentale.

Il lui asséna un revers en travers du visage et la projeta contre la portière. Le sang s'accumula dans la bouche de Tasha jusqu'à ce qu'elle soit obligée de le cracher.

— Pourquoi ne pas me tuer, tout simplement ? insista-t-elle.

— Oh, mais je le ferai, ma chère sœur, et j'en tirerai un grand plaisir. Mais, d'abord, j'ai besoin de toi.

— Pour quoi ?

Elle sentait le sang couler sur son menton, mais elle ne pouvait rien y faire.

— Marcus, dans sa dernière tentative de me contrôler avant de mourir, a lié l'argent de la famille à toi.

Quoi ?

— Je ne vois pas du tout de quoi tu parles. Ça fait des années que je vis à la limite de la pauvreté. Si notre père a fait ça, il ne me l'a pas dit. Je ne peux pas t'aider.

— En fait, si, tu peux. Même si tu ne le sais pas.

La peur glaça les sangs de Tasha. Roman pensait-il qu'elle lui cachait quelque chose ? Avait-il l'intention de la torturer pour obtenir des informations qu'elle n'avait pas ?

— Roman, je te dis la vérité. J'ignore totalement de quoi tu parles. Marcus ne m'a jamais rien dit. Je le jure.

Le visage de Roman devint presque aimable, ce qui était plus terrifiant que la cruauté qui l'animait normalement.

— Je sais que tu ne sais pas. Il m'a fallu trois ans pour découvrir exactement ce que Marcus avait fait des revenus de la famille. C'est ironique que je te trouve si peu de temps après avoir enfin compris. Et ici, dans le Tennessee.

Tasha ne comprenait toujours pas de quoi il parlait.

— J'ai besoin de toi pour y accéder, mais nous ne pourrons rien faire avant lundi à neuf heures.

Elle jeta un coup d'œil à l'heure sur le tableau de bord : c'était dans trente-six heures. Elle ne savait pas pourquoi il fallait que ce soit à ce moment-là, mais elle n'allait pas contester le fait que cela lui laissait au moins tout ce temps pour vivre et réfléchir à quelque chose.

Pour espérer qu'Andrew vienne la chercher. Elle se retint

de sangloter. Isaac avait-il survécu ? Elle n'en avait aucune idée. De plus, même si Andrew et l'équipe de Zodiac Tactical voulaient la retrouver, ils n'avaient aucun moyen de le faire.

Elle était seule. Comme toujours.

— Je ne veux pas de cet argent, dit-elle avant de cracher à nouveau du sang. J'irai le chercher pour toi, et tu pourras tout garder. Laisse-moi simplement partir.

— Je ne crois pas, petite sœur.

Il allait la tuer quoi qu'il arrive.

— Alors, au moins, ne fais pas de mal à Elizabeth et Audrey. Désamorce cet explosif.

— Lundi, si tu fais exactement ce que je te demande de faire, elles ne me serviront plus à rien. Elles ne seront pas blessées.

Tasha ignorait si elle pouvait le croire, mais elle n'avait pas le choix.

— Où allons-nous ?

— Tu n'as pas à t'inquiéter de ça.

Roman se tourna à nouveau vers l'avant et se cala dans son siège. À l'évidence, cette conversation était terminée. Cela convenait à Tasha. Moins elle avait à parler à son frère, mieux c'était.

Mais le silence la laissait seule avec ses propres pensées et elles revenaient sans cesse à Andrew. Elle regrettait de n'avoir pas saisi l'occasion de l'embrasser une dernière fois avant qu'il ne la laisse au chalet. Il avait tenté de se rapprocher, mais elle l'avait repoussé. La situation n'était pas rose entre eux, mais elle aurait voulu profiter d'un dernier moment pour être proche de lui. Pour lui faire savoir qu'elle voulait essayer.

Pour lui dire que s'il était sincère lorsqu'il disait que ce qu'il ressentait pour elle était réel, elle lui donnerait l'occasion de le prouver. Parce qu'elle savait que ses propres sentiments à son égard étaient réels.

S'il ne lui restait que trente-six heures à vivre, elle aurait aimé pouvoir dire à Andrew que les moments qu'elle avait passés avec lui avaient été les meilleurs de sa vie.

Chapitre 29

Andrew avait les yeux secs en visionnant les images de Tasha à Pine Valley en train de se battre contre l'homme de Roman.

Une fois encore.

À ce stade, cela devait faire au moins cent fois. D'une certaine manière, en la regardant briser le nez de Saunders, Andrew se sentait lié à la force de Tasha. Il fallait qu'il s'y accroche.

Il sait qu'elle était peut-être déjà morte. Il faisait ce travail depuis trop longtemps pour ne pas savoir que c'était une possibilité. Mais tant qu'ils n'auraient pas de preuve, et il préférait croire que Roman, cette ordure, leur enverrait certainement une preuve de sa mort, Andrew allait continuer à faire comme si Tasha était en vie.

C'était la seule façon pour lui de fonctionner.

Tout le monde faisait tout son possible depuis que Tasha avait été enlevée, vingt-quatre heures plus tôt. Isaac était dans un état critique, mais vivant.

Tucker et le reste de l'équipe de Crossroads avaient

passé la propriété au peigne fin à la recherche de traces d'explosifs, mais n'en avaient heureusement pas trouvé d'autres.

Jenna et l'équipe technique avaient cherché à détecter des signes de la présence de Roman sur les routes à l'aide de caméras, mais sans savoir quel type de véhicule il conduisait, c'était comme chercher une aiguille dans une botte de foin. Ou, comme l'avait dit Jenna, une aiguille dans un tas d'aiguilles.

D'autres agents de Zodiac Tactical étaient arrivés, et tous les documents relatifs au cartel Volkov se trouvaient à présent dans la salle de réunion de Crossroads. Personne n'avait dormi. Tout le monde était en état d'alerte.

Et ils savaient tous que cela ne servait à rien s'ils ne parvenaient pas à devancer Roman d'une manière ou d'une autre.

Andrew rembobina les images et regarda une fois de plus Tasha casser le nez de l'homme.

— Tu restes en vie, ma belle, murmura-t-il à son image. Nous venons te chercher. Je viens te chercher.

Callum vint s'asseoir à côté d'Andrew.

— Je sais que c'est une question stupide, mais est-ce que tu tiens le coup ?

Andrew rejoua à nouveau les images.

— La regarder botter le cul de ce type m'aide à me rappeler à quel point elle est forte.

— C'est vraiment une battante.

Mais, ce qu'aucun des deux n'avait besoin de dire, c'était que même les combattants les plus forts ne pouvaient pas tromper la mort.

— N'abandonnons pas l'idée d'amener l'un des hommes de Roman à se retourner contre lui, poursuivit Callum. J'ai fait clairement savoir à tous que le premier à parler serait le seul à ne pas passer le reste de sa vie en prison. L'un d'entre eux va craquer.

Andrew hocha la tête.

— Tant mieux.

Mais ce serait trop tard pour sauver Tasha. Andrew se pencha en avant, prêt à le dire à Callum, quand quelque chose attira son attention dans la vidéo. La vidéo était allée plus loin que le moment où Tasha avait cassé le nez de Saunders et où l'autre membre du cartel, Murphy, s'était approché de lui.

Dans le coin, il y avait un reflet qu'Andrew n'avait pas remarqué avant.

Il prit son téléphone pour appeler Jenna.

— Peux-tu visionner les images de l'attaque de Tasha en ville ? À quatre minutes et trente-sept secondes, dans le coin inférieur gauche, il y a une sorte de fenêtre qui pourrait refléter Murphy pendant qu'il parlait.

Jenna ne s'offusqua pas de l'absence de salutations.

— Accorde-moi quinze minutes.

En fait, il lui en fallut vingt. Lorsque Jenna rappela, il la mit sur le haut-parleur pour que tout le monde l'entende.

— Bon, tout le monde, nous avons une piste. Certes, ce n'est pas grand-chose, mais c'est mieux que rien. Ce nouveau reflet nous permet d'en savoir un peu plus sur ce que Murphy a dit à Saunders.

Les images s'affichèrent sur le plus grand écran, et tout le monde interrompit ce qu'il faisait pour regarder. *Le boss a besoin d'elle pour…*

C'était là qu'ils avaient perdu les images de l'homme auparavant, mais Jenna avait fait une boucle avec le nouveau reflet.

Le boss a besoin d'elle pour… la banque.

— Pour la banque, répéta Jenna pour que tout le monde comprenne bien.

— Est-ce qu'on sait de quelle banque il s'agit ? demanda Callum.

La miniature de Jenna dans le coin de l'écran secoua la tête.

— Non, malheureusement. Comme je l'ai dit, ce n'est pas grand-chose.

— C'est plus que ce que nous avions jusqu'à maintenant, la rassura Ian en se levant. Bon, concentrons nos efforts. Tout ce qui a trait à une banque avec laquelle le cartel a eu des liens… c'est là qu'il faut qu'on cherche.

Andrew se leva et prit un dossier.

— C'est une bonne nouvelle. S'il a besoin de Tasha pour une banque, alors elle est toujours en vie. Nous sommes dimanche, les établissements sont tous fermés. Nous devons trouver la réponse avant qu'ils n'ouvrent.

– BOIS ÇA. Et tu ne prends pas d'autre dossier tant que ce sandwich n'a pas disparu.

Andrew regarda Laura déposer une tasse de café et un sandwich au jambon sur une assiette devant lui à la table de la salle de réunion. Il n'était pas sorti, sauf pour aller aux toilettes, depuis qu'ils avaient commencé à chercher du côté des banques dans la soirée.

— Je n'aurais pas cru que tu t'inquiéterais de savoir si j'avais faim après ce que j'ai fait à ton amie, lui dit-il.

Elle haussa un sourcil.

— Ne te méprends pas. Je pense que tu t'es comporté comme un abruti. Mais je vois aussi combien tu te démènes pour la ramener.

Il se passa une main sur le visage. Cela faisait huit heures qu'ils parcouraient des dossiers électroniques et papier. Le temps leur était compté.

— Je ferais tout ce que je peux pour ramener Tasha. N'en doute pas. Et une fois que je l'aurai fait, je passerai le reste de ma vie à faire en sorte qu'elle non plus ne doute pas que je ferais n'importe quoi pour elle.

C'étaient là des mots plutôt grandioses, et il se demandait si Laura se moquerait de lui pour ça. Elle n'en fit rien. Tout le contraire, en fait. Elle posa une main sur son épaule.

— Tu la ramèneras. Tasha te pardonnera. C'est probablement déjà fait.

— Je n'en suis pas si sûr.

— J'ai vu la façon dont elle te regarde. Alors, bats-toi pour elle, et je suis sûre que tu la récupéreras. Mais d'abord, le sandwich.

Avant qu'Andrew ne puisse répondre, Laura s'était éloignée pour donner un sandwich à quelqu'un d'autre. Ils étaient nombreux à nourrir : presque toute la ville de Pine Valley était ici ou au Chill N'Grill à lire des données.

Callum et Ian n'avaient pas insisté pour garder l'information confidentielle. Ils avaient besoin de tous les yeux disponibles, d'autant plus qu'il s'agissait de personnes qui souhaitaient les aider.

Tasha était l'une des leurs.

— Andrew, dit Ian, faisant signe à Andrew de venir s'asseoir à côté de Callum et lui. Je pense que nous tenons quelque chose.

Andrew enfourna les dernières bouchées du sandwich et attrapa sa tasse de café avant de rejoindre à la hâte son ami à l'autre bout de la table de réunion.

— Marcus Volkov est mort six mois avant que Roman n'ordonne l'attaque qui a fini par tuer Kylie, expliqua Ian.

— D'accord, répondit Andrew, la bouche pleine. En quoi cela nous aide-t-il ?

— Jenna a trouvé ça.

Ian tourna son ordinateur pour qu'Andrew puisse voir une sorte de communiqué de Marcus avant sa mort.

— À qui est-ce destiné ? demanda Andrew.

— Jasper Millington. C'était l'un des hommes de confiance de Marcus. Il fait également partie des personnes qui ont été exécutées la nuit où Kylie est morte.

— Roman a fait tuer un des hommes de son père ? Pourquoi ?

— Parce que Marcus lui a dit ça.

Ian appuya sur un bouton pour qu'Andrew puisse lire le message complet que Marcus avait adressé à Jasper Millington.

Marcus y affirmait que Roman n'était pas apte à diriger les « affaires » familiales et qu'il allait confier tous les comptes à d'autres membres de la famille, plus neutres et plus discrets.

Andrew regarda Callum, puis Ian.

— Des membres de la famille plus neutres et plus discrets ? Il parle de Tasha.

Les deux autres hommes acquiescèrent. Le message se poursuivait par des instructions sur l'accès à un coffre sécurisé à *la banque qui faisait le lien entre tout.*

Andrew secoua la tête. Tout s'expliquait maintenant.

— C'est pour ça que Roman a besoin de Tasha. Pour accéder à ce coffre. Voilà pourquoi il ne pouvait pas y accéder en ligne. Elle doit se rendre à la banque en personne.

Ses deux amis hochèrent à nouveau la tête.

— C'est aussi ce que nous pensons, dit Callum. La question est toujours…

— De savoir quelle banque, termina Andrew à sa place.

— Comme nous le savons déjà, le cartel Volkov dispose d'avoirs répartis dans des centaines de banques à travers le monde, dit l'image de Jenna dans le coin de l'ordinateur de Ian. J'ai réduit cette liste aux établissements qui proposent des coffres, mais il en reste plus de trente.

Ian acquiesça.

— Continuons à fouiller dans les données financières. Il faut chercher à quoi Marcus aurait pu faire référence lorsqu'il parle de *la banque qui fait le lien entre tout*. Qu'est-ce que ça veut dire ?

Personne ne le savait, mais maintenant, ils avaient au moins quelque chose sur quoi se concentrer. Mais quelques heures plus tard, alors que le temps passait, les choses devenaient de plus en plus sinistres. L'équipe de Zodiac avait sollicité autant de faveurs que possible auprès de collègues afin d'avoir le plus d'yeux possible sur les différentes banques. Elles ouvriraient d'ici quelques heures, et les banques internationales l'étaient déjà.

Les gens de Pine Valley et de Crossroads voulaient aider. Callum dressa une liste des établissements possibles et accessibles en voiture, et chacun s'en vit assigner un où il pourrait se rendre avant neuf heures, avec pour instruction de ne rien faire d'autre que de guetter l'arrivée de Roman et de Tasha.

Andrew se demandait si elle avait peur. Si elle était blessée. Il aurait voulu qu'elle puisse voir combien de personnes s'étaient mobilisées pour essayer de l'aider. Qu'elle comptait énormément pour tout le monde.

Et qu'elle était tout pour lui.

À sept heures, la salle de réunion était presque déserte. Ils avaient couvert les pistes autant que possible, en envoyant un maximum de gens dans un maximum de banques différentes.

Callum entra.

— À quelle banque vas-tu ? Ian a mis le jet de Zodiac à disposition pour n'importe quelle destination où tu voudras aller.

À ce stade, ils n'avaient toujours aucune certitude. La seule chose qu'ils savaient sans le moindre doute, c'était que

Roman ne garderait pas Tasha en vie très longtemps une fois qu'elle lui aurait donné ce qu'il voulait.

Andrew parcourut à nouveau la liste des banques : New York, Paris, Lima, Miami, Rio… Toutes étaient logiques, mais aucune ne lui paraissait pertinente.

Il s'adossa à sa chaise, sur le point de choisir au hasard lorsqu'il examina la liste secondaire des banques qui avaient été éliminées. Une ville en particulier retint son attention. Martinsboro.

Pourquoi avait-il déjà entendu parler de cette ville ? Il lui fallut un instant pour se rappeler que c'était là qu'était née la mère de Tasha.

Andrew se figea.

La banque qui fait le lien entre tout.

Il prit son téléphone et appela Jenna pour lui demander plus d'informations sur cet établissement. Elle les lui donna presque instantanément.

— Il n'y a pas de coffres là-bas, alors nous l'avons éliminée.

Merde.

— Je pensais vraiment que c'était là. Ce serait tellement logique que Marcus pense à la banque de la ville où est née sa femme comme étant celle qui fait le lien entre tout. Tu es sûre que nous ne sommes pas passés à côté de quelque chose ?

Il y eut quelques instants de silence avant que Jenna ne reprenne la parole.

— *Merde !* Tu as raison, Andrew. Ils n'ont plus de coffres là-bas aujourd'hui, mais ils en avaient il y a quelques années. Si Marcus a laissé quelque chose pour Tasha, ils doivent toujours l'avoir.

Andrew se tourna vers Callum.

— Cette banque est la bonne. J'en suis certain. C'est

forcément celle-ci. C'est la seule qui ait un lien personnel avec le cartel.

Il ne restait plus qu'une heure avant l'ouverture de la banque. Andrew n'avait pas le temps d'essayer de convaincre qui que ce soit qu'il avait raison. Il le savait.

Il serait là-bas pour Tasha. Il ne cherchait plus à se venger de Roman, ni même à obtenir justice pour la mort de Kylie.

Tout ce qui importait à Andrew, c'était de faire en sorte que Tasha soit en sécurité.

Chapitre 30

En fin de compte, Andrew n'eut à convaincre personne que la banque de Martinsboro était la bonne.

— Si ton instinct te dit que c'est là que Roman va se pointer, ça me suffit, lui avait dit Ian.

Ian, Callum et Andrew étaient arrivés à Martinsboro quelques minutes plus tôt et la banque devait ouvrir moins d'une demi-heure plus tard.

Andrew était convaincu que c'était là que Roman viendrait, mais il allait leur falloir un foutu miracle pour qu'ils soient suffisamment bien positionnés pour le neutraliser.

— Je suis navré, mais je ne peux légalement pas vous autoriser à accéder au coffre-fort de Marcus Volkov sans mandat, expliquait le directeur à Callum.

Ce dernier semblait à deux doigts de planter son poing dans un mur... ou dans le visage du directeur. Andrew comprenait ce sentiment. Mais, au final, l'accès au contenu du coffre n'était que secondaire pour le moment. Ils avaient simplement besoin d'être là quand Roman arriverait.

— Nous allons recevoir un mandat, dit Callum au directeur de la banque.

L'homme hocha la tête.

— Et dès que vous l'aurez en main, je serai plus que ravi de coopérer ; mais, en attendant, j'ai bien peur d'avoir les mains liées.

Callum regarda Andrew et Ian. La colère se lisait dans ses yeux, mais il savait qu'il ne pouvait rien faire. Ils devaient passer par la voie légale pour que Roman ne puisse pas se servir d'une faille une fois qu'ils l'auraient capturé.

— Je ne comprends pas pourquoi ce coffre attire soudain autant d'attention, poursuivit le banquier. Vous, maintenant. L'appel de la semaine dernière nous demandant des détails.

Andrew s'efforçait de rester patient, et il voyait qu'il en était de même pour ses amis.

— Quelqu'un a appelé au sujet de ce coffre la semaine dernière ? demanda Callum, l'air exagérément conciliant.

Le directeur sembla un peu penaud.

— Oui. Cela fait quelques années maintenant que nous n'avons plus de coffres. Les gens n'en ont tout simplement plus autant besoin qu'avant, et cela occupait de l'espace dans la banque. Lorsque nous avons pris la décision de les fermer, nous avons aidé les propriétaires à trouver un autre endroit pour transférer leurs objets de valeur. Seuls deux clients n'ont pas pu être contactés.

— Et l'un d'entre eux possédait le coffre dont nous parlons, conclut Andrew.

— Oui. Cela faisait trois ans que nous n'avions pas entendu parler de ce coffre et la semaine dernière, quelqu'un a appelé pour demander s'il pouvait y avoir accès avec l'acte de décès de la personne qui l'avait ouvert.

— Et quelle a été votre réponse ? insista Ian, voyant que l'homme ne poursuivait pas.

Tous les trois se faisaient violence pour ne pas le frapper.

— Je lui ai dit la vérité. Qu'il pouvait y accéder pour en voir le contenu ou y ajouter quelque chose, mais qu'il ne pourrait rien en retirer, conformément aux instructions originales. Seules les personnes nommément indiquées peuvent avoir accès au contenu.

Si Marcus Volkov avait nommément désigné Tasha, cela expliquait pourquoi Roman la voulait.

Mais, là encore, cela n'avait aucune importance. Ce qui comptait, c'était d'être en place et prêts lorsque Roman et Tasha se présenteraient.

Le directeur de la banque poussa un soupir exagéré.

— Pour être honnête, en l'absence de mandat, je ne suis même pas certain que vous devriez être ici. Nous allons ouvrir d'ici quelques minutes ; je vais donc devoir vous demander de partir.

Andrew en avait assez de ces conneries. Il sortit son téléphone et se tourna vers le directeur de la banque. Il fit apparaître le fichier contenant les images des différents meurtres de Roman ainsi que les cartes de visite qu'il avait laissées, puis il tourna le téléphone vers l'autre homme.

— Vous voyez, ça ? *Voilà* à qui nous avons affaire. C'est *ça* qu'il inflige aux gens qu'il n'apprécie pas. Je me contrefous du contenu de ce coffre, mais vous allez devoir nous laisser fortifier cet endroit. Nous devons remplacer vos employés par nos agents.

Le directeur avait soudain le teint verdâtre. En temps normal, ce n'était pas ainsi qu'Andrew gérait une situation, mais ils manquaient de temps et d'options.

Le directeur acquiesça.

— Oh, mon Dieu ! D'accord, oui, je peux faire sortir mes employés. Je vais devoir rester pour superviser, mais tous les autres peuvent s'en aller. Je ne veux pas que quelqu'un soit blessé.

Ian hocha la tête.

— Alors, faites-le, et tout de suite. Mais nous ne voulons pas créer de mouvement de panique. Dites-leur d'aller au restaurant situé au bout de la rue pour prendre un petit déjeuner gratuit pendant que des employés d'une autre branche viennent suivre une formation de quelques heures.

Le directeur hocha la tête à son tour et alla rapidement rassembler ses employés. Callum, Ian et Andrew se regardèrent. Il y avait bien trop de choses à faire et pas assez d'hommes ou de temps pour le faire.

— Nous avons besoin de gens qui jouent le rôle de caissiers. Ça ne peut pas être toi, Roman te reconnaîtrait, dit Ian en pointant Andrew du doigt.

Callum approuva d'un signe de tête.

— Nous devons également remplacer le garde à la porte par l'un de nos hommes et, dans l'idéal, il faudrait ajouter une demi-douzaine d'agents qui joueraient les clients pour que l'endroit ne soit pas trop calme quand ils arriveront.

Andrew se passa une main dans les cheveux.

— Il nous faut aussi des snipers. Nous ne pouvons pas prendre le risque qu'il ait peur et blesse Tasha.

— Tu as jeté un œil par la vitrine ? lui demanda Ian. Il y a une école primaire de l'autre côté de la rue et nous n'avons pas le temps de l'évacuer. Nous ne pouvons pas nous permettre une fusillade ici.

Andrew serra les dents.

— Compris.

Et il comprenait aussi ce que Ian sous-entendait. Si les choses en arrivaient là, ils devraient laisser Roman s'échapper. Ils devraient laisser Tasha entre ses griffes.

Andrew n'était pas sûr d'y arriver, mais il n'allait pas le dire maintenant. Il franchirait cette limite s'il devait en arriver là. Ils avaient suffisamment de préoccupations pour les vingt prochaines minutes.

— Y a-t-il quelqu'un que nous pouvons appeler ? demanda Ian à Callum.

L'autre homme secoua la tête.

— J'ai un service complet en route, mais ils n'arriveront pas à temps.

Ian acquiesça.

— Même chose pour les membres de l'équipe Zodiac.

— Nous pourrions demander à des civils de Pine Valley, proposa Callum en se frottant la nuque.

Aucun d'eux n'avait envie de placer des civils non entraînés au milieu de cette pagaille.

— De toute façon, je ne crois pas que nous ayons le temps.

— Je vais faire venir les forces de l'ordre locales, dit Callum en prenant son téléphone. Ce sera mieux que rien.

— Une bande de flics qui traînent dans la banque, ça va faire flipper Roman.

Andrew n'aimait pas du tout ce plan. Mais quelles étaient les autres options qui s'offraient à eux ? Il fit taire sa panique. Tous les gars de Crossroads se trouvaient dans d'autres banques, et avec uniquement Callum, Ian et lui pour essayer de sécuriser toute la banque et arrêter Roman, ce serait presque imposs…

— Euh… nous avons entendu dire qu'il y avait une fête ici, et je vais partir du principe que nos invitations se sont perdues dans le courrier.

Andrew se retourna au son de la voix de son frère jumeau, Tristan, dans l'embrasure de la porte. Et pas seulement Tristan… une demi-douzaine de membres de Zodiac et de Linear Tactical étaient avec lui.

— Bon sang, mais c'est quoi, ça ? demanda Ian. Comment êtes-vous arrivés ici ?

Tristan sourit.

— Cade O'Conner m'a chargé de te dire que tu n'étais pas le seul à avoir un jet à disposition.

Ignorant les rires provoqués par le message de Cade, superstar de la musique country et milliardaire de son État,

Andrew se précipita pour étreindre son frère. Il serra ensuite la main de Sergot McEwan et de sa femme Bronwyn. Landon Black et Mark Outlawson, également membres de l'équipe Zodiac, étaient derrière eux.

Ainsi que Zac Mackay et Finn Bollinger, deux des fondateurs de Linear Tactical.

Andrew se fendit d'un sourire. Il ne connaissait personne d'autre sur cette planète qu'il aurait préféré avoir à ses côtés dans cette banque. Pour la première fois, il reprenait espoir.

— Je suis content que tu sois là, dit-il à Tristan.

— Je n'aurais pas voulu manquer ça, frangin. Récupérons ta femme.

Chapitre 31

En termes d'opérations d'infiltration, c'était vraiment du grand n'importe quoi.

Même si l'équipe était très compétente, elle n'avait pas de plan ni d'informations. Ils n'avaient pas assez d'oreillettes pour tout le monde, alors ils s'en remettaient à des gestes génériques que tous connaissaient.

Il y avait bien trop de variables fluctuantes pour que cela se passe bien.

Landon et Tristan, qui jouaient les employés derrière le comptoir, n'étaient même pas en costume : ils portaient juste des blazers mal ajustés qu'ils avaient trouvés à l'arrière de la banque. Il n'était nul besoin d'être très perspicace pour se rendre compte qu'ils ne travaillaient pas vraiment là.

Sergot et Bronwyn se tenaient au milieu du bâtiment, devant l'îlot mis à disposition des clients pour qu'ils puissent remplir des documents. Sergot, avec sa carrure gigantesque, aurait eu l'air incongru presque partout, mais au moins, sa petite femme compensait. Bronwyn n'effectuait plus de missions actives, mais elle était quand même un agent de terrain hautement qualifié.

La proximité protectrice de son mari envers elle n'avait rien d'un travail d'infiltration. À ce stade, cela faisait partie de son ADN même. Personne ne ferait plus jamais de mal à Bronwyn tant qu'il serait en vie.

Mark Outlawson, Outlaw, se trouvait près du présentoir à brochures, comme s'il était en train de décider du type de compte qu'il voulait ouvrir. Andrew ignorait pourquoi les banques avaient encore des brochures papier, mais il était ravi que cela puisse faire office de couverture.

Callum et Ian jouaient les gardes à la porte. Cela leur fournissait l'excuse nécessaire pour être ostensiblement armés.

Ils espéraient pouvoir refermer la porte une fois que Roman serait dans le bâtiment avec Tasha, puis les désarmer, lui et ses hommes, tout en conservant l'élément de surprise. C'était leur atout le plus précieux.

Zac et Finn étaient dehors : le premier pour veiller à ce qu'aucun habitant de la ville ne se promène pendant le déroulement de la mission. Le second était quelque part avec son sniper ; ses compétences lui avaient valu le nom de code d'Aigle. Il était là en dernier ressort.

Andrew se trouvait à l'arrière de la banque, dans sa voiture, en mesure d'entrer dans le bâtiment en cas de besoin. Grâce à Jenna, il visionnait les images des caméras de sécurité de la banque sur son ordinateur portable : il voyait tout ce qui se passait. Il parlait avec Ian et Tristan par l'intermédiaire de leurs oreillettes. Le reste de l'équipe agirait en fonction d'eux.

Non, ce n'était certainement pas la meilleure façon de mener à bien une mission. Bien trop de choses pouvaient mal tourner.

— Bon, on a deux SUV en approche. Ce sont sûrement eux.

L'angle de la caméra de surveillance n'était pas génial,

mais deux SUV qui s'arrêtaient au même moment ? C'était forcément le cartel.

Andrew entendit Ian annoncer l'arrivée à tout le monde à l'intérieur de la banque. Ils étaient aussi prêts que possible.

La caméra perdit de vue les véhicules lorsqu'ils se garèrent et que les passagers en sortirent. Andrew retint un juron de frustration.

— Je n'arrive pas à les compter, dit-il à Ian et Tristan. L'angle des caméras n'est pas bon.

C'était là que Zac ou Finn auraient pu compléter leurs informations depuis leur position s'ils avaient eu des oreillettes.

Et, plus que tout, Andrew voulait simplement avoir la preuve que Tasha était en vie.

— Bien reçu, répondit Ian. Quel que soit le nombre, nous nous en occuperons.

Andrew réprima la montée d'adrénaline qui parcourait son corps alors que les caméras intérieures filmaient les arrivants et qu'il les voyait enfin. Il secoua la tête alors qu'une sueur froide perlait le long de sa colonne vertébrale. Cinq personnes entrèrent dans la banque.

Tasha n'était pas parmi elles.

— *Merde* ! marmonna Ian dans l'oreillette.

Lui aussi avait compris le problème.

— Je vais passer à l'avant pour voir s'ils l'ont planquée dans l'un des véhicules, annonça Andrew, priant pour que ce soit le cas.

— Bien reçu, murmura Ian.

Andrew se précipita hors de la voiture et courut vers l'avant de la banque, ne ralentissant que lorsqu'il arriva en vue des SUV stationnés. Il y avait un homme appuyé contre le capot de chaque véhicule, surveillant les environs. Andrew passa nonchalamment devant eux en leur adressant un signe de tête, comme s'il se rendait au bureau de poste d'à côté.

Il jeta un coup d'œil à l'intérieur des deux SUV. Il n'y avait personne. *Merde.*

Zac aperçut Andrew depuis sa position de l'autre côté de la rue et il commença à s'avancer. D'un geste du poignet, il lui fit signe de s'en aller. Zac se tourna aussitôt et concentra son attention ailleurs afin de ne pas laisser croire qu'ils communiquaient d'une manière ou d'une autre.

Dès qu'Andrew se fut éloigné du bâtiment, hors de vue des SUV, il se précipita de nouveau à l'arrière, où il remonta dans sa voiture pour voir la vidéo.

— Tasha n'est pas avec eux. Je répète, Tasha n'est pas avec eux.

Andrew refréna l'envie d'abattre sa main sur le volant. Était-elle blessée ? Ou, pire encore, morte ? Cela signifiait également qu'ils allaient devoir laisser Roman quitter la banque aujourd'hui.

Andrew savait que l'équipe à l'intérieur évaluerait la situation, et en tirerait la même conclusion que lui.

Il regarda Roman et sa bande se diriger vers le bureau du directeur de la banque, situé dans le coin le plus reculé du bâtiment. Everett, le directeur, était le seul véritable employé restant. Et ce type ne donnait pas l'impression qu'il allait s'en sortir. Peut-être que lui montrer la carte de visite de Roman n'était pas une bonne idée.

— Oui. Bonjour, messieurs. Oui. Comment puis-je vous aider ? Que puis-je faire pour vous aujourd'hui ?

Everett suintait la nervosité.

Andrew se passa une main sur le visage. S'ils n'y prenaient pas garde, ce serait terminé avant même d'avoir commencé.

— Mon père a ouvert un coffre ici il y a trois ans. J'aimerais accéder au contenu.

— Je. Euh… D'accord. Êtes-vous inscrit sur la liste des personnes autorisées ?

Ni les images de surveillance ni l'audio qu'Andrew captait indirectement n'étaient excellents, mais il devinait que Roman avait décelé une faiblesse chez le directeur de la banque et qu'il allait tenter de l'exploiter.

— Non, mais j'ai le certificat de décès de mon père. Il n'était pas sain d'esprit lorsqu'il a déposé le contenu du coffre avec vous, alors si vous pouviez me permettre d'y accéder, ce serait parfait. Merci.

Everett déglutit difficilement et commença à hocher la tête.

Merde. Ce même con qui avait refusé de leur donner accès au coffre sans mandat était sur le point de le remettre à Roman sans contrepartie, au mépris des ordres qu'il avait et de la loi.

Mais, d'un autre côté, Everett avait déjà eu la preuve que Roman serait prêt à lui taillader les yeux et à placer un shot de vodka à côté de sa tête à la moindre provocation, alors peut-être que c'était compréhensible.

Si Volkov sortait de cette banque avec ce qu'il était venu chercher, alors la vie de Tasha ne vaudrait plus grand-chose.

— Tristan… marmonna Andrew dans son oreillette.

Son frère avait été mis au courant des conditions d'accès au coffre-fort, mais Andrew ignorait comment il pouvait intervenir.

Il savait seulement qu'il devait le faire.

— Je m'en occupe.

Quelques secondes plus tard, Tristan apparaissait sur la vidéo de surveillance près de Roman et du directeur de la banque.

— Everett, tu te sens toujours mal ?

Tristan donna une tape dans le dos d'Everett, puis se tourna vers Roman avec un sourire.

— Il a passé la matinée dans les toilettes à vomir. C'est

un véritable soldat d'être encore là au travail. Comment puis-je vous aider ?

Roman et ses hommes reculèrent un peu. Rien de tel que la menace du vomi pour mettre des adultes mal à l'aise. Volkov lui tendit le certificat de décès.

— Je suis ici pour accéder au contenu du coffre de mon père.

Le sourire de Tristan ne faiblit pas.

— Comme Everett vous le disait sûrement, les conditions d'accès au coffre sont très spécifiques. Seule la personne désignée, Tasha Volkov, peut récupérer le contenu du coffre. Il faudra qu'elle soit présente en personne.

La mâchoire de Roman se crispa : il comprenait qu'il avait affaire à quelqu'un qui ne se contenterait pas de se plier à ses exigences et de lui donner tout ce qu'il voulait.

— On m'a dit que je pouvais y accéder.

— Permettez-moi de vérifier les détails, lui répondit Tristan, qui fit mine de vérifier quelque chose sur l'ordinateur d'Everett. Oui, c'est exact. Selon les conditions particulières, vous pouvez voir ce qu'il y a dedans et y faire un dépôt, mais rien ne peut en être retiré.

Roman n'appréciait pas.

— Écoutez, le contenu du coffre a été légué à ma sœur. J'ai également sa carte d'identité, mais elle est souffrante, et il lui sera difficile de venir ici.

Everett tremblait visiblement. Tristan se plaça devant lui.

— Malheureusement, nous avons les mains liées par les restrictions imposées par le contrat original relatif à ce coffre. Il faut qu'elle soit là.

Roman plissa les yeux en scrutant Tristan.

— Est-ce que je vous connais de quelque part ?

Andrew se crispa. Tristan et lui n'étaient pas de vrais

jumeaux, mais ils étaient indéniablement frères. Roman allait-il comprendre ?

Son frère ne perdit pas son sang-froid.

— C'est le risque quand on est banquier : tout le monde pense me connaître. Voulez-vous voir le contenu du coffre ?

Roman n'était manifestement pas content.

— Oui.

— Si vos… *amis* pouvaient rester ici, ce serait formidable. Une seule personne est autorisée à entrer dans la chambre forte.

Andrew perdit le contact audio lorsqu'ils y entrèrent, Tristan s'assurant de rester entre Everett et Roman, mais il voyait les images.

Son frère se tenait sur le côté tandis que le directeur ouvrait le coffre et en montrait le contenu à Volkov sans s'évanouir. Celui-ci se plaça devant la petite table et examina le coffre.

Il n'y avait ni argent liquide ni bijoux. Rien qu'une lettre, ainsi qu'une liste de comptes.

Andrew ne voyait pas ce que disait la lettre, mais visiblement, elle avait rendu Roman furieux. Il remit brusquement le contenu à sa place et sortit sans un mot.

Merde.

— Ian, Roman va sortir. Et il est furieux.

— Nous devons le laisser partir. Si nous l'arrêtons maintenant, ce pourrait en être fini pour Tasha.

— Oui, je sais.

À une époque, Andrew aurait tenté sa chance : descendre Roman aurait été plus important que tout. Mais plus maintenant. Rien n'était plus important que de ramener Tasha saine et sauve, quitte à laisser Volkov s'en tirer.

Mais il était hors de question qu'Andrew laisse une chose pareille se produire.

— Retiens-le une seconde si tu peux, dit-il dans son oreillette avant de se précipiter hors de la voiture une nouvelle fois, et de revenir à l'avant du bâtiment.

Il n'allait pas laisser Roman partir sans moyen de le suivre.

Zac le vit dès qu'il tourna au coin de la rue. Cette fois, il lui fit signe de s'approcher, et signa les lettres D-I-S-T-R-A-I-S-L-E-S avec ses doigts. Son ami hocha brièvement la tête, puis modifia aussitôt sa démarche, pour faire croire qu'il était ivre. Un instant plus tard, il avait traversé la rue.

— Hé, mec. Hé, mon pote !

Les deux chauffeurs se redressèrent de leurs positions sur les capots et se tournèrent vers Zac quand il s'approcha. Ils ne dégainèrent pas leurs armes, mais ils se mirent en alerte.

— Écoutez, les mecs, vous pouvez aider un frère ?

Andrew s'accroupit tandis qu'ils se dirigeaient vers l'arrière des véhicules pour évaluer la menace que son ami représentait. Zac continuait à parler, expliquant qu'il avait besoin de quelques dollars pour se payer un petit déjeuner. Manifestement, les hommes n'étaient pas intéressés, mais il ne lâcha pas l'affaire.

Andrew ouvrit la portière passager du SUV le plus proche et glissa son téléphone sous le siège. Jenna serait en mesure de le tracer. Ce n'était pas une très bonne option, car beaucoup de choses pouvaient mal tourner et il pourrait être détecté tout de suite s'ils scannaient les véhicules, mais c'était la seule alternative dont ils disposaient. Il referma la portière sans bruit.

— Roman sort. Nous ne pouvions pas le retenir plus longtemps, aboya la voix de Ian dans son oreille.

Merde. Andrew se laissa tomber et roula sous le camion garé à côté du SUV. Un instant plus tard, Roman et sa bande sortaient en trombe de la banque. Andrew ne voyait que des pieds.

— Allons-y. Je vais conduire.

Les paroles brèves de Roman résonnèrent et les portières s'ouvrirent ; ses hommes suivaient promptement ses ordres. Quelques secondes plus tard, les deux véhicules quittaient le parking en faisant crisser les pneus.

Andrew patienta un peu avant de rouler de sous le camion. Zac se tenait là, il regardait les SUV s'éloigner. Les autres membres de l'équipe sortirent par la porte de la banque.

— Ils vont devoir revenir avec Tasha pour récupérer le contenu du coffre. Je crains qu'ils ne soient mieux préparés. Ça risque d'être sanglant.

Andrew secoua la tête.

— Voilà pourquoi nous n'allons pas attendre. J'ai placé mon téléphone dans le véhicule pour les tracer. Nous portons le combat chez Roman.

Chapitre 32

Tasha cligna des yeux dans la douce lumière du jour, ses yeux peinant à s'adapter. Ses épaules étaient douloureuses à cause des poignets liés dans son dos et attachés à une chaise en bois branlante. Tout lui faisait mal. Sa tête palpitait, et elle avait l'impression que ses articulations allaient se déboîter. Elle ne se souvenait pas de grand-chose.

Comment était-elle arrivée ici ? Plus important encore, où était-elle ?

Une vague de nausée la secoua et elle s'affaissa en avant sur sa chaise, fermant les yeux pour échapper à la sensation de roulis dans son corps. La chaise grinça, et elle eut à peine le temps de réagir qu'elle heurtait déjà le sol la tête la première, son nez se brisant contre le plancher de bois poussiéreux.

— *Merde !* dit une voix bourrue à l'autre bout de la pièce. Détache-la et lève-la. Roman va arriver d'une minute à l'autre. Il a dit de veiller à ce qu'elle n'ait pas d'ecchymoses.

Tasha eut l'impression de se mouvoir dans l'eau lorsqu'on la détacha et qu'on la redressa. Elle vacilla, et le sol lui parut soudain terriblement proche à nouveau.

— Elle est à peine lucide, constata une autre voix inconnue à proximité. Qu'est-ce qui ne va pas chez elle ?

— J'ai dit au boss qu'il était trop brutal, grommela une troisième voix grinçante quelque part dans la pièce, mais Tasha n'aurait su dire de quelle direction elle venait.

Toute la pièce tourbillonnait.

— Mets-la sur le canapé. Jette-lui de l'eau froide. Je m'en fous. Mais garde-la en vie.

Quelque chose de doux enveloppa son corps avant qu'une avalanche de picotements n'envahisse sa peau tandis qu'on lui déversait de l'eau glacée sur la tête. Elle hoqueta et poussa un cri quand la douleur lancinante se transforma en quelque chose d'encore plus aigu.

— Où suis-je ?

Tasha s'étrangla, se frottant frénétiquement les yeux. Elle perçut enfin la pièce, avec ses murs lambrissés crasseux et une vieille table à manger. Des rideaux jaunes pendaient encore à trois fenêtres couvertes de givre, et l'air à l'intérieur de la pièce était vicié et froid.

Quatre hommes étaient là, à la surveiller.

Elle s'assit sur le canapé ; l'un d'entre eux s'avança et s'accroupit devant elle. Elle ramena ses genoux contre sa poitrine et frissonna à cause du froid. Tasha le reconnaissait : c'était Saunders. Son nez était encore meurtri et légèrement tordu depuis qu'elle lui avait balancé son poing en plein visage. Elle cracha sur lui, dévoilant ses dents en un rictus qui fit reculer deux des hommes qui observaient la scène.

— Ne la touche pas, dit l'un des hommes, qui finit par s'avancer.

Ses cheveux poivre et sel étaient rejetés en arrière, sa barbe bien taillée et ses yeux marrons foncés brillaient dans la lumière jaune d'un plafonnier poussiéreux et vieillot.

Les souvenirs de Tasha lui revinrent en mémoire ; elle avait l'impression qu'on lui assénait des coups côté poignard dans la tête. Elle ravala ses larmes lorsqu'elle revit Isaac étendu par terre, baignant dans son sang. Elle baissa les yeux sur ses mains, encore tachées. Elle referma les doigts sur sa paume ; la rage et la peur la faisaient trembler.

Ils l'avaient balancée dans une voiture, et ses souvenirs étaient devenus noirs. Elle toucha son front avec précaution et retira ses doigts quand un picotement parcourut sa peau. Du sang frais marquait le bout de ses doigts.

Ils l'avaient assommée.

Elle ignorait totalement où elle se trouvait maintenant, et combien de temps s'était écoulé. Mais elle devinait que c'était déjà lundi. Quelle que soit la raison pour laquelle Roman avait besoin d'elle, son temps était écoulé.

Avant qu'elle ne puisse demander aux hommes où elle se trouvait, la porte d'entrée s'ouvrit et Roman entra à grands pas. Il repoussa ses hommes et empoigna Tasha par les cheveux. Elle poussa un cri lorsqu'il la leva et l'entraîna vers la porte, puis au bas des marches du porche.

— Voitures. Maintenant. Et que quelqu'un lui donne une serviette pour se nettoyer. Elle doit avoir l'air présentable, s'écria-t-il, tournant la tête pour crier sur les hommes qui sortaient de la maison.

Tasha ravala un sanglot quand Roman la jeta à l'arrière d'un SUV. Depuis l'intérieur du véhicule, il était difficile d'entendre sa voix étouffée, mais tout le monde s'empressait d'obéir à ses ordres. Elle rampa sur la banquette pour essayer d'ouvrir l'autre portière, mais la sécurité enfant était enclenchée et elle ne bougea pas.

Roman s'installa sur le siège conducteur devant elle, un de ses hommes prenant place à côté de lui du côté passager. Son frère se retourna et jeta une serviette à Tasha.

— Tu as une sale tronche. Essuie-toi. J'ai dit aux gens de la banque que tu étais souffrante, mais tu ne peux pas entrer là-dedans et donner l'impression que tu es totalement à l'agonie.

Tasha se mordit la lèvre tandis qu'il la regardait de haut en bas. Elle utilisa la serviette pour essuyer son visage du mieux qu'elle le pouvait sans miroir.

— Voilà ce qui va se passer maintenant. Nous allons à Martinsboro. Tu vas entrer dans la banque, et leur donner ça.

Il lui tendit un morceau de papier avant de se tourner à nouveau vers le volant et de quitter l'allée en trombe. Tasha jeta un coup d'œil par la vitre tandis avant que le paysage ne se transforme en flou blanc et gris. Une petite ferme disparut de la vue derrière eux.

Ils étaient encore dans le Tennessee ?

— Pourquoi allons-nous à Martinsboro ?

— Foutu Marcus. J'ai finalement retrouvé la banque où il a décidé de stocker les informations relatives aux autres comptes. Des comptes auxquels toi seule as accès.

— Quoi ?

— Il a laissé une petite lettre pour toi à l'intérieur du coffre. Un dernier mot pour exprimer à quel point je le décevais. Il te dit de prendre l'argent, de faire ce que tu veux avec, mais de veiller à ce que je ne mette pas la main dessus.

Elle baissa les yeux sur le papier que Roman lui avait tendu, et son sang se glaça. Il s'agissait d'une procuration qui donnait à Roman un accès total à tous les comptes bancaires dont elle était la principale bénéficiaire.

Elle avait déjà été signée par un notaire. Un que Roman rémunérait, visiblement. Un stylo ricocha sur son visage quand il le lui jeta, et elle haleta ; de nouvelles larmes lui brûlaient les yeux.

— Signe ça. Tout de suite ! Ensuite, quand tu iras à la

banque, tu souriras, tu garderas le silence, et tu feras exactement ce que je te dirai. Nous aurons les comptes, et ce sera fini.

Elle tendit la main pour attraper le stylo. Cela n'avait pas d'importance, n'est-ce pas ? Elle n'allait pas sortir vivante de cette situation. Mais sa main s'immobilisa avant qu'elle signe. Elle songea à l'engin explosif sur la maison d'Elizabeth et Tucker.

— Tu dois me promettre que tu ne feras de mal à personne d'autre à Crossroads ou à Pine Valley.

Ou à Andrew, mais elle ne voulait pas donner plus de munitions à Roman. Peut-être qu'il ne savait rien du tout sur lui.

Roman la regarda dans le rétroviseur.

— Signe. Ce. Document, lui ordonna-t-il, détachant chaque mot.

— Promets-le-moi ! répéta-t-elle avec force.

— Peu importe. D'accord.

Une larme tomba sur le papier, brouillant l'encre alors qu'elle griffonnait sa signature et jetait le document sur le siège avant.

Roman se mit à rire.

— Tu vois ? Ce n'était pas si difficile, n'est-ce pas ? Suis les instructions quand nous serons en ville, et je suis sûr qu'il n'arrivera rien à tes amis non plus.

Il lui sourit dans le rétroviseur, et il suffit à Tasha d'un seul regard dans ses yeux glacés pour savoir. Elle allait mourir ce jour-là. Elle pouvait accepter ça.

Mais Roman allait aussi tuer des gens auxquels elle tenait. Elizabeth, Tucker, Audrey… et peut-être y avait-il d'autres engins explosifs dont elle ignorait l'existence. Il tuerait peut-être des gens simplement parce qu'ils la connaissaient.

Elle serra le stylo dans son poing, le faisant rouler

d'avant en arrière. C'était un stylo à bille pointu. Elle passa sa langue sur ses dents, observant Roman qui conduisait en silence.

L'homme assis devant elle n'était pas un frère. C'était un monstre. Et il continuerait à tuer si elle ne l'arrêtait pas.

Elle se jeta en avant et planta le stylo dans son cou.

– LE VÉHICULE de Roman se dirige vers vous, rapporta Jenna à travers le haut-parleur alors que Ian, Callum, Tristan et lui filaient vers la maison située à une trentaine de kilomètres à l'extérieur de la ville, là où le traceur s'était arrêté.

— Déjà ? demanda Callum. *Merde.*

Ils avaient espéré avoir plus de temps et d'hommes à disposition. Pour l'instant, il n'était question que d'une mission de reconnaissance visant à glaner des informations sur l'endroit où le cartel était retranché et sur le meilleur moyen de secourir Tasha.

—Je l'ai capté par satellite, poursuivit Jenna. Deux SUV se dirigent vers vous.

— Tu crois qu'il retourne à la banque ? demanda Andrew. Si c'est le cas, Tasha sera avec lui.

Tristan abattit sa main sur le volant.

— Probablement. Il ne perd pas de temps. J'espérais que nous aurions jusqu'à demain.

Ils avaient tous nourri l'espoir de pouvoir s'introduire dans la maison ce soir-là et d'en finir, loin des innocents qui risquaient d'être blessés. Apparemment, cette option leur avait été retirée.

Andrew voyait les SUV gravir une colline devant eux.

— Les voilà, annonça Ian, alors que les véhicules

fonçaient vers eux comme s'il s'agissait d'un bras de fer. Nous n'aurons pas de meilleure opportunité que celle-ci pour les arrêter.

Les trois autres hommes jetèrent un coup d'œil à Andrew. Ce n'était pas à lui de décider, mais ils savaient que Tasha courait un plus grand danger si cela se transformait en fusillade entre véhicules. Si Andrew disait non, ces hommes, tous ses frères, d'une manière ou d'une autre, trouveraient un autre moyen d'arrêter Roman. Même si cela impliquait qu'ils perdaient l'avantage tactique.

Callum fit le choix pour lui.

— Non, nous ne prendrons pas ce risque pour Tasha. Nous trouverons un autre moyen…

— *Merde* !

Andrew regarda avec horreur l'un des véhicules, qui se dirigeaient vers eux à toute allure, faire une embardée et rouler sur le bas-côté, avant de basculer sur le bord de la route et de se renverser sur le côté. Manifestement, l'autre SUV était lui aussi pris au dépourvu par ce qui venait de se passer. Il passa à toute allure avant de freiner brusquement et de faire demi-tour.

Andrew aperçut un éclair blond qui grimpait par la fenêtre du SUV renversé.

— *Merde*, c'est Tasha !

Tristan enfonça l'accélérateur et se dirigea vers les autres voitures. Tasha parvint à s'extraire du véhicule retourné et commença à s'enfuir, à moitié en courant, à moitié en chancelant, alors que les hommes dans l'autre SUV commençaient à lui tirer dessus.

— *Merde* !

Andrew abaissa la vitre du côté passager et se mit à tirer ; Callum fit de même de l'autre côté, à l'arrière. Ils étaient trop loin pour pouvoir faire beaucoup de dégâts, mais, au moins, ils donnaient au cartel un sujet de préoccupation qui n'était pas Tasha.

Mais ils la rattrapaient.

— Tout le monde à l'intérieur, et on s'accroche ! hurla Tristan qui accéléra encore. Nous allons les éliminer de l'équation.

Andrew et Callum avaient à peine rentré leurs bras dans la voiture qu'elle heurtait le côté du SUV.

Tous grognèrent sous l'impact alors que Tristan braquait le volant pour les écarter, puis les projetait à nouveau contre le véhicule du cartel. Un dernier coup suffit à endommager les véhicules au point qu'ils ne pouvaient plus rouler.

Tristan, Callum et Ian bondirent hors de la voiture, lançant des tirs de couverture. Andrew courait déjà avant même que son esprit ne rattrape son corps ; il filait droit vers Tasha. Il entendit des coups de feu de part et d'autre de la mêlée.

C'était une véritable bataille, et il courait droit dedans. Cela n'avait pas d'importance. Il n'avait qu'une idée en tête : rejoindre la femme qu'il aimait.

— Tasha ! hurla-t-il. Baisse-toi !

Elle entendit sa voix et se tourna vers lui. Il agita les bras vers le bas, et fut soulagé lorsqu'elle se laissa tomber au sol. Les tirs diminuaient, sans doute parce que l'équipe de Zodiac Tactical faisait son travail, mais elle courait toujours un trop grand danger.

L'un des hommes de Roman surgit par l'une des vitres, visiblement sonné par l'accident. Il ne lui fallut pas longtemps pour se repérer et pointer son arme sur Tasha. Il fallut encore moins de temps à Andrew pour presser la détente de sa propre arme en pleine course. L'homme s'effondra, mort. Il continua à courir jusqu'à ce qu'il soit juste au-dessus de Tasha. Il s'accroupit et la serra contre lui.

— Est-ce que tu vas bien ?

Tasha l'entoura de ses bras et l'attira à elle.

— Oui. Oui, je vais bien.

Des balles volaient encore, alors Andrew ramena Tasha vers le SUV qui s'était retourné pour s'abriter.

— Où est Roman ? Tu le sais ?

Elle hocha la tête, s'adossant au véhicule.

— Je l'ai poignardé dans le cou. Avec un stylo. Il conduisait. C'est pour ça qu'on s'est renversés.

Il s'approcha d'elle et déposa un baiser sur ses lèvres.

— Bien joué, ma chérie. Maintenant, reste à terre.

Se servant du véhicule retourné comme couverture, Andrew se redressa et commença à tirer, contribuant ainsi à rétablir l'équilibre en faveur de ses amis. Il se retrouva à court de munitions au moment où tout se terminait. Tous les membres du cartel Volkov étaient morts ou menottés.

Callum était occupé à trier les méchants tandis que Ian et Tristan trottinaient vers Andrew, qui aidait Tasha à se lever. Il ignora la rage que ses ecchymoses voulaient faire ressortir.

Elle était vivante. C'était le principal.

— Ça va ? lui demanda-t-il, repoussant délicatement une mèche de cheveux de sa joue. Les ambulanciers seront là dans quelques minutes. Nous leur demanderons de t'examiner.

— Je vais bien, murmura-t-elle.

Elle avait encore l'air hébétée, mais personne ne pouvait le lui reprocher.

— J'ai juste besoin d'une seconde pour me ressaisir.

Il hocha la tête et l'embrassa sur le front en faisant attention à sa blessure. Il lui caressa la joue avec son pouce, puis s'en alla à la rencontre de Tristan et Ian.

— Personne n'a encore vu Roman, annonça ce dernier.

— Tasha l'a poignardé dans le cou avec un stylo. C'est

pour ça qu'il est parti en tête-à-queue et qu'il a retourné le véhicule.

Tristan n'essaya même pas de cacher sa joie.

— Bien joué ! Je regrette seulement que l'un d'entre nous n'ait pas eu l'occas…

Derrière la tête de Tristan, l'homme mort sur qui Andrew avait tiré *bougea*.

— Qu'est-ce que…

Andrew poussa son frère et courut les quelques pas qui le séparaient du véhicule lorsqu'il se rendit compte qu'il ne s'agissait pas du mort. Roman Volkov, couvert de sang, se leva derrière le corps, son arme braquée sur Tasha.

— Je ne te laisserai pas gagner.

Andrew n'avait plus de munitions, il fit la seule chose qu'il pouvait faire… il plongea vers Tasha. Il la percuta de plein fouet, les entraînant tous les deux dans sa chute. Il ressentit une brûlure atroce en même temps qu'il entendait des coups de feu. Il n'arrivait plus à respirer.

Mais tout ce qui lui importait, c'était d'assurer la sécurité de Tasha. Il enroula les deux bras autour de la tête de la jeune femme et la plaqua contre son torse.

Il ne pouvait pas la perdre. Il n'y survivrait pas.

— Andrew !

Il entendait la voix de Tasha, et il voyait ses grands yeux bleus devant lui, emplissant tout son champ de vision. Mais il avait de plus en plus de mal à se concentrer sur eux.

— Andrew !

Elle pleurait à présent. Ce n'était pas ce qu'il voulait. Il ne voulait plus jamais la voir pleurer. Il essaya de prononcer les mots pour le lui dire, mais ils ne voulaient pas venir.

— Accroche-toi, frangin. Les secours arrivent.

C'était Tristan. Il était à côté de Tasha maintenant. Tant mieux.

Tristan allait aimer Tasha. Il comprendrait pourquoi

Andrew était tombé amoureux d'elle. Il l'adorerait. Ce serait le cas de toute la famille.

Comment serait-il possible de ne pas aimer Tasha ? Elle était gentille, belle, douce.

Tout devint noir.

Chapitre 33

La salle d'attente de l'hôpital était bondée.

Les amis d'Andrew, sa famille, ses collègues, même si, en toute honnêteté, ces termes semblaient interchangeables, se parlaient à voix basse en attendant la permission de retourner le voir.

Deux des balles de Roman avaient atteint Andrew à la poitrine. S'il n'avait pas porté de gilet en kevlar, il serait mort. S'il n'avait pas sauté sur Tasha, elle serait morte aussi.

Ironiquement, ce fut la balle qui atteignit Andrew dans la partie charnue de son bras qui lui causa tous ces problèmes. Il allait bien lorsqu'on la lui avait retirée, mais il s'était ensuite effondré et avait fait un arrêt cardiaque. Il avait dû subir une deuxième intervention chirurgicale d'urgence.

Tout s'était bien passé. Maintenant, il fallait seulement qu'Andrew se réveille.

Tasha avait manqué le plus gros de cette agitation. Elle avait d'abord dû faire soigner ses propres blessures, qui étaient pour la plupart superficielles, puis elle avait répondu à toutes les questions que les forces de l'ordre avaient à lui poser. Sa coopération, ajoutée au fait qu'elle ne voulait pas un seul centime de l'argent que son père avait tenté de lui léguer sur les comptes, avait beaucoup joué en sa faveur.

Il y aurait encore d'autres questions, auxquelles elle répondrait volontiers.

— Tu seras la première qu'il réclamera, tu sais.

Tasha se retourna et vit le frère d'Andrew, Tristan, debout à côté d'elle dans l'embrasure de la porte. Elle l'avait rencontré en chemin vers l'hôpital. Ils n'avaient que peu parlé.

—Je n'en suis pas sûre.

— Quand il était réveillé, il voulait déjà savoir si tu allais bien. Tu es la chose la plus importante pour lui en ce moment.

Elle secoua la tête.

— Est-ce que tu sais qui je suis ? Que je suis la sœur de Roman ?

Tristan haussa les épaules.

—J'ai lu les rapports. Le tout premier, quand nous ignorions si tu travaillais avec Roman, et le plus récent, où Andrew s'est montré catégorique au sujet de ta totale innocence.

— Sa femme est morte à cause de moi, dit-elle, frottant ses yeux brûlants.

— Ce n'est pas ainsi qu'Andrew voit les choses. Pour lui, c'est grâce à toi que ses filles et lui sont *en vie*. Kylie est morte à cause de Roman. Ne te charge pas de cette responsabilité.

Laura ne lui avait-elle pas dit la même chose ? Que Tasha ne pouvait pas se tenir pour responsable de ce que Roman avait fait ?

— J'ai l'impression que tout ce que je fais, c'est lui apporter de la souffrance.

Tristan afficha un sourire si semblable à celui d'Andrew que, l'espace d'un instant, elle en eut le souffle coupé.

— Je dois reconnaître que vous n'avez pas eu des débuts traditionnels. Mais cela ne veut pas dire que vous ne pouvez pas vivre votre propre conte de fées.

Le ventre de Tasha se serra. Il n'y avait rien qu'elle désirait davantage que cela : une chance de permettre aux sentiments qui existaient entre Andrew et elle de grandir et de s'épanouir.

Mais ce n'était pas un conte de fées.

— Quel genre de bonheur pourrait-il y avoir pour nous ? Ma famille a tué sa femme. Ses filles ne connaîtront jamais leur mère à cause de personnes du même sang que moi.

— Mais ce n'était pas toi, insista Tristan en secouant la tête. De plus, si je ne me trompe pas, mon frère a aussi des choses à se faire pardonner. Alors peut-être pourriez-vous tous les deux vous mettre d'accord pour prendre un nouveau départ.

Tasha voulait croire que tout pourrait s'arranger. Jamais elle n'avait eu plus envie de croire à quoi que ce soit de toute sa vie. Alors qu'elle observait le visage souriant de Tristan, elle y parvenait presque.

Andrew ne la tenait pas pour responsable des péchés de Roman. Elle ne tenait pas rigueur à Andrew d'avoir fait son boulot. Peut-être qu'ils pourraient vraiment repartir à zéro. Apprendre à se connaître sans secret entre eux.

Ian DeRose entra dans la pièce par l'autre extrémité.

— J'ai deux bonnes nouvelles. Isaac est réveillé, et il va s'en tirer, et Andrew se réveille aussi. Isaac est déjà en train de demander qui serait partant pour lui ramener un steak en douce.

Tout le monde applaudit et plusieurs des gars commencèrent à chercher le meilleur grill des environs.

— Je connais mon jumeau, poursuivit Tristan à l'oreille de Tasha. Il ne tombe pas facilement amoureux, et quand il le fait, c'est pour de bon. Attends de voir si tu n'es pas la première personne qu'il demandera quand ils le laisseront recevoir des visiteurs.

Tristan lui serra le bras, puis entra complètement dans la salle d'attente pour fêter les bonnes nouvelles avec ses amis.

Tasha n'y alla pas, mais elle resta dans l'embrasure de la porte. Il avait peut-être raison. Peut-être que cela pourrait marcher entre Andrew et elle.

Elle frotta sa paume contre sa poitrine. Peut-être qu'après ses filles, elle était la chose la plus importante dans la vie d'Andrew. En tout cas, lui, il était la plus importante dans la sienne.

Lorsque l'infirmière arriva un peu plus tard et annonça qu'Andrew était conscient et qu'il pouvait recevoir des visites, tout le monde applaudit à nouveau et poussa des cris de joie. Tasha prit une profonde respiration et repoussa sa nervosité.

Elle voulait juste le voir. L'embrasser. Lui dire qu'elle voulait essayer.

L'infirmière sourit et fit taire tout le monde.

— Andrew a demandé à voir un certain Ian DeRose en premier.

La déception submergea Tasha. Elle se dit que cela ne signifiait rien qu'Andrew n'ait pas voulu la voir en premier. Il pouvait y avoir nombre de raisons très importantes pour lesquelles il voulait d'abord voir son boss.

Cela ne voulait rien dire. Elle le savait.

Mais si Tristan se trompait à ce sujet, peut-être avait-il tort sur tout le reste aussi.

Peut-être qu'Andrew et elle n'étaient pas faits l'un pour l'autre. Peut-être qu'il fallait simplement qu'elle laisse tomber.

Elle recula de l'embrasure de la porte et partit sans un mot.

∾

ANDREW VOULAIT TASHA. Elle avait été la dernière personne à laquelle il avait pensé lorsqu'il avait sombré et la première quand il était revenu à lui.

— Bien que je sois flatté, Gémeaux, je dois admettre que je ne pensais pas être la première personne que tu voudrais voir.

Andrew se redressa légèrement lorsque son boss entra dans la chambre. Il n'avait aucun souvenir des choses effrayantes qui lui étaient arrivées depuis qu'il avait été transporté à l'hôpital, mais son corps était suffisamment raide et endolori pour qu'il soit conscient que le processus n'avait pas été de tout repos.

— Ah oui ? demanda-t-il à Ian. Qui croyais-tu que ce serait ?

Ian haussa les épaules.

— Ton jumeau, bien sûr. Mais aussi Tasha.

Les doigts d'Andrew le démangeaient tant il se languissait de la toucher.

— Elle va bien, n'est-ce pas ?

— Oui. Quelques bleus et coupures, mais rien de grave. Pourquoi tu n'as pas demandé à la voir ? Tu ne savais pas qu'elle était dans la salle d'attente ?

— J'avais besoin de te parler d'abord.

Ian leva un sourcil.

— Oh ?

— Je démissionne.

Son boss se mit à rire.

— Tu démissionnes de Zodiac Tactical parce qu'on t'a tiré dans le bras ?

— Je quitte Zodiac Tactical parce qu'entre mes filles et la femme que je vais épouser, je ne suis plus intéressé par les missions actives.

Ian se rapprocha et prit une chaise à côté du lit d'Andrew.

— La femme que tu vas épouser, hein ?

Andrew haussa les épaules.

— Oui, bon, je vais devoir annoncer mon plan à Tasha, et accorder une demi-seconde aux filles pour tomber amoureuses d'elle, mais… ouais, je vais l'épouser.

— Mon frère, tu sais qu'on te trouvera un travail de bureau si tu ne veux plus de service actif. Tu es trop doué pour abandonner complètement ce métier.

Andrew hocha la tête.

— En fait, je me disais que je pourrais mettre mes compétences à profit au Crossroads Retreat. Aider les personnes qui ont subi des pertes comme la mienne.

— Donc tu vas déménager ici dans le Tennessee ? demanda Ian en souriant.

— C'est la maison de Tasha, Ian. La seule qu'elle ait vraiment connue. Tu as vu comment tout le monde s'est mobilisé pour l'aider. Je veux qu'elle ait ce sentiment, qu'elle sache que cette communauté la considère comme l'une des leurs. Mais je ne pense pas non plus pouvoir vivre sans elle. Donc… oui, Pine Valley.

Ian sourit encore et croisa les bras.

— Tu sais quoi ? Ça fait un moment que je me dis que nous devrions ouvrir un bureau de Zodiac dans le Tennessee. Tu penses que ça t'intéresserait de rester et de former la prochaine génération d'agents de Zodiac Tactical à temps partiel tout en aidant à Crossroads ?

Épilogue

Un an après

– NAMASTE. Merci à tous pour ce cours formidable.

Tasha fit le tour de la classe et discuta avec les participants pendant quelques minutes. Son cours de yoga du samedi matin au bord du lac à Crossroads était devenu l'un des plus populaires. C'était sans aucun doute ce que préférait Tasha.

Elle regarda de l'autre côté du champ les petites filles qui couraient vers elle.

Ou peut-être la deuxième chose qu'elle préférait.

Caroline trébucha en portant son tapis, mais Olivia et Audrey s'arrêtèrent rapidement pour l'aider à le ramasser et à se redresser.

— Bonjour, Tasha ! s'écria Olivia dès qu'elle fut à portée de voix. Nous avons attendu que ton autre cours soit terminé avant de venir ici.

La petite fille se retourna vers les deux hommes qui marchaient derrière elles, portant eux aussi des tapis de yoga : Andrew et Tucker. De toute évidence, c'étaient les hommes qui leur avaient demandé d'attendre tranquillement la fin du cours de Tasha.

C'était une véritable torture pour ces petites canailles.

D'autres personnes traversaient le parking pour rejoindre le groupe suivant : un cours mixte adultes/enfants qui était devenu l'occasion pour les hommes de la communauté d'amener les enfants afin que les femmes profitent d'un peu de temps pour elles. Des gamins de tous âges, des adolescents jusqu'au bébé de neuf mois de Laura, amené par cet homme qu'elle n'avait pas vu venir et dont elle était tombée amoureuse, se présentaient chaque semaine.

Ils commençaient généralement par quelques étirements, mais il fallait rapidement passer à des activités plus physiques pour maintenir l'attention de tous. Cela ne dérangeait absolument pas Tasha.

Andrew marcha jusqu'à elle et passa un bras autour de sa taille avant de l'embrasser sur le front pendant que les filles installaient leurs tapis.

— Tu m'as manqué. Il faut que cette maudite situation change.

Elle ne put s'empêcher de sourire.

— Ce sera le cas dans deux semaines.

Leur mariage.

— Si tu ne t'enfuis pas à nouveau. Tu es mon premier choix, je te le promets.

Elle enfouit son visage contre son torse.

— Vous ne me laisserez jamais tranquille avec ça, n'est-ce pas ?

Tout le monde la taquinait sur le fait qu'elle s'était éclipsée quand Andrew avait dit qu'il devait parler à Ian à l'hôpital ce jour-là.

Elle sentit ses lèvres sur le sommet de son crâne.

— Tu n'auras plus jamais à fuir. Je vais passer chaque

jour du reste de ma vie à m'assurer que tu saches que tu es mon premier choix.

— Tu fais ça tous les jours depuis que les filles et toi avez emménagé ici.

Elle avait quitté l'hôpital en douce ce jour-là, un an plus tôt, en pensant qu'il n'y aurait jamais rien entre eux. Cette idée s'était davantage ancrée en elle quand Andrew avait quitté la ville sans un mot quelques jours plus tard.

Enfin, sans un mot pour *elle*. Apparemment, il avait parlé à tout le monde à Pine Valley, parce qu'un mois plus tard, les filles et lui étaient des résidents permanents. Il avait acheté une maison, inscrit ses filles à l'école maternelle et commencé à travailler à Crossroads.

Et il avait recommencé à se présenter à tous les cours de yoga qu'elle donnait.

Mais, cette fois-ci, c'était différent. Cette fois, après chaque cours, il avait pris le temps de lui raconter quelque chose à propos de lui-même.

Quelque chose de réel. Quelque chose de vrai.

Ils avaient passé des centaines d'heures à apprendre à se connaître autour d'un café. Les *vrais* eux.

Il lui avait parlé de Kylie et de leur vie ensemble, les choses qui lui manquaient le plus à propos d'elle. Tasha lui avait parlé de sa frustration de n'avoir pas compris plus tôt la vérité sur sa famille. Elle lui avait raconté comment elle avait lutté pour faire le lien entre le tueur qu'avait été son père, et l'homme qu'elle avait simplement connu sous le nom de *papa*.

Elle avait aussi appris à connaître les filles d'Andrew. Des filles qui seraient bientôt celles de Tasha. Elles étaient venues la voir alors qu'elles travaillaient dans son petit jardin, et lui avaient demandé si elles pouvaient l'appeler *maman* après le mariage.

Ce soir-là, ils s'étaient tous assis ensemble, en famille, et ils avaient regardé toutes les photos de Kylie qu'ils avaient pu trouver. Tasha était honorée de devenir leur mère, mais elle voulait que les petites sachent qu'elles avaient une mère biologique qui les avait aimées plus qu'elle n'aimait la vie.

— J'ai hâte de me réveiller à tes côtés tous les jours pour le reste de ma vie. Et de m'assurer que tu t'endormiras chaque soir en gémissant mon nom.

Il l'embrassa chastement sur la joue, en total contraste avec ses paroles coquines.

Ils ne vivaient pas encore ensemble, car ils avaient décidé d'attendre d'être mariés.

Tasha était impatiente.

Avec un dernier baiser, Andrew alla s'installer à côté des filles. Tasha leur fit un clin d'œil à tous les trois avant de se retourner pour regarder autour d'elle.

À son arrivée, elle n'aurait jamais imaginé rester définitivement dans la paisible ville de Pine Valley. Mais des amis, qui étaient devenus comme une famille pour elle, lui avaient montré la vérité.

C'était sa maison. Et elle ne pouvait pas s'imaginer ailleurs.

•••

Linear Tactical

Des héros alphas protecteurs qui affronteront n'importe quel danger pour les femmes qu'ils aiment. Lisez toute la série dès aujourd'hui !

CYCLONE

Zac et Annie.
Il la protégerait de n'importe quelle menace.
Mais si la pire des menaces, c'était **lui** *?*

AIGLE

Finn et Charlie.
Il se bat pour ce qui est juste.
Elle se bat simplement pour survivre.

TRÈFLE

Aiden et Violet
Toute mission a un prix.
Il n'a jamais voulu qu'elle le paie.

ANGEL

Gabriel et Jordan
Chaque ange a ses démons.

FANTÔME

Dorian et Ray
Parfois les morts ne le restent pas.

OMBRE

Heath et Lynn
Entraîner une innocente dans sa guerre n'a jamais fait partie du plan.

ÉCHO

Cade et Peyton

Les cicatrices les plus profondes sont souvent celles qu'on ne voit pas.

PHÉNIX

Elle et Lui, Riley et Riley

Il faut brûler pour renaître de ses cendres.

BÉBÉ

Bébé et Quinn

Ne vous laissez pas avoir par son nom.

SÉQUOIA

Gavin et Lexi

Les secrets sont sa seule alternative

ÉCLAIREUR

Wyatt et Nadine

Il est le seul à voir au-delà de ses cicatrices.

BRASIER

Kendrick et Neoma

Être une famille signifie qu'on n'abandonne personne.

NOM DE CODE : BÉLIER

Ian et Wavy

NOM DE CODE : VIERGE

Sarge et Bronwyn

NOM DE CODE : BALANCE

Landon et Bethany

NOM DE CODE : POISSON

www.ingramcontent.com/pod-product-compliance
Lightning Source LLC
Chambersburg PA
CBHW061633190726
48289CB00006B/1583